무협지
無俠誌

무협지 7
최필 新무협 판타지 소설

초판 1쇄 찍은 날 § 2003년 2월 17일
초판 1쇄 펴낸 날 § 2003년 2월 27일

지은이 § 최필
펴낸이 § 서경석

편집장 § 문혜영
편집책임 § 이종민
편집 § 장상수 · 유경화
마케팅 § 정필 · 강양원 · 이선구 · 김규진 · 홍현경

펴낸곳 § 도서출판 청어람
등록번호 § 제1081-1-89호
등록일자 § 1999. 5. 31
어람번호 § 제2-0184호

주소 § 경기도 부천시 원미구 심곡1동 350-1 남성B/D 3F (우) 420-011
전화 § 032-656-4452 팩스 § 032-656-4453
http://www.chungeoram.com
E-mail § eoram99@chollian.net

ⓒ 최필, 2002

값 7,500원

ISBN 89-5505-487-4 (SET)
ISBN 89-5505-616-8 04810

※ 파본은 본사나 구입하신 서점에서 교환하여 드립니다.
※ 저자와 협의하여 인지를 붙이지 않습니다.

최필 新무협 판타지 소설

무협지

◆ 천뢰무망 天雷无妄

7

無俠誌

도서출판 청어람

목
차

제1장 검 한 자루 / 7
제2장 경천동지 / 45
제3장 미친 스님들 / 81
제4장 색마 홍성기 / 119
제5장 되찾은 소림사 / 157
제6장 아수라장 / 191
제7장 두 개의 무림맹 / 225
제8장 영웅 천하 / 257

1장 검은 자국

검객의 검이 검집을
벗어나는 순간,
세상은 잠시 적막하다.
새들도 울지 않는다.

1
검 한 자루

"자, 누구부터 시작하시겠소?"

구절심은 검을 치켜든 채 천천히 주위를 둘러보았다.

연무장에서 왁자지껄하게 떠들던 정파무림인들은 하나같이 입을 닫았다. 구절심의 눈빛과 마주치는 순간 알 수 없는 오싹함에 몸서리쳐야 했던 것이다.

"아미타불……!"

잠시 후 범현 거사의 입에서 나직한 불호가 새어 나왔다.

범현 거사는 구절심에 대해 많은 것을 알고 있지 않았다. 하지만 그가 지금 죽음을 자초하고 있다는 것만은 확실히 알 수 있었다.

잠시나마 구절심에게 연민을 느낀 것도 그런 이유 때문이다. 불가의 제자로서 무모한 죽음을 지켜보고 싶지는 않았던 것이다. 구절심이 소문대로 천무밀교의 개든 잔혹한 살수든 마찬가지였다.

물론 다른 곳, 다른 상황에서 마주쳤다면 범현 거사 자신이 손수 그의 목숨을 거두었을지도 모를 일이지만.

"구절심, 원하는 것이 무엇인가?"

단상 위에서 묵묵히 구절심을 내려다보고 있던 범현 거사가 정중하게 물었다.

"이미 말했듯 슬픔을 잠재우기 위해서요. 지난 며칠 동안, 아니, 지난 10여 년간 나는 깊은 잠에 들어본 기억이 없소. 그러니 될 수 있는 한 아주 긴 잠에 들고 싶소."

연무장을 맴도는 구절심의 음성은 공허했다.

범현 거사는 물론 정파무림의 모든 인사들 역시 어렴풋이 그의 슬픔을 느낄 수 있을 정도였다.

하지만 강호는 어차피 그런 슬픔으로 채워진 곳이다. 구절심의 슬픔은 오로지 구절심 그 한 사람의 것이다.

"발칙한 놈! 감히 이곳이 어디라고 너같이 하찮은 놈이 찾아와 함부로 짖고 있는 것이냐!"

적선 사미가 더 이상 참지 못한 채 노성을 터뜨리며 일어섰다.

그렇지 않아도 그녀는 구소희의 패배로 인해 가뜩이나 심기가 어지러 웠다. 또한 범현 거사와 같은 대범함도 없었다. 그저 뜨거운 살심만이 들끓고 있을 뿐이다.

"구절심, 네놈의 손에 죽어간 무림동도들의 원수를 오늘 갚아주리라!"

"이놈! 무림대회가 끝나는 대로 네놈과 사파의 무리를 쓸어버릴 작정이었다! 그런데 제 발로 찾아와 주었구나!"

"오늘 네놈의 간을 꺼내 씹어 삼키고 말리라!"

적선 사미에 이어 연무장에 있던 무림 각 파의 수뇌들이 검을 뽑아 들며 외쳤다.

그들 역시 비무대회에서 당한 패배를 어떤 식으로든 설욕할 기회가 필요했던 것이다.

"모두 진정하시오!"

범현 거사가 단호하게 외치며 연무장의 소란을 잠재웠다.

적어도 이곳은 소림사, 즉 불가의 영역이었다. 더욱이 범현 거사는 무림의 대원로였다. 감히 그의 명령을 거역할 사람은 아무도 없다.

일단 소란을 잠재운 범현 거사는 다시 차분하게 입을 열었다.

"구절심, 자네의 뜻은 잘 알겠네. 하지만 잠시 기다려야 할 것 같군. 우리는 지금 비무대회를 개최하는 중이고, 누구도 그것을 방해할 수 없네. 자네라고 해서 다를 것은 없지. 어쩌겠는가, 잠시 기다려 주겠는가?"

"좋소. 기다리겠소."

구절심은 지친 듯 바닥에 주저앉으며 대답했다.

연무장엔 또 한 차례 무거운 정적이 내려앉았다. 바람도 잦아졌고 나뭇가지 위에서 울던 새들조차 울음을 멈췄다.

"자, 속개하거라."

잠시 후, 범현 거사가 비무장을 향해 담담하게 말했다.

연무장에 있던 무림인들의 시선도 다시 비무장으로 모아졌다. 저마다 몇 마디씩 수군거리기는 했으나 얼마간 냉정을 되찾은 분위기였다.

'강호란 참 묘한 곳이다.'

취운은 매화검을 쥔 채 구절심에게서 시선을 거두었다.

그는 갑작스런 소란으로 얼마간 평정을 잃고 있었다. 구절심에게선 묘한 향기가 배어 나오고 있었던 것이다. 바로 죽음의 향기다.

하지만 취운은 곧 내력을 끌어올리며 석금이를 노려보았다. 언제까지고 감상에만 젖어들 수는 없는 일이었다.

"아휴— 석금이는 빨리 끝내고 방에 가서 만두나 먹어야겠다. 여기 있다간 또 사람 죽는 꼴 보겠어. 히히, 석금이는 피가 싫다."

석금이 역시 고개를 설레설레 저으며 타구봉을 들었다.

그의 입가에는 여전히 순박한 미소가 걸려 있었다.

'뱃속 편한 위인도 있군. 차라리 저런 바보로 살아간다면 슬픔 따윈 없을 것을……'

취운은 온몸을 휘돌던 살기를 잠재우며 가볍게 웃음을 내비쳤다.

그는 석금이가 혹시 자신을 알아보지 않을까 걱정하고 있었다.

물론 역용술을 이용해 얼굴 모양을 얼마간 바꾸기는 했으나 마음을 놓을 수만은 없는 일이었다.

방금 전 석금이는 분명 자신의 정체를 의심했다.

취운은 최악의 경우, 그를 죽여 입막음해야 할지도 모른다고 생각했다. 만약 구절심이 나타나지 않았다면 그렇게 되었을지도 모를 일이다.

그런데 지금은 달랐다. 왠지 석금이에 대한 경계심이 생겨나지 않았다.

"그래, 네 즐거움을 빼앗을 수는 없는 일이지. 그럼 빨리 끝내주도록 하마."

취운은 뽑아 들었던 매화검을 다시 검집에 집어넣었다.

굳이 검을 뽑지 않아도 석금이 정도는 충분히 상대할 자신이 있었기 때문이다. 손속에 사정을 두기로 한 이상 검을 뽑는다면 오히려 움직임을 방해할 뿐이다.

"간다!"

취운은 석금이를 향해 빠르게 내닫기 시작했다.

두 사람의 거리는 순식간에 4장 정도로 좁혀졌다. 취운은 가볍게 검집을 내뻗으며 몸을 날렸다. 시선은 정확히 석금이의 눈에 가 있었다.

그런데 이상한 일이다. 석금이는 아무런 방어 자세도 취하지 않은 채 헤벌쭉 웃고 있었다.
"우와— 빠르다!"
취운의 검이 목전에 다다를 무렵 석금이의 입에서 나온 한마디였다.
"흡!"
취운의 입에서 다급성이 터져 나왔다.
석금이는 가볍게 좌수를 움직여 취운의 검집을 낚아챘던 것이다.
뜻밖의 상황이었다.
취운은 석금이가 타구봉을 내뻗으리라 예상하고 있었다. 그의 머리 속에는 일찌감치 타구봉이 뻗어 나오는 시간과 거리, 방향 따위가 몇 가지로 정리되어 있었다. 하지만 설마 맨손으로 검집을 낚아챌 것이라고는 생각지 못했다.
취운은 두 발로 다급히 바닥을 튕기며 뒤로 물러섰다. 매화검의 영롱한 울림이 쏟아져 나온 것도 바로 그 순간이었다.
피— 룽!
검을 뽑아 든 취운의 눈빛에 이채가 어렸다.
석금이의 힘과 동작은 예상 밖으로 강하고 빨랐다. 결승까지 올라온 것은 결코 운이 아니었다.
'결국 검을 뽑게 된 것인가?'
취운은 얼마간 망설일 수밖에 없었다.
석금이에게선 아무것도 읽혀지지 않았다. 마치 묵묵히 제자리에 버티고 선 바위처럼 흔들리지 않고 자신의 자리에 서 있을 뿐이다.
취운은 가볍게 숨을 몰아쉰 후 다시 석금이를 찔러 들어갔다.
"히압!"
"하얏!"
석금이가 검집을 바닥에 던진 채 타구봉을 빠르게 회전시킨 것도 그 순간이었다.

챙, 차르릉……!

취운의 매화검과 석금이의 죽봉이 뒤엉키기 시작했다.

하지만 두 사람 모두 가볍게 공수를 펼치며 상대를 탐색했을 뿐 결정적인 공격은 피하고 있었다.

가외체 취운의 십사수매화검법과 석금이의 타구봉법은 꽤나 화려한 초식들이었다. 마치 두 마리 화려한 깃털을 가진 새들이 어울려 날며 희롱하는 듯했다. 두 사람은 그렇게 아름다운 초식들을 선보이며 구경꾼들의 시선을 사로잡았다.

"와아―"

"마치 수십 개의 검날이 뻗어 나가는 것 같군. 휴, 화산의 검법도 칭찬할 만하지만 저 나이에 저 정도의 성취를 이루다니… 대단한 후기지수야."

"하하, 타구봉법의 진수를 오늘에야 보게 되는군. 개방에 저런 인재가 있었나?"

"그래, 화산 장문인과 천 방주는 복도 많구먼!"

연무장의 무림인들은 구절심의 일을 까맣게 잊은 채 넋을 잃고 취운과 석금이의 비무를 지켜보았다.

특히 각 문파의 수뇌들은 연신 탄성을 내지르며 부러워했다.

하지만 그들의 탄성 속에 녹아 있는 부러움은 화산파나 개방의 무공에 대해서가 아니었다. 그저 취운과 석금이라는 걸출한 후학들에 한정된 것이었다.

그럴 수밖에 없었다.

그들은 결코 자신들의 문파가 지닌 무공이 개방이나 화산에 밀린다는 사실을 인정할 수 없었다. 그저 모든 책임을 후학들의 무능으로 치부하며 자위하고 있었던 것이다.

 한편, 단상 위에 앉아 있던 천우막과 백의천은 잠시 눈을 마주치며 미소를 내비쳤다.

 두 사람은 이제껏 비교적 무난한 관계를 유지해 왔다. 비록 승부를 내야 하는 처지이긴 했으나 최소한의 예의를 지켜주고 싶었다.

 하지만 두 사람의 속마음엔 얼마간 차이가 있었다.

 천우막은 진심으로 취운의 무공에 감탄하며 경의를 표했다. 반면 백의천은 얼마간 마음을 졸이며 비무를 지켜보아야 했다. 예상보다 석금이의 무공이 강해 보였기 때문이다. 승부가 나기 전까지는 결코 마음을 놓을 수 없는 싸움이었다.

 '흠… 취운이라는 저 아이, 역시 탐나는 재목이로다. 하늘의 장난이다. 어찌하여 저런 후학이 화산에 거두어졌단 말인가……'

 단상의 중앙에서 비무를 지켜보던 범현 거사가 낮은 한숨을 내쉬었다.

 그는 이미 취운의 우세를 점치고 있었다. 언뜻 용호상박의 싸움처럼 보이지만, 취운이 손속에 사정을 두고 있음을 간파하고 있었던 것이다.

 '내공에선 밀리는 듯하나 초식의 정교함과 임기응변, 경험과 속도에선 우세하다. 무엇보다 취운, 저 아이에겐 알 수 없는 정갈함이 있다. 무엇이든 그 자리에서 빨아들이고 소화시키는 힘이 있어. 허허, 소희를 통해 느꼈던 흡인력을 저 아이에게서 다시 느끼게 되는구나.'

 범현은 이해할 수 없다는 듯 몇 차례 고개를 저었다.

 잠시 후 범현의 눈은 다시 단상 아래에 있는 구절심에게 옮겨졌다. 이제 얼마 지나지 않아 그의 일을 마무리지어야 하기 때문이다.

 "커헉—"

 바로 그 순간, 지그시 눈을 감은 채 가부좌를 틀고 앉아 있던 구절심이 허리를 꺾으며 고통스레 기침을 했다.

객혈이었다. 검붉은 선혈이 입을 비집고 나와 바닥에 뿌려졌다.
"아미타불……."
범현은 낮게 불호를 읊조렸다. 거역할 수 없는 죽음의 그림자가 구절심을 감싸고 있음을 본 것이다.

'무공의 뿌리는 제각각이지만 그 지향점은 하나다. 거지에게서 만들어진 무공이라 해서 다를 바 없다. 타구봉법이라… 가히 그 위력을 가늠하기 어렵다.'
취운은 매화검으로 죽봉을 막아내며 내심 감탄했다.
석금이에게서 펼쳐지는 타구봉법은 기대 이상이었다. 단순한 초식을 기초로 무궁무진한 변화가 이끌어져 나오고 있었다.
더욱이 석금이는 어느 순간부터 묘하게 자신의 십사수매화검법까지 흉내 내고 있었다. 봉에 의해 펼쳐지는 십사수매화검법은 가히 구경할 만한 것이었다.
"헥, 헥— 석금이 밥 먹은 거 벌써 다 꺼졌다. 야, 너 정말 대단하다. 우리 두목보다 더 잘 싸우는 거 같다. 헥, 헥……."
석금이는 가쁜 숨을 몰아쉬며 말했다.
비록 역발산기개세의 천하장사이기는 했으나 상대는 가외체 취운이다. 지치는 것은 당연한 일이었다.
또한 석금이는 타구봉법을 제법 적절하게 시전했으나 아직은 미숙한 점이 많았다. 무공에는 저마다 적합한 호흡법이 있게 마련이다. 그런데 석금이는 아직 그것을 깨닫지 못했다. 그저 독룡의 영체를 취해서 생긴 강한 내공을 바탕으로 체력의 한계를 뛰어넘고 있었을 뿐이다.
'곳곳에 빈틈이 보인다. 하지만 다가서면 곧 사라진다. 게다가 내가 감당하기 힘든 내공을 지니고 있다. 정말 불가사의한 녀석이다.'

취운은 이제껏 가볍게 공수를 펼쳐 왔다.
비무의 주도권을 쥐고 완급을 조절했던 것이다. 처음엔 일찌감치 승부를 낼 생각이었으나 석금이가 펼치는 타구봉법에 매력을 느꼈다. 그래서 시간을 끌었다.
하지만 어느 순간부턴가 초조함이 느껴졌다. 정작 승부를 내기 위해 빈틈을 찾았을 때 빈틈은 더 이상 존재하지 않았던 것이다.
아니, 빈틈은 보였으나 그것은 그저 허초였을 뿐이다.
'할 수 없군!'
취운은 타구봉을 쳐내며 다급히 뒤로 물러섰다.
어떤 식으로든 승부를 내야 할 때다. 빈틈이 보이지 않는다면 만들어 내는 수밖에 없다.
'초식의 완성도를 비교해 볼 때 타구봉법보다는 화산의 십사수매화검법이 우세하다. 그 화려함과 정교함, 무극무변의 원리까지. 하지만 그것이 문제다. 때로는 타구봉법처럼 단순할 필요가 있다. 초식을 버리는 수밖에……'
취운은 서서히 내력을 끌어올렸다. 매화검으로 푸른 기운이 맴돌기 시작했다.
'그래, 초식을 버리는 수밖에.'
취운은 두 발을 교묘히 놀리며 점차 복잡한 방위를 밟아갔다.
화산에서 백의천과 겨루던 그때 백의천이 밟았던 신비로운 보법이 취운에게서 새롭게 펼쳐지고 있었다.
어느 한순간 매화검은 보법과 절묘하게 어우러지며 숱한 잔상을 만들어냈다.
"매화노방… 매화토염… 매화무극……"
화려한 초식과 함께 매화검이 만들어낸 잔상. 그것이 수십 가닥의 부챗살처럼 펼쳐지며 폭사하기 시작했다.
"퍼, 퍼, 퍼, 펑!"
잔상이 아니었다. 그것은 화려한 검광의 변화였을 뿐이다.
검광과 함께 매화검에서 뻗어 나온 검기가 비무장의 바닥을 가르며 석금이를 향해 곧장 뻗어 나갔다. 지축을 울리는 듯한 굉음과 함께 자갈과 모래가 높이 튀어 올랐다.
"핫!"
취운은 폭사로 인해 솟구치는 먼지를 뚫으며 석금이를 향해 날아올랐다.
바로 그 순간 석금이 역시 다급하게 허공으로 솟구치며 타구십팔초를 펼쳤다.
"구급도장… 사각난붕… 천하무구!"
허공으로 떠오르는 그 짧은 동안 펼쳐진 타구십팔초의 변화는 가히 신기에 가까웠다. 수십 개의 동작이 허공을 수놓으며 마치 용의 등천을 그려내는 듯했다.
석금이는 취운이 검기를 쏘아내는 순간 본능적으로 위험을 직감했다.
검기 때문이 아니었다. 취운이 검기를 쏘아내는 동시에 일찌감치 허공에 떠올라 자신을 공략하려 하고 있다는 것을 간파하고 있었다. 언젠가 마주쳤던 뢰원이라는 살수의 공격 또한 그랬기 때문이다.
'어, 저 녀석……?'
석금이는 그제야 취운의 정체를 간파할 수 있었다.
'그놈이다! 화산 근처에서 내 부하들을 죽인 놈… 사천성 외곽의 객잔에서 왜나라 살수들과 함께 있던 바로 그놈!'
석금이는 뢰원을 생각해 낸 후에야 비로소 취운을 알아본 것이다.
비록 취운이 역용술로 얼굴의 형태를 얼마간 바꾸긴 했으나 그에게서 뿜어져 나오는 독특한 느낌까지를 숨길 순 없었다.
창! 차르르륵……!
매화검과 죽봉은 서로를 휘어 감은 채 상대를 향해 빠르게 파고들었다.
"헉!"
죽봉이 매화검을 집어삼키며 취운의 손목을 향해 뻗어가던 순간, 석금이의 입에서 짧은 비명성이 터져 나왔다.
쿵!
잠시 후 석금이는 죽봉을 놓치며 두 손으로 복부를 감싸 안은 채 그대로 바닥으로 떨어졌다.
모든 것이 계산되어져 있었다.
취운은 검기를 쏘아낸 후 허공에서 석금이가 떠오르길 기다렸다. 석금이가 타구봉법을 펼치리라 예상하고 있었던 것이다. 그래서 일찌감치 좌수에 내력을 모았고 타구봉법이 전력으로 펼쳐지길 기다렸다.
결국 취운이 펼친 검법은 그 자체가 허초였다. 석금이의 복부를 가격한 것은 검이 아니라 화산의 장법 중 하나인 태을전진미리장이었던 것이다.
…….
연무장은 잠시 정적에 휩싸였다.
대부분의 구경꾼들은 석금이가 왜 복부를 감싸 안으며 바닥으로 떨어져 내렸는지 이해하지 못하고 있었다. 취운의 장법은 눈에 보이지 않을 만큼 빠르게 펼쳐졌기 때문이다.
석금이와 간발의 차를 두고 바닥에 내려선 취운은 바닥의 검집을 집어 들었다. 그리고 조심스럽게 검을 집어넣은 후 단상의 인물들에게 정중히 포권을 취했다.

"와아아—"

"정말 멋진 한 수였네!"

"화산의 명성이 헛된 것이 아니었군!"

뒤늦게 구경꾼들의 입에서 환호성이 터져 나왔다. 바야흐로 강호에 새로운 영웅이 탄생하는 순간이었다.

하지만 그 영웅의 탄생을 지켜보며 초화공이 흐뭇한 미소를 짓고 있다는 사실을 아는 사람은 많지 않았다. 이제 강호는 그야말로 아무도 짐작할 수 없는 폭풍에 휘말리게 된 것이다. 무림맹 비무대회가 낳은 영웅은 강호의 바람을 잠재울 영웅이 아니었다. 오히려 그 어느 때보다 거친 바람을 몰고 올 영웅이었다.

2
검 한 자루

"이제 다 끝난 것이오?"

구절심은 선혈에 붉게 물든 입가를 소매로 닦아내며 물었다.

결승 비무의 흥분이 채 가라앉기도 전이었다. 하지만 구절심은 무엇이 그리 급한지 힘겹게 몸을 일으켜 세운 후 단상 위의 범현을 바라보았다.

"구절심, 자네는 살수라 들었다. 살수의 머리는 차다. 그런데 자네는 그렇게 냉정하지 못한 듯하군. 제 몸조차 가누지 못하는 상황에서 수백 명의 정파무림인이 도열해 있는 이곳으로 뛰어들다니……"

범현은 안쓰러운 눈길로 구절심을 내려다보며 말했다.

"나는 지금 냉정하오."

구절심은 음산한 목소리로 대답했다.

하지만 그의 상태는 몹시 위태로워 보였다. 검단을 땅에 꽂은 채 곧 무너질 것 같은 몸을 힘겹게 의지하고 있었다. 금방이라도 쓰러질 것처럼 조마조마한 자세였다.

"좋다. 우리는 어차피 한 번쯤 만나야 할 상대. 자, 자네가 원하는 상대가 누구인가? 누구와 겨루고 싶은 것인가?"

"모르오."

"……."

"나는 모르지만 당신들은 알 것이오. 가연을 죽인 자들은 정파, 분명 이 중엔 나를 죽이고 싶어하는 이들이 있을 것이고, 그들이 바로 가연을 죽게 한 이들이오. 자, 나를 죽이고 싶다면 한 사람씩 앞으로 나오시오."

구절심은 정신이 가물거리는지 잠시 휘청거렸다.

너무 많은 피를 토해낸 것이다.

하지만 그는 이내 몸을 바로 세운 후 한차례 연무장을 둘러보았다. 초점을 잃은 것처럼 흐릿한 시선이었다.

…….

구절심의 시선으로 인해 한동안 소란스럽던 연무장은 쥐 죽은 듯이 조용해졌다.

연무장을 가득 메운 정파무림인들은 웬일인지 그의 시선을 피할 뿐, 좀처럼 앞으로 나서지 못했다. 구절심 자체를 두려워하는 것은 아니었다. 어차피 그는 폐인이나 다름없는 모습이었으므로.

정파인들은 다만 죽음을 겁내지 않는 그의 시선이 부담스러웠을 뿐이다.

"구절심과 원한을 가진 분이 아무도 없는 것이오?"

의외의 상황으로 인해 당혹감을 느낀 것은 범현 거사였다.

아무리 악명 높은 살수였다 해도 구절심은 지금 시체나 다름없는 몰골이었다. 더욱이 며칠 전의 살겁으로 인해 구절심에 대한 정파무림의 분노는 극에 달해 있었다. 그럼에도 막상 그를 응징하고자 앞으로 나서는 무림인은 아무도 없었던 것이다.

'두려워하는 것인가?'

범현 거사는 낮게 한숨을 내쉬었다.

최근 정파무림은 그야말로 오합지졸이었다. 정의를 위해 초개같이 목숨을 버리던 과거의 자부심은 사라진 지 오래였다.

아니, 정의와 불의를 구분하지도 못한 채 과거의 명성에 빌붙어 일신의 안위만을 추구하고 있을 뿐이다. 야합과 편법, 거짓을 일삼으며 스스로 붕괴해 가고 있는 것이다.

"아무도 없는 것이오?"

범현 거사는 그들의 한심한 작태가 짜증스럽다는 듯 노성을 터뜨렸다.

하지만 이번에도 모두 침묵을 지킬 뿐이었다. 그들이 두려워하는 것은 두 가지였다. 하나는 구절심의 명성이었고, 또 하나는 그가 배경으로 하고 있는 구황문이었다.

물론 시체와도 같은 구절심의 몰골에서 두려움 따위를 느끼기는 어려웠지만, 그의 명성만은 여전히 살아 있었다. 설사 구절심을 꺾는다 해도 자칫 구황문과 원수지간이 될 수도 있다. 결코 쉬운 상대라고는 할 수 없는 것이다.

"보았는가, 구절심? 이곳엔 자네를 원수로 생각하는 사람이 없다. 어쩌면 더 이상 정파의 후예가 존재하지 않는 것일지도 모르지. 돌아가라."

범현 거사는 머리를 가로저으며 씁쓸한 음성으로 말했다.

연무장을 채우고 있던 무림인들의 표정에 당혹스러움이 자리 잡기 시작했다. 방금 전 범현 거사가 했던 말이 자신들을 조롱하고 있음을 잘 알고 있었던 것이다.

"후— 대사께선 아직 저들의 속성을 모르시는구려. 그렇다면 내가 직접 찾아보리다."

구절심은 묘한 미소를 내비치며 범현 거사를 바라보았다.

하지만 그것도 잠시, 곧 심하게 허리를 휘청거리며 객혈을 했다.

"컥, 크흡……!"

고통스러워 보였다. 더 이상 몸에 피가 남아 있는지 의심스러울 만큼 비쩍 마른 몸으로 구절심은 계속해서 피를 토해냈다.

잠시 후 어느 정도 진정이 된 것인지 구절심은 소매로 입가의 피를 닦아내며 천천히 입을 열었다.

"푸훗! 방식을 바꾸겠소. 한 사람씩 나오는 것이 두렵다면 한꺼번에 덤벼도 좋소. 어차피 내게 남은 시간이 길지 않은 듯하니 한꺼번에 상대하는 것이 낫겠지."

구절심은 연무장 전체를 둘러보며 비꼬듯 말했다.

그의 몇 마디로 인해 연무장은 다시 소란에 휩싸였다. 그나마 그들에게도 알량한 자존심은 남아 있었던 것이다.

"방장님, 도대체 왜 저런 꼬락서니를 보고만 계시는 겝니까? 당장이라도 빈니가 저자를 황천으로 보내겠소이다."

시종 불쾌한 표정을 짓고 있던 적선 사미가 범현 거사를 쳐다보며 말했다.

하지만 범현 거사는 가볍게 고개를 저으며 적선 사미의 소매를 붙잡았다.

"이곳은 불전입니다. 불가 제자인 우리가 손에 피를 묻힐 수는 없지요. 좀 더 지켜보도록 합시다."

"……"

범현의 말에 적선 사미는 울화를 삭이며 연무장의 무림인들을 노려보았다. 도대체가 마음에 드는 구석이 없었다.

잠시 후 몇 명의 무림인이 앞으로 나서며 소란을 잠재웠다.

"이런 시건방진 놈! 나는 점창파의 묵검 지형록이다. 네놈이 죽고 싶어 환장을 한 것이로구나! 개인적인 원한은 없으나, 정파의 이름으로 네놈을 응징하리라!"

"나는 장백파의 황연청이다. 사파의 개가 짖어대는 꼴을 더 이상 볼 수 없구나. 오늘 네놈의 목을 베어 구황문으로 보내주마!"

"나는 화선고 사마연이다. 네 손에 억울하게 죽어간 무림동도들의 한을 씻어주마!"

나는… 나는… 나는…….

용기는 내 가슴이 아니라 옆 사람의 가슴에 둥지를 틀고 있는 것인지도 모른다. 점창파의 제자가 물꼬를 트자, 그 뒤를 이어 수십 명의 무림인들이 구절심을 에워싸며 명호를 대기 시작했다.

"푸후— 기다리던 바. 오너라!"

구절심은 싸늘한 미소를 내비치며 검을 치켜들었다. 그의 옷은 이미 자신이 토해낸 선혈로 흠뻑 젖어 있었다.

차릉, 차르르릉, 차, 차, 창……!

구절심을 둘러싸고 있던 무림인들은 일시에 검을 빼 들었다.

그들에게 더 이상 두려움 따위는 없었다. 상대는 하나. 그것도 시체나 다름없는 폐인이었다. 더욱이 이 싸움은 한 문파의 이름을 건 싸움이 아니라 무림맹의 이름을 빈 싸움이었다. 그런 만큼 구황문의 보복에 대한 근심도 줄어들었다.

"하얏!"

"죽어랏!"

"핫!"

채, 채, 채, 챙!

정파무림인들의 검과 구절심의 검이 빠르게 맞부딪쳐 갔다.

수십 대 일. 구절심을 중심으로 사방에서 피보라가 일기 시작했고 끔찍한 비명성이 이어졌다.

"헉, 헉……!"

채 반 각의 시간도 지나지 않았다. 하지만 더 이상 칼이 맞부딪치는 소리나 비명성은 들리지 않았다. 그저 한 사람의 거친 호흡 소리가 연무장에 울릴 뿐이었다.

구절심. 그는 진정 불사신이었다. 수십 명의 무림인들이 바닥에 쓰러져 나뒹굴고 있었건만, 그만은 여전히 검을 든 채 우뚝 서 있었다.

구절심은 마치 혈귀처럼 머리부터 발끝까지 온통 피를 뒤집어쓴 상태였다.

"큽, 커헉……!"

가쁜 숨을 몰아쉬면서도 견고하게 서 있던 구절심이 갑자기 무릎을 꺾으며 비틀거렸다.

하지만 재빨리 검단으로 바닥을 찍으며 균형을 유지했다. 심한 기침과 함께 피를 토해낸 것도 그 순간이었다.

"헉, 헉……!"

점점 거칠어져 가는 숨소리. 숨을 토해낼 때마다 핏방울이 섞여 나왔다.

이해할 수 없는 일이었다, 구절심의 어디에 그런 힘과 속도가 남아 있는 것인지. 가만히만 두어도 채 한 시진을 버티지 못하고 몸 안의 피를 모두 쏟아버린 채 죽어버릴 것 같았다. 그럼에도 몸에서는 언뜻언뜻 소름 끼치는 기도가 뻗쳐 나왔다.

"푸훗! 시간이 얼마 남지 않았다. 나 구절심이 이렇게 죽도록 내버려 둘 것인가? 덤벼라! 너희들의 검으로 내 목을 베고 싶지 않은가?"

…….

연무장은 쥐 죽은 듯 고요해졌다.

정파무림인들은 자신들의 눈으로 직접 보았음에도 구절심의 쾌검을 믿을 수 없었다.

단 한 명에게 정파의 고수 수십 명이 목숨을 잃었다. 그나마 그는 시체나 다름없는 폐인이다.

"아미타불……!"

범현 거사는 다시 불호를 읊조리며 두 눈을 감은 채 합장했다. 적어도 그것은 구절심 한 사람을 위한 불호였다.

그는 합장을 마친 후 곧장 단상 아래로 몸을 날렸다.

"노납의 인내가 더 많은 살생을 불러왔구나. 구절심, 이쯤에서 너의 번뇌를 거두어주마."

범현 거사는 무릎을 꿇은 채 검에 몸을 의지하고 있는 구절심을 내려다보며 나직한 음성으로 말했다.

구절심은 현기증이 몰려온다는 듯 몽롱한 시선으로 범현 거사를 바라보았다.

어렴풋이, 가을 햇빛을 투명하게 받아내고 있는 녹옥불장(綠玉佛杖)이 눈에 들어왔다. 소림, 아니, 정파무림의 거두 범현 거사. 구절심 역시 그의 위명을 귀따갑게 들어왔다.

과거 숱한 사파의 절정고수들이 그의 손에 죽어갔다. 중원무림에서 정파가 득세할 수 있었던 것도 그 한 사람 때문이었고, 오합지졸의 무림맹이 아직껏 명맥을 유지할 수 있는 것 역시 그 한 사람 때문이었다.

그 화려한 명성을 뒤로한 채 지난 십수 년 동안 범현은 살생을 금해왔다. 소림 장문인의 상징인 녹옥불장을 쥐면서부터다.

하지만 지금 이 순간 범현은 그동안의 금기를 깨고 살심(殺心)을 불러일으켰다. 단순히 구절심 한 사람 때문만은 아니었다. 범현은 최근 무림맹이 보여주고 있는 한심한 작태를 더 이상 방관할 수 없었던 것이다.
 쿵!
 범현 거사는 손에 쥐고 있던 녹옥불장으로 바닥을 내리찍었다. 상당한 내력이 실려 있었던 듯 녹옥불장은 두 자 이상 땅을 파고들어 갔다.
 "나 범현은 오늘부로 소림의 방장 직에서 물러날 것이오. 더불어 원로직이나 기타 여하한 직책도 맡지 않을 것이오. 후임자는 차후 장로 회의를 거쳐 결정할 것이며, 이 순간부터 나 범현은 소림의 규율에 얽매이지 않소."
 단호한 음성으로 말을 마친 범현 거사는 한차례 연무장을 둘러보았다.
 방금 전 그가 한 말은 소림의 제자들은 물론 무림 각 파의 인물들에게 충격을 던져 주기에 충분했다. 소림과 정파무림을 비추던 거성(巨星)이 한낱 구절심이라는 살수 하나로 인해 그런 결정을 했다는 것이 믿어지지 않았기 때문이다.
 하지만 꼭 그런 것만은 아니었다.
 이번 무림맹 비무대회는 분명 범현 자신의 의도와는 다른 결과를 초래했다. 그가 경계해 마지않던 화산의 백의천에게 주도권이 넘어가고 만 것이다. 그렇다고 약속을 번복할 수도 없는 문제였다.
 이제 남은 방법은 단 하나, 자신이 소림이라는 한계를 벗어나 어떤 식으로든 정파무림을 지키는 수밖에 없었다. 구절심에 대한 응징은 그 첫 번째 결과물이 될 것이다.
 "구절심! 자네의 슬픔은 자네 가슴 안에 갈무리해야 옳았다. 자, 나 역시 정파의 인물. 이젠 어쩔 수 없이 내 손으로 살겁을 행해야 할 때가 온 듯하군. 덤벼라!"
 어느새 구절심에게 시선을 옮긴 범현 거사가 차분하게 말했다.
 "후훗, 고맙구려. 면목없는 부탁이긴 하지만, 만약 내가 죽는다면 내

연인의 극락왕생을 빌어주시오."

구절심은 이제까지와는 달리 허허로운 웃음을 웃으며 범현에게 합장해 보였다.

그는 마치 범현 거사와의 일전에서 죽음을 맞게 되리라 예감하고 있는 듯했다.

"비록 죄가 있다 하나, 자네 역시 극락왕생할 수 있도록 빌어보지."

"고맙소. 하지만 방장께서 빌지 않는다 해도 나는 가연을 찾기 위해 극락으로 들 것이오. 그것이 내 숙명이기 때문이오. 비록 몇 겁을 지옥에서 보낸다 해도 언젠가는 그녀와 만나게 될 것을 믿소."

"……."

"자, 내 검을 받아보시오!"

구절심은 말을 마치는 것과 동시에 범현 거사를 향해 빠르게 내닫기 시작했다.

"일검회천(一劍灰天)!"

놀라운 쾌검이었다.

보이는 것은 구절심의 무심한 표정뿐, 막상 검은 한 점 티끌 없는 허공 속에 감추어진 느낌이었다.

그것도 잠시, 구절심의 검이 모습을 드러내며 범현 거사의 심장을 향해 쏘아져 들어갔다.

마치 은형술을 펼치듯 숨어 있던 검이 자객의 칼처럼 갑작스럽게 모습을 드러낸 것이다. 하지만 그때까지도 범현 거사는 멍하니 서 있을 뿐이었다. 마치 한 그루 장송과도 같이…….

연무장의 각 파 무림인들은 양미를 꿈틀거렸다. 범현이 왜 그런 무모한 자세로 구절심의 검을 받아내는 것인지 알지 못했기 때문이다.

그런데 뒤 이어 놀라운 모습이 펼쳐졌다.

조용히 합장한 채 멈춰 서 있던 범현 거사가 두 발을 움직이지 않은 상태로 기묘하게 몸을 휘돌리며 구절심의 검을 몇 차례 피해 나갔다. 그리고 어느 한순간 쏜살같이 주먹을 내뻗었다.

양미를 꿈틀거리던 구경꾼들의 얼굴에 경이로움이 자리 잡기 시작한 것도 그때부터다.

"흡!"

구절심은 선혈을 토해내며 뒤로 나동그라졌다.

"금강부동신법!"

"과연 소림사를 두려워하는 데는 이유가 있었군!"

"맙소사……!"

"금강부동신법을 펼치며 순간적인 빈틈을 노려 나한권을 내지르다니… 구절심의 명성도 범현 거사 앞에선 한낱 삼류에 불과한 것이었군!"

연무장 여기저기에서 경이에 찬 탄성이 쏟아져 나왔다.

구절심의 쾌검에 놀랐던 그들의 눈은 이제 범현 거사의 신기에 가까운 무공에 완전히 도취되어 버린 것이다.

"컵… 커헙!"

바닥에서 몸을 일으키던 구절심은 연신 고통스런 객혈을 토해냈다.

그는 범현 거사가 내지른 나한권에 정확히 가슴을 가격당했다. 하지만 구경꾼들이 느끼는 것만큼 큰 타격을 입은 것은 아니었다.

미처 그들이 보지 못한 것이 있었다.

범현 거사가 주먹을 내지르는 순간 구절심은 왼 손바닥으로 그 주먹을 받아냈다. 다만 범현의 나한권이 손속에 사정을 둔 공격이 아니었기에 그 충격을 감당하기 위해 일부러 나동그라진 것뿐이다.

즉, 구절심의 객혈은 오랜 지병으로 인한 습관일 뿐 범현의 공격으로 인한 것은 아니었다. 그의 나한권은 구절심의 손바닥에 막혀 그 위력을 잃었던 것이다.

'과연 살아 있는 전설이라 불릴 만하군.'

손등으로 입가의 선혈을 닦아내던 구절심은 이채로운 눈으로 범현을 쳐다보았다. 이제껏 자신의 검을 막아낸 인물은 아무도 없었다. 더욱이 맨손으로.

'내가 늙은 것인가? 비록 아무나 시전할 수 있을 만큼 보편화된 나한 권이라고는 하나, 나 범현의 공격이 일개 살수의 손에 막히다니…….'

범현 역시 믿어지지 않는다는 듯 두 눈을 크게 뜨고 있었다.

"선장을 잡으시오. 공정한 승부를 겨루고 싶소."

초연한 표정으로 몸을 일으킨 구절심이 정중하게 말했다.

"이 선장은 소림 방장의 상징. 나는 더 이상 이 선장을 잡을 수 없네. 하지만 나 역시 무모한 싸움을 하고 싶진 않군. 잠시 기다려 주게나."

말을 마친 범현은 몸을 돌려 소림 제자들이 서 있는 곳으로 걸음을 옮겼다. 그리고 젊은 제자 하나가 들고 있던 봉을 넘겨받았다.

연무장을 채우고 있던 대부분의 무림인들은 다시 한 번 놀라야 했다. 도저히 비무가 어찌 돌아가고 있는 것인지 그들로서는 이해할 수 없었던 것이다. 분명 구절심이 일방적으로 당한 듯한데, 범현이 무기를 잡을 필요가 있었는지…….

하지만 무림맹의 수뇌라 자부해 온 적선 사미나 백의천, 천우막, 그 외 소수의 무림고수들은 경이로운 눈으로 구절심을 바라보고 있었다. 구절심이 이미 절정고수의 반열에 오른 인물임을 짐작하고 있었던 것이다.

"소천아, 구절심 저놈은 늘 나를 감동시키는구나. 고독한 싸움꾼, 고비사막의 외로운 늑대, 폭풍을 몰고 다니는 승부사! 마치 젊은 시절의 나를 보고 있는 느낌이란 말이야."

팔짱을 낀 채 일소천과 함께 나란히 싸움을 지켜보던 팽이가 입을 열었다.

그는 이미 몇 번에 걸쳐 구절심을 보아온 만큼 이 싸움에 남다른 관심을 가지고 있었다. 비록 범현이 전대의, 아니, 현재까지도 무림맹을 대표하는 최고의 고수라는 사실은 인정하는 바였다. 그러나 구절심 역시 만만치 않은 인물임을 알고 있었다.

"푸헤헤! 팽이야, 나 일소천이 기억하는 젊은 시절의 네놈은 내 연검에 곤죽이 되도록 얻어터지던 모습뿐이니라. 외로운 늑대라기보다는 불쌍한 늑대에 가까웠지."

"빠드득!"

팽이의 도끼눈이 매섭게 일소천을 향했다.

3
검 한 자루

 봉을 든 범현 거사와 구절심의 싸움은 현기증이 일 만큼 화려했다.
 범현 거사의 봉이 목을 향해 대각선을 그으며 내리꽂히는 순간 구절심은 반사적으로 봉을 쳐내며 바닥으로 누웠다. 그리고 빠르게 검을 치켜 올려 범현의 하체를 노렸고, 범현이 다급히 물러서는 것과 동시에 다시 허공으로 치솟았다.
 타, 타, 타, 타, 탓!
 검과 봉이 빠르게 서로를 튕겨내며 경쾌한 소리를 냈다.
 범현 거사는 이미 수차례 소림의 여러 신법을 펼치며 구절심의 검을 피했다. 하지만 점차 지쳐 갈 수밖에 없었다. 시간이 지나면 지날수록 구절심의 공격은 예리해졌다.
 범현의 신법은 이미 구절심에게 읽혀졌고 속도에 있어서도 밀리기 시작했다.
 이해할 수 없는 일이었다. 방금 전까지만 해도 구절심은 내일을 기약

할 수 없는 중환자처럼 보였다. 하지만 일단 싸움에 임한 그의 눈은 더 이상 환자의 그것이 아니었다. 그의 검도 마찬가지였다.

'기재로다! 본능적으로 내 초식이 가진 빈틈을 꿰뚫는다. 오로지 살기로만 가득 찬 듯하나 그 살기는 지나치게 정결하다.'

계속해서 뒷걸음질치던 범현이 입술을 지그시 깨물었다. 이제 더 이상 승부를 늦출 수 없었다. 혼신의 힘을 다해 제압해야 했다.

"크아아―!"

짧은 사자후가 범현 거사의 입에서 터져 나왔.

뇌성이 연무장을 갈랐고, 그 충격으로 소림 전체가 한차례 기우뚱하며 출렁이는 느낌이었다. 구경꾼들은 기겁하며 내력을 끌어올렸다. 내력이 약한 인물들은 잠시의 고통을 이겨내지 못한 채 귀를 틀어막으며 바닥에 주저앉았다.

구절심은 범현이 내지른 뇌성을 가르며 곧장 검을 뻗어왔다. 그는 그 짧은 시간 동안 범현의 빈틈을 본 것이다.

하지만 범현은 절정고수다. 구절심이 비록 실전을 통해 완성된 검귀라고는 하지만 범현의 경륜과 심오한 내력을 따를 수는 없었다.

"용호출수(龍虎出手)!"

범현의 몸이 허공으로 솟구치는가 싶더니 곧장 거꾸로 떨어져 내리며 구절심의 머리를 덮쳤다. 그 몸놀림은 가히 잠을 깬 용의 틀임처럼 기묘했다. 또한 어디에서 뻗어 나왔는지 모를 쌍수가 빠르게 교차하며 구절심의 정수리를 찍어 내렸다.

구절심은 본능적으로 검을 치켜들었다.

그러나 그 검은 곧 범현이 내뻗은 좌수에 두 동강이 나버렸다.

"크허헙!"

구절심의 입에서 끔찍한 비명성이 터져 나왔다.

다급히 몸을 피하기는 했으나 절묘하게 꺾이며 들어온 범현 거사의 일장에 어깨를 가격당한 것이다.

"커흡!"

구절심은 다시 바닥을 나뒹굴며 피를 토해냈다.

비록 급소를 피했지만, 워낙 막강한 내력이 실린 공격인만큼 온몸이 찌릿할 정도의 고통이 전해졌다.

"우와아—"

"구절심, 네놈의 머리를 베어 정도무림의 깃대에 걸 것이다!"

"와아아—"

연무장으로 환호성이 번져 가기 시작했다.

막상 싸움의 형국이 긴박해지자 내심 초조해하던 무림인들이 그제야 안도의 한숨을 몰아쉰 것이다.

구절심의 검이 부러진 만큼 이제 남은 것은 처절한 응징이었다. 그들은 구절심에게 복수함으로써 짓뭉개졌던 정파의 자존심을 세울 수 있으리라 믿었다.

"정도를 벗어난 검은 언젠가 부러지게 마련이다. 사람의 운명도 그렇다. 구절심, 이제 너 역시 똑같은 운명을 맞이할 시간이다. 마지막으로 남길 말은 없는가?"

범현 거사는 천천히 구절심에게 다가가며 물었다.

"푸훗! 내 검은 정도를 벗어났기 때문에 부러진 것이 아니오. 너무 커흡… 지쳐 있었을 뿐이오. 나 역시 그렇고. 이제 긴 잠에 들 수 있겠군. 고맙소."

구절심은 힘겹게 몸을 일으켜 앉았다. 그리고 조용히 두 눈을 감았다.

'이거 골치 아프군. 내가 저 녀석을 도와야 하나?'

'정파랍시고 설쳐 대는 놈들 치고 제대로 된 놈이 없어. 예나 지금이

나 이 일소천이의 심기를 어지럽힌단 말이야. 쯧쯧, 성질 좀 죽이고 살려 했더니…….'

 멀뚱히 싸움을 지켜보고 있던 팽이와 일소천은 곤혹스럽다는 듯 머리를 흔들었다.

 그들은 지난번 객잔에서 이미 구절심을 도와준 바 있었다. 강호를 정파와 사파로 이 분하는 무림인들의 일반적인 잣대가 그들에겐 없었던 것이다. 그저 마음에 들면 도와주고 싶고 눈에 거슬리면 힘으로 제압하며 살아왔다.

 지금도 마찬가지였다. 그들은 왠지 구절심을 도와주고 싶었다.

 범현 역시 나이가 든 것일까. 구절심을 바라보는 그의 눈이 흔들리고 있었다.

 젊은 시절이었다면 가차없이 내려쳤을 것이다. 그런데 지금은 그것이 쉽지 않았다. 내력을 실은 우수(右手)가 바르르 떨려왔다. 그저 그 뜻을 알 수 없는 한숨만이 입술을 비집고 나올 뿐이다.

 "잘 가시게!"

 범현의 표정이 단호하게 굳어지며 우수가 치켜 올려졌다.

 하지만 그 순간이었다.

 "그것이 정파의 방식인가?"

 상당한 내력이 실린 음성이 연무장 전체에 쩌렁쩌렁 울렸다.

 범현은 급히 고개를 들어 주위를 둘러보았다. 그로서도 감당하기 힘든 위압감이었다. 도대체 어디에서 들려온 목소리인지조차 가늠하기 힘들었다.

 "지존 구황께서 납신다!"
 "지존 구황께서 납신다!"
 "지존 구황께서 납신다!"

연무장으로 통하는 문을 열어젖히며 한 무리의 무사들이 모습을 드러내기 시작했다.

검과 창, 활 따위로 무장한 무사들은 열려진 문을 통해 끊임없이 들이닥쳤고 정파인들은 긴장에 휩싸였다.

잠시 후 소림의 연무장은 새로운 대치 국면을 이루게 되었다. 정파의 무림인 천여 명이 단상 아래로 집결했고, 구황문의 무사 3천여 명이 그들을 에워싼 채 도열했다.

"소천아, 구절심 저 녀석 정말 마음에 들지 않느냐? 저놈이 진정 반전의 묘미를 아는 놈이다. 푸히히, 끝까지 이 팽이를 실망시키지 않는구나."

"뭐, 반전이라고 하긴 뭐하지만 그런대로 심심치는 않겠구나."

팽이와 일소천은 내심 구황문의 등장에 만족스러워하고 있었다. 사는 낙이라고는 술과 음식, 싸움 구경밖에 없는 노인들이었으므로.

"이놈들! 이곳이 어디라고 감히 그 더러운 발을 들여놓는 것이냐!"

인상을 찌푸리고 있던 범현이 노성을 터뜨렸다.

하지만 상황은 그다지 좋지 않았다. 현재 소림의 연무장에는 약 천여 명의 정파무림인들이 있었다. 반면 구황문의 무사들은 그 두 배나 되는 인원이었다. 더욱이 사찰 밖에 대기하고 있는 무리가 얼마나 될지 알 수 없는 일이었다.

"하하, 불가의 담이 그렇게 높아서야 어디 중생의 고통을 달래줄 수 있겠는가."

방금 전 범현 거사의 일장을 저지시켰던 목소리가 다시 들려왔다.

하지만 그 목소리의 주인은 여전히 모습을 드러내지 않았다.

"네놈은 누구냐?"

범현 거사는 내력을 실은 음성으로 느릿하게 말했다. 결코 만만한 상대가 아니라는 사실을 직감으로 알 수 있었다.

"나는 구황! 강호의 지존이다. 조만간 이 썩어버린 절을 폐허로 만들고 그 위에 구황문의 제단을 쌓으리라. 그러나 오늘은 구절심만을 데리고 조용히 돌아갈 것이다."

"누구 맘대로!"

단상 위에 있던 적선 사미가 노성을 내지르며 허공의 한 지점으로 검을 날렸다.

핏슝!

튕기듯 날린 검은 날카로운 파공성과 함께 허공을 가로질렀다. 하지만 어느 순간 그 파공성이 멎었고 검신 역시 비행을 멈췄다.

"그대가 아미파의 적선 사미인가?"

어느새 차분하게 바뀐 사내의 목소리가 허공 중에서 들려왔다.

방금 전 적선 사미가 검을 날려보냈던 그 자리… 그곳에 구황 추역강이 떠 있었다.

"아미파는 신묘한 검법을 지닌 문파라 들었으나, 이제 보니 그 말이 거짓임을 알겠다. 어찌하여 적에게 검을 바치는 것인가?"

추역강은 천천히 바닥으로 내려서며 말했다. 그의 손에는 적선 사미가 평소 아끼던 연화검이 들려 있었다. 방금 그녀가 날린 검이다.

"세상에……!"

"저것이 허공답보란 말인가?"

"믿을 수가 없군."

허공에서 모습을 드러낸 추역강으로 인해 정파무림인들의 입이 자연스럽게 벌어졌다.

추역강이 펼치고 있는 신법은 분명 허공답보였다. 현 무림에서 허공답보를 펼칠 수 있는 경지에 이른 인물은 손가락에 꼽힐 정도다.

"구절심, 자네는 아직 할 일이 남았다. 구황과의 약속은 반드시 지켜져야 한다. 내게로 오라."

범현 거사의 맞은편에 내려선 추역강이 다감한 목소리로 구절심을 불렀다.

하지만 정작 구절심은 흐릿한 시선으로 추역강을 바라볼 뿐 좀체 일어설 생각을 하지 않았다. 그는 정말이지 너무나 지쳐 있었던 것이다.

"그것은 당신의 일이오. 가연은 이미 죽었고, 나 구절심도 더 이상 살아 있다고 할 수 없소."

구절심은 느릿한 음성으로 힘겹게 말을 이었다.

"그것이야말로 너의 일이다. 너는 살아 있고, 구황문과의 계약 역시 아직 유효하다. 또 하나, 나 추역강은 내 사람이 억울하게 죽음을 맞이하는 모습을 볼 수 없다."

"푸훗! 이미 말했듯 당신과 나는 갈 길이 다르오. 더욱이 나는 당신의 부하가 아니오."

"아니다, 나와 너의 갈 길은 같고, 너는 내 부하다."

"……."

구절심은 추역강의 말에 아무런 토도 달지 않았다. 아니, 그럴 힘이 남아 있지 않았다.

"컥, 크흐흡……!"

그는 심한 객혈과 함께 그 자리에 고꾸라졌다.

오랜 지병에, 범현 거사의 일장에 의한 내상까지 겹쳐져 더 이상 몸을 지탱할 수 없었던 것이다. 불사신 구절심. 하지만 그 역시 나약한 한 인간에 지나지 않았다.

"구절심과 저 여인을 데리고 가거라."

추역강은 짧게 명령을 내린 후 지그시 범현과 단상 위의 인물들을 쳐다보았다. 만약 자신의 행동을 제지하려는 자가 있다면 당장이라도 박살을 낼 듯한 분위기였다.
"존명!"
몇 명의 구황문 무사들이 구절심과 죽은 가연을 어깨에 들쳐 멨다.
하지만 범현을 비롯한 정파의 인물들은 그저 힘없이 그 모습을 지켜볼 뿐이었다. 현재의 상황이 지극히 좋지 않다는 것을 알고 있었기 때문이다.
"억울한가? 수치스러운가? 그렇다면 덤벼라."
추역강은 범현 거사의 얼굴을 빤히 쳐다보며 말했다.
범현 거사의 얼굴이 붉으락푸르락 변해가기 시작했다. 이제껏 겪어보지 않은 수치다. 정파무림의 거목으로 단 한 번도 그 적수를 만나지 못한 그였다.
그런데… 범현 거사는 묵묵히 서 있을 뿐이었다. 난생처음 두려움이라는 것을 느끼고 있었다. 상대의 기도에 숨이 막힐 지경이었다.
만약 범현 자신이 고수가 아니었다면 아마도 자존심을 지키기 위해 무작정 일장을 날렸을 것이다. 하지만 범현은 몸 안에서 들끓는 분노를 조용히 삭이며 표정을 갈무리할 뿐이었다.
'이미 사람의 한계를 뛰어넘은 자다. 아, 좀 더 일찍 죽지 못하고 이런 날을 맞게 된 것을 한탄해야 할 것이다. 범현, 그 이름이 이제는 수치스럽게 남게 되었구나.'
범현 거사는 조용히 한숨을 내쉬었다.
생각 같아서는 죽는 한이 있더라도 승부를 겨루고 싶었다. 그렇지만 만약 이 자리에서 자신이 꺾인다면 무림맹은 회생 불능의 상태에 빠지게 될 것이다. 범현은 그것을 너무나 잘 알고 있었다.
단상 아래에 집결해 있던 정파무림인들은 간절한 얼굴로 범현 거사만을 바라보았다. 그들은 왜 범현이 아무 말도 하지 못한 채 얼어붙은 것인지 이해하지 못했다.

"구황 문주, 이제 그만 돌아가 주시오. 오늘의 일은 차후 따지리다. 어찌 되었든 지금 이 자리는 정파무림의 행사. 당신은 초대받지 않은 사람이오."

단상 위에 있던 화산 장문인 백의천이 입을 열었다.

백의천은 이 기회를 빌어 자신의 입지를 더욱 확고히 할 필요가 있었다.

비록 비무대회에서 화산이 우승을 거머쥠으로써 차기 무림맹주 직에 앉게 되었으나, 범현의 그늘은 여전히 컸다. 그의 그늘을 벗어나기 위해선 어떤 식으로든 자신을 부각시켜야 했다.

"초대받지 않은 사람이라……?"

추역강은 흥미롭다는 듯 백의천을 쳐다보았다.

하지만 그의 시선은 결국 백의천 옆에 앉아 있던 초화공에게 가 닿았다. 추역강은 그제야 고개를 끄덕이며 야릇한 미소를 지었다.

사실 추역강은 전서구를 통해 7일 전 객잔에서 벌어졌던 흑자린의 암살, 구절심과 정파무림인들의 싸움 등에 관한 소식을 들었다.

초화공이 보낸 밀서를 받은 것도 그 즈음이었다.

추역강은 곧장 대규모의 병력을 이끌고 소림으로 향했다. 더불어 소림으로 오는 내내 초화공과 모종의 논의를 가졌다.

지금 벌어지고 있는 상황 역시 어느 정도는 예상된 것이었다.

하지만 추역강에게 있어 오늘과 같은 등장은 초화공과는 상관없이 아주 오래전부터 준비되어져 왔다.

그는 강호 쟁패를 꿈꾸고 있었고, 이제 그 꿈을 이룰 만큼 강력한 힘이 생겼다. 반면 무림맹은 그 세력이 많이 위축되었다. 마음만 먹는다면 언제든 정벌할 수 있는 상대였다.

　문제는 무림맹과의 일전이 구황문에 득이 될 것이 없다는 점이었다. 비록 승리를 확신할 수는 있으나 혈겁을 통해 많은 병력의 손실을 가져올 수 있기 때문이다. 차라리 무림맹을 부추겨 천무밀교에 타격을 주는 것이 현명한 처사였다.

　그런데 초화공이 보낸 밀서는 그러한 계획에 부합되는 내용이었다.

　초화공은 화산의 백의천에게 힘을 실어줄 것을 당부했다. 만약 그가 무림맹주가 된다면 이후 구황문과 무림맹, 그리고 사평왕을 중심으로 한 정치 세력의 공조가 용이해진다는 이유에서였다.

　추역강으로선 그것을 거절할 이유가 없었다. 그럼에도 굳이 그가 이런 식의 등장으로 무림맹을 자극한 이유는 하나였다.

　구절심. 추역강은 평소 구절심을 탐내고 있었다. 그런데 이번 사건이 어쩌면 그를 거둘 절호의 기회로 작용하리라 믿고 있었다.

　더욱이 혹자린이라는 걸출한 모사가 죽은 이상 어떤 식으로든 무림맹의 기를 꺾어놓을 필요가 있었다. 어차피 공조 관계를 유지해야 한다면 일찌감치 기선을 제압하는 것이 좋기 때문이다.

　"그대의 명호는?"

　추역강은 이미 백의천의 정체를 알고 있었으나 시치미를 뗀 채 물었다.

　"나는 화산파의 장문인 백의천이오."

　"좋소. 내 목적은 구절심. 이미 말했듯 구절심은 내 사람이니 내가 데리고 가겠소. 어차피 구절심 역시 초대받지 않은 손님일 테니 이쯤에서 사라져 주는 것이 좋겠지."

　추역강은 가벼운 미소와 함께 정파무림인들의 얼굴을 한번 훑어보았다. 그리고 그 시선은 다시 범현 거사에게 닿았다.

"땡초, 그대는 저기 앉아 있는 화산 장문인 덕에 살아난 것이다. 아무래도 그에게 감사해야 할 것 같군. 하하, 하지만 우리 땡초께선 영웅치고는 지나치게 초라한걸? 만약 내가 당신이었다면 목숨을 걸고라도 덤벼들었을 거야. 그 인내심은 칭찬해 줄 만하지만, 이런 개망신을 당하고도 얼굴을 들고 다닐 수 있을까? 파하하핫!"

추역강은 등을 돌려 자신들의 무리를 향해 걸어가며 유쾌하게 웃었다.

망연자실한 표정으로 서 있는 범현 거사의 얼굴로 햇볕이 쏟아져 내렸다. 잔인할 만큼 찬연한 가을 햇볕이었다.

잠시 후 이미 모습을 감춘 추역강의 음성이 소림 전체에 울리기 시작했다.

"구황문과 맞서려 하지 마라. 아니, 맞서도 좋다. 하지만 그런 자일수록 나 구황 앞에 오체투지하는 순간이 빨리 다가올 것이다. 푸하하하하!"

상당한 내력이 실린 그 목소리로 인해 정파무림인들은 사시나무처럼 몸을 떨어야 했다.

2장 경천동지

그림자에도 무게가 있다.
그 무게로 인해
땅이 갈라지고
하늘이 쪼개진다.

1
경천동지

"부인."

"예, 서방님."

"잠잘 때 몸을 기울게 하지는 않소?"

"예."

"앉을 때 한쪽이 치우치게 하지는 않소?"

"예."

"설 때 한쪽 발에만 의지하지도 않고?"

"예."

"음… 잘하고 있소이다. 맛이 가거나 벤 곳이 반듯하지 않으면 절대 먹지 마시오. 자리가 반듯하지 않으면 앉지 말 것이며, 눈으로는 사악한 것을 보지 말고, 귀로는 음란한 소리를 듣지 마시구려. 밤에는 시(詩)를 외워 마음을 안정시키고, 밝고 바른 이야기만 하도록 노력하시오. 이와 같이 하면 용모가 단정하고 재주가 남보다 뛰어난 아들을 낳을 수 있다고 합디다. 물론 호랑이 새끼가 고양이가 될 리는 없지만."
 "예이— 이—"
 문밖으론 삭풍이 휘몰아치고 있었다.
 달빛조차 얼려 버릴 만큼 차가운 한기가 대지 위를 맴돌았다. 거리로는 개 한 마리 얼씬거리지 않았고, 겨울잠 없는 짐승들도 굴 밖으로 나오지 않았다.
 하지만 화로 위에선 향긋한 차가 끓고 방 안으론 따스한 온기가 자리 잡아갔다.
 무림맹 비무대회가 끝난 지 이미 2개월.
 무림맹과 당문, 그 외 강호 전반에 걸쳐 크고 작은 변화들이 일어나고 있었다. 그러나 무산과 당수정은 오로지 새롭게 태어날 2세를 위해 태교에 전념하고 있었다.
 "음… 부인, 이건 기우겠지만 말이오, 설마 이 남편을 미워하거나 얕보거나 하지는 않겠지요? 그러면 그거 태교에 아주 안 좋은 영향을 미친다오. 혹 남편이 미워질 때가 있더라도 이제 곧 태어날 우리 아들을 위해 자중해 주시기 바라오."
 "호호, 소녀 당수정, 지어미 된 도리로 늘 서방님을 존경하고 있답니다. 그런데……."
 무산의 품에 안겨 속삭이던 당수정이 잠시 난감한 표정을 지었다.
 "왜 그러시오, 부인? 말을 해보시구려."
 "우리 아기가 딸일 수도 있잖아요. 왜 자꾸 아들, 아들 하시는 거죠?"
 "푸헤헤, 그 점은 걱정 마시오. 분명히 아들이오."
 "그걸 어떻게 알지요?"
 당수정은 무산의 얼굴을 빤히 쳐다보며 물었다.
 "그건 비밀이오. 푸헤헤헤! 부인은 그저 밤일 잘하는 서방님 만난 것을 고맙게 여기면 되오."

 무산은 유쾌하게 웃으며 당수정의 이마에 쪽, 입을 맞추었다. 그리고 잠시 후 침상에서 몸을 일으켜 외출 준비를 했다.

 "아무래도 부인 먼저 주무셔야겠소. 나는 급히 볼일이 있어서……."

 "무슨……."

 "하하하, 차후에 말해 주리다. 어쨌든 다 우리 가문을 위한 일이니 그런 줄이나 아시구려."

 말을 마친 무산은 다시 한 번 당수정의 이마에 입을 맞춘 후 침실을 빠져나갔다.

 휘이익―

 살을 엘 듯한 칼바람이 방 안의 온기를 흩트리며 휘몰아쳐 왔다.

 '요즘 서방님이 수상해. 워낙 밤일을 즐기는 사람이라서…….'

 당수정은 며칠째 계속되는 무산의 밤 외출에 은근히 신경이 쓰였다. 혹시 바람이라도 난 게 아닐까 하고.

 불영사(佛影寺).

 당문가에서 멀지 않은 허름한 절로, 정작 스님들의 모습은 찾아볼 수 없다.

 이곳도 한때는 제법 잘 나가는 절이었다. 그런데 하필이면 대웅전에 벼락이 떨어지는 바람에 신도의 발길이 뚝 끊겼고, 이후 쇠락의 길로 접어들게 되었다.

 하지만 그곳은 영매(靈媒)나 술사들에겐 나름대로 유명한 장소였다. 고승들의 사리를 모아둔 탑과 기묘한 모양의 석상들이 많은 데다 음기가 강성한 땅이었기 때문이다.

 자시(子時).

한 사내가 삭풍을 뚫고 불영사로 들어섰다. 그는 곧장 무너진 대웅전을 끼고 돌아 뒤뜰로 걸음을 옮겼다.

사내는 다시 수십 개의 탑을 지나쳐 풍상에 휩쓸려 어렴풋이 형체만 남은 미륵석상 앞에 멈춰 섰다.

잠시 후…

"헤헤, 이것도 드시구요, 술도 한 잔 쭉 들이키십시오. 헤헤, 제가 더이상 바랄 게 뭐가 있겠습니까요. 그저 떡두꺼비 같은 아들 녀석이나 낳게 해주십시오. 혹시 우리 여편네 뱃속에 들어 있는 녀석이 암평아리면 고놈을 수평아리로 바꿔주시기만 하면 됩니다요. 헤헤헤. 아주 간단한 부탁입지요."

얼음처럼 차가운 달빛 아래의 사내, 무산이었다.

「푸히히, 주인님. 고생 참 많으십니다. 벌써 닷새째 이 고생이시니 아마 저 돌부처도 감동했을 겁니다. 하지만 이런다고 계집이 사내 되고, 사내가 계집 되는 것은 아니지요.」

"닥쳐라, 휘두백 이놈. 부정 타서 딸이라도 나오면 너는 그날이 새로운 제삿날이 될 줄 알아라!"

「에구머니. 무슨 그런 끔찍한 말씀을……. 그나저나 왜 그렇게 딸을 싫어하십니까요. 제법 진보적인 분이…….」

휘두백은 언뜻 이해가 가지 않는다는 듯 물었다.

유교가 도래한 이후 남아 선호 사상이 뿌리 깊긴 했으나, 사실 키우는 재미는 딸이 더 쏠쏠하다. 더욱이 무산은 자기 성도 모르는 천애고아. 뭐, 꼭 대를 이을 필요도 없었다. 휘두백이 보기에 이래저래 무산의 집착은 비정상적인 데가 있었다.

하지만 무산에게도 나름의 이유는 있었다.

"후— 모르는 소리. 내년이 말띠 해 아니더냐. 계집아이가 말띠 해에

나면 팔자가 사나워지느니라."

「……」

"헤헤, 고 녀석. 안 믿는 눈치구나. 하긴 물귀신 속이는 게 쉬운 일은 아니지. 사실 나는 반드시 아들을 낳아야 하느니라. 생각해 보거라. 내가 참지 못하는 것 중 첫째가 굶주림이다. 그런데 만약 내가 아들도 낳지 못한 채 죽는다면 누가 내 제사 상을 차려주겠느냐? 헤헤, 물론 지나친 걱정이라고도 할 수 있지만 여기는 강호다. 언제 죽을지 장담할 수 없는 곳이지. 편하게 눈감으려면 아들부터 낳고 볼 일이야."

「맙소사… 하긴, 주인님 하시는 꼬라지를 보니 대충 이해는 갑니다요.」

"……"

물론 지나친 면이 있긴 했다.

하지만 최근 강호의 분위기는 살벌했다. 지난번 무림맹 비무대회는 정파무림의 붕괴 조짐을 다시 한 번 확인시켜 주었을 뿐이다. 정파무림의 본산이라 할 수 있는 소림이 구황문 앞에서 꼬리를 내렸고, 내분도 본격화되었다.

새롭게 무림맹주가 된 화산의 백의천은 소림과 무당, 아미파와 잦은 마찰을 빚었다.

특히 천무밀교나 구황문, 황실에 대한 입장 등 무림맹의 굵직한 현안에 있어 그들은 사사건건 상반된 입장에 섰다. 자연히 혼란이 가중되었다.

그사이 사파의 양대 세력인 천무밀교와 구황문은 대륙 각지에서 세력을 넓혀갔다.

하지만 문제는 정파무림의 저항이 한계를 보이기 시작했다는 것이다. 천무밀교나 구황문의 압력에 굴하지 않은 정파는 끝내 멸문의 화를 입었다. 무림맹에서는 아무런 지원이 없었고, 자력으로 대항하는 데는 한계가 있었다.

자고 일어나면 어제까지 있던 문파나 세가가 잿더미로 변해 있었다. 그리고 얼마 후 그곳에는 구황문, 혹은 천무밀교의 분타가 세워졌다.

혼란은 비단 강호의 것만은 아니었다.

병석에 있던 황제가 열흘 전 죽음을 맞이했다. 지병이 악화된 것으로 알려졌으나 일각에선 독살설이 나돌았다. 하긴 아무도 알 수 없는 일이다.

황태자 유의 나이 12세. 범의 소굴이나 다름없는 황실에서 용상을 지켜내는 일은 결코 쉽지 않다.

하지만 그의 주위에도 비교적 많은 세력이 있어 당분간은 힘겹게나마 사평왕과 대립할 수 있다. 물론 그들 역시 믿을 만한 인물들은 아니다. 저마다의 욕망을 채우기 위해 황태자 주위로 몰려든 것뿐이므로.

다만 그중의 한 명, 방회라는 인물은 그런 부류와는 달랐다. 그는 황태자 유의 유일한 외척으로, 제법 뛰어난 모사였으며 유에 대한 충성심도 깊었다.

현재 황태자 유의 황제 등극은 80일 후로 확정되어 있는 상태다. 우선 국상을 마친 후 나름의 절차를 거쳐 정식으로 용상에 앉게 되는 것이다.

하지만 그날이 올 것이라고 믿는 사람은 드물었다.

비록 황태자의 주변에 많은 세력이 운집해 있다고는 해도 상대는 권력의 절반 이상을 거머쥐고 있는 사평왕이었다. 그들 사이의 암투는 나날이 심각해져 갔고, 조만간 역모가 일어나리란 소문이 파다했다.

문제는 누구도 그런 소문을 부정하지 않는다는 점이다. 사평왕 자신조차도.

이러한 황실의 대치 국면은 어수선한 강호의 정세를 더욱 혼란스럽게 했다.
　황태자 유는, 아니, 그의 외삼촌이자 책사인 방회는 어려운 국면을 타개하기 위해 강호로 눈을 돌렸다. 어떻게 해서든 사평왕의 세력에 타격을 주고 그 힘을 분산시킬 필요가 있었기 때문이다.
　그러한 음모에 엮이게 된 것은 바로 천무밀교였다. 방회는 황명을 빙자해 사평왕에게 천무밀교의 토벌 임무를 떠넘긴 것이다.
　그동안 천무밀교는 꾸준히 역천(逆天)의 기치를 내건 채 황실에 대항해 왔다. 더욱이 최근 그 세력은 황실에서도 함부로 할 수 없을 만큼 거대해졌다.
　만약 사평왕과 천무밀교가 맞부딪치게 되면 아무도 그 결과를 예측할 수 없다. 다만 어느 쪽이든 치명적인 피해를 입게 되리란 것만은 확실했다. 방회는 바로 그 점을 노린 것이다.
　하지만 방회가 모르는 것이 있었다. 사평왕 역시 그와 똑같은 생각을 가지고 있다는 것. 더욱이 사평왕에겐 방회 이상으로 뛰어난 모사 초화공이 있었다.

　얼마의 시간이 지났을까. 어둠을 뚫고 한 명의 복면인이 불영사로 들어섰다.
　그는 얼마 전 무산이 그랬듯 대웅전을 끼고 돌아 탑들이 늘어서 있는 뒤뜰로 다급히 걸음을 옮겼다. 작은 체구에 어울리는 표홀한 움직임이었다.
　"뻐꾸기는 종을 세 번 때린다."
　미륵석불 뒤에서 걸음을 멈춘 복면인이 속삭이듯 말했다.
　사특한 기운이 풀풀 날리는 음성이었다.
　"댕, 댕, 댕……!"

잠시 졸고 있던 무산이 화들짝 놀라며 세 번에 걸쳐 종소리를 냈다.
"얻어맞은 종이 뻐꾸기 머리를 세 대 때린다."
"뻐꾹, 뻐꾹, 뻐꾹……!"
암호를 주고받은 복면인은 미륵석상 뒤편에서 머리를 쏙 내민 후 다시 한 차례 주위를 살폈다.
"낄낄, 약속보다 좀 늦었군. 미안하구나. 워낙 공사가 다망하다 보니……."
"젠장! 영감, 얼마나 추운지 알아? 하루 이틀도 아니고 나흘이나 늦었어. 영감이 그 기나긴 기다림의 고통을 알아? 턱에 고드름이 달릴 것처럼 더러운 추위가 계속되었고, 박수무당들 굿 하는 소리에도 내성이 생겼어. 늙은 보살들이 추파를 던지는가 하면, 미끄러져서 얼어붙은 똥 덩어리에 얼굴을 처박기도 했어. 게다가 오늘은 그중에서도 가장 추운 날이야. 오죽하면 1년 내내 이 절에 죽치고 있던 박수무당하고 늙은 보살들까지 코빼기도 안 보이겠어. 영감이 정말 내 기다림의 고통을 알아? 이게 영감이 말한 명예를 건 약속이야? 나 정말 실망이 커!"
"쯧쯧. 애야, 침이나 닦고 떠들어라."
"……!"
무산은 소매로 슬쩍 침을 닦아내며 복면인을 노려보았다. 그리고는 어이가 없다는 듯 피식 웃으며 다시 입을 열었다.
"영감, 정말 웃기는 거 알아? 이 상황에 복면은 왜 뒤집어쓰고 나타나는 거야? 그리고 다니면 사람들이 이상하게 생각하지 않을까?"
"그놈 참 말 많네. 이건 어디까지나 실수로서의 자부심이니라. 나 삼불원 소뢰는 관에 들어갈 때도 복면을 할 거다."
삼불원 소뢰. 그는 더 이상 초혼야수의 실수가 아니다.
오히려 초혼야수의 추격을 받으며 하루하루 힘겹게 목숨을 이어가고 있었다. 무엇을 하면서 시간을 보내는지, 어떻게 먹고 사는지도 알 수 없다. 그저 복면 속에 얼굴을 감춘 채 살수의 자존심을 지켜가며 살아갈 뿐이다.

무림맹 비무대회가 열리기 직전 소뢰는 무산과 계약을 맺은 바 있었다. 그의 제자인 뢰원의 목숨을 살려주는 조건으로.

무산이 제시한 조건은 간단했다. 삼불원이 무산의 정보원이 되어 그때그때 필요한 정보를 물어다 주는 것이다.

오늘 삼불원이 나타난 것 역시 그런 계약의 이행을 위해서였다.

무산은 이미 지난번 용문도장 화재 사건의 전후를 삼불원에게서 들은 바 있었다. 덕분에 당비약의 가담 여부를 확실히 알 수 있었으나, 마땅한 물증이 없어 그것을 문제 삼지는 못했다. 그저 그에 대한 경계심을 높이는 수밖에.

사실 비무대회가 끝난 이후, 무산 내외는 당문의 주도권을 둘러싸고 당비약과 신경전을 벌이고 있는 중이다. 물론 그것은 당개수와 오당마환의 암투이기도 했다.

비무대회에서 8강에 오른 이후 당문은 과거 어느 때보다 활기에 차 있었다. 문제는 오당마환. 그들은 당문의 힘을 하나로 모으는 데 가장 큰 걸림돌이 되었다.

오당마환 역시 당문의 부활을 목표로 하고 있기는 했으나 당개수와는 그 방식을 달리했다. 그들은 점진적인 개혁이 아니라 급격한 성장을 원했다. 우선 무림맹과의 공조 체제를 깨고 사파 세력에 합세할 것을 주장했다.

한편으론 이해가 가기도 했다. 최근 무림맹 소속의 군소방파가 사파에 의해 처절하게 멸문지화를 당하고 있었기 때문이다. 당문이 기반을 다지고 있는 사천성에서도 얼마 전 청성파와 점창파가 무림맹 탈퇴를 선언했다.

그럴 수밖에 없었다. 이미 서안과 서장이 구황문의 수중에 들어갔으며 청해의 곤륜파 역시 그들에 의해 심한 압박을 받고 있었다.

이제 사천성에 남은 무림정파는 아미파와 당문.

문제는 당문 밖에선 아무도 당문을 무림정파로 여겨주지 않는다는 점이었다. 그것은 무엇보다 아미파가 보여주는 작태에서 여실히 드러났다.

지금처럼 급박한 상황에서도 아미파는 당문과 공조 체제를 유지하려 하지 않았다. 오히려 섬서성의 종남파나 호북의 무당파, 팽가 등과 긴밀한 관계를 꾀했다. 아예 당문을 무시하고 있는 것이다.

상황이 그렇다 보니 오당마환은 이 기회에 당문의 독립을 이룬다는 명분을 내세워 당개수에게 무림맹 탈퇴를 강요했다. 더욱이 그들은 당비약을 전면에 내세우며 당문의 세대교체를 주장했다.

오당마환의 세대교체론에 의해 현재 당문은 심각한 내분을 겪고 있었다. 그동안 표면에 드러나지 않았던 갈등이 전면으로 드러난 것이다.

특히 전통 당문으로의 복귀를 주장하고 있던 세력이 오당마환과 손을 잡음으로써 당문은 그 세력이 크게 양단되었다.

즉, 무림맹과의 연대를 고집하는 당개수 세력과 사파와의 연대를 주장하는 오당마환 세력으로 나뉘게 된 것이다. 안타까운 것은 현재의 상황이 당개수 세력에게 상당히 불리하게 작용하고 있다는 점이었다.

이미 말했듯 무림맹은 최근 쇠락의 길로 치닫고 있다는 인상을 짙게 풍겼다.

더욱이 당문은 지난 30년 전 무림맹에 의해 씻을 수 없는 수치를 맛보았다. 이후 무림맹의 개라는 소리를 들을 만큼 굴욕적인 관계를 유지했다. 당연히 당문 내에선 그들에게 반감을 가질 수밖에 없었다.

반면 구황문은 회유책을 써서 자신들에게 협력하는 문파에겐 최대의 지원을 아끼지 않았다. 자율적인 경영을 인정했으며, 비상시엔 병력의 지원까지 해줄 것을 약속했다. 그들 구황문은 어차피 무림맹의 와해를 목적으로 하고 있었기 때문이다.

이러한 상황에서도 무림맹은 여전히 당문 보기를 사갈시했다. 당문을 홀대해 빈축을 사는가 하면, 여전히 기고만장한 태도를 버리지 못한 채 무리한 요구만을 해왔다.

이런저런 이유로 당문의 중진 사이에서 무림맹은 동지가 아닌 적으로 간주되는 형편이었다. 그들은 당연히 오당마환의 주장을 솔깃하게 받아들였다.

결국 사흘 후 당문은 수뇌회의를 열어 이 문제에 대해 신중하게 논의하기로 했다.

상황이 이렇듯 급박해짐에 따라 무산은 초화공과 관련된 강호의 사정을 알 필요가 있었다. 판국을 제대로 읽어야 대처 방안이 나오기 때문이다.

한편으론 용문도장에서의 일을 빌미로 당비약에게 항명죄를 적용해 볼까도 생각해 보았다. 그렇게 되면 저절로 오당마환을 압박할 수 있기 때문이다. 하지만 너무 늦은 감이 있었다. 더욱이 삼불원 소뢰의 정체가 떳떳치 못한 만큼 역효과를 낼 수도 있다. 이래저래 신중할 수밖에 없는 처지였다.

"그래, 얘야. 내게 전서구를 보낸 까닭이 무엇이냐?"

"헤헤, 그냥 안부가 궁금해서……."

2
경천동지

서장(西藏), 대설산 중턱. 가엽사(佳葉寺).

현 중원무림을 뒤흔들고 있는 구황문의 문주 추역강이 한때 은거해 있던 절이다. 물론 그 사실을 아는 사람은 많지 않다.

구황 추역강. 그는 원래 가엽사의 동자승이었다. 어린 시절 절 앞에 버려진 것을 가엽사의 주지가 거두어 승려로 키웠다. 당시 추역강의 법호는 태암(怠岩)이었다.

하지만 사람에겐 저마다의 운명이 있었고, 추역강의 운명은 승려와는 거리가 먼 것이었다.

추역강의 나이 열 살이 되던 해, 중원에서 온 한 초로의 사내가 가엽사에 몸을 의탁했다. 적지 않은 재물을 시주한 만큼 주지는 두말 않고 그를 거두었다.

한 달가량이 지난 후 사내는 곧 삭발을 하고 승려가 되었다. 사내는 심송(深松)이라는 법호를 얻었다.

어느 날, 마당을 쓸던 태암에게 심송이 다가왔다. 심송은 밑도 끝도 없이 태암에게 오체투지하며 신하의 예를 갖춘 후 조용히 물러갔다. 이후 그런 행동은 하루도 빼놓지 않고 반복되었다.

세 달째 되는 날, 태암이 물었다.

"심송께선 바닥에 눕는 것을 좋아하시는가 보구려."

심송은 대답했다.

"천하의 모든 사람들이 구황께 오체투지하는 날이 올 것입니다."

그날 태암은 심송을 따라 가엽사를 떠나게 되었다.

심송. 그는 본래 구황문의 구대호법 중 한 사람인 구천일뢰(九天一雷) 장각(張覺)이었다.

장각은 구황문의 전대 문주 추양정의 심복으로, 9년 전 그의 아들 추역강을 이곳 가엽사에 버린 장본인이기도 했다.

물론 거기엔 그럴 만한 사연이 있었다.

당시 구황문은 복잡한 암투에 휘말려 있었다. 신흥 사파였던 만큼 당대 최고의 사파였던 북천문의 감시와 견제를 받아야 했는데, 그 정도가 지나쳤다.

북천문의 문주였던 매성목은 자신의 양녀 화린이란 계집을 구황문에 보내 추양정의 처가 되게 했다. 문제는 그것이 지극히 정략적이고 강압적이었다는 점이다.

추양정에겐 엄연히 비희라는 본처와 갓 백일이 지난 아들 추역강이 있었다. 그러나 그런 모든 사정이 무시된 채 추양정과 화린의 결혼식이 일사천리로 진행되었다. 만약 추양정이 그 결혼을 거부할 경우 북천문은 구황문을 멸문시키리란 것이 자명했다.

추양정은 어쩔 수 없이 화린을 아내로 맞아들였다.

하지만 이후 구황문은 그녀로 인해 심각한 사건에 휘말리게 되었다. 혼례를 올린 지 채 한 달이 지나지 않아 비희가 독살을 당한 것이다.

그 일로 구황문은 혼란에 휩싸였다.

범인이 누구인지는 불을 보듯 훤한 일이었으나 그 일을 문제 삼을 수 없었다. 자칫 일을 확대시킬 경우 멸문의 위기까지 맞게 되는 것이다. 그런데 여기에서 또 하나의 사기극이 벌어졌다.

추양정은 계책을 써서 자신의 아들 추역강을 빼돌렸다. 그리고 비희와 함께 어린 아들 추역강마저 독살당한 것으로 소문을 냈다. 물론 그것은 화린과 북천문의 눈을 속이기 위해서였다.

추양정은 장각을 시켜 추역강을 서장으로 보내게 한 후 추역강 또래의 아이를 죽여 비희와 함께 묻었다. 그리고 아무 일 없었다는 듯 그 살인 사건을 조용히 묻었다.

잠시의 혼란이 잦아들면서 화린은 평화로운 나날을 보냈다.

비희가 죽은 후 곧 아이를 잉태해 아들을 낳았고, 추양정은 곧 과거를 잊은 채 새로운 아들의 재롱에 빠져들었다. 늘 따스한 눈길로 화린을 대해주었고, 그들 모자의 부탁이라면 무엇이든 들어주었다.

그녀 앞에서 죽은 비희나 아들 추역강의 일은 단 한 번도 거론하지 않았다. 다만 화린, 그녀가 낳은 아들에게, 죽은 아들 추역강의 이름을 그대로 물려주었을 뿐이다.

화린으로선 얼마간 께름칙한 일이긴 했으나 아무 내색도 할 수 없었다. 오히려 자신의 아들에게 장자의 이름을 그대로 쓰게 했다는 점이 안심되기도 했다.

그렇게 9년의 시간이 흘렀다.

그사이 신흥 문파였던 구황문은 안정된 기틀을 마련했다.

세력은 점차 확대되어 갔고 구황문에 대한 북천문의 견제도 줄어들었다. 추양정이 북천문에 보인 충성을 믿기 시작한 것이다.

추양정의 숨겨진 발톱이 드러난 것도 그때였다.

지난 9년의 세월 동안 추양정은 죽은 비희와 서장으로 보낸 아들을 단 한 번도 잊어본 적이 없었다. 복수의 날을 기다리며 통한의 눈물을 삼켜왔을 뿐이다.

추양정은 장각에게 밀령을 내려 서장으로 떠나게 했다. 추역강을 거두어 그동안의 비사를 알려주고 제왕의 예와 무공을 가르치도록 한 것이다.

이후 다시 9년의 시간이 흘렀다.

장각이 가엽사의 추역강을 구황문 본전에 데리고 온 날, 구황문에서는 18년 전의 살인 사건에 대한 단호한 심판이 내려졌다.

화린은 구황문 본채의 섬돌 아래에 무릎 꿇린 채 앉혀졌고, 추양정은 몸소 검을 든 채 섬돌을 내려갔다.

차르릉—

검집에서 검이 벗어나는 것과 동시에 화린의 목이 섬돌 아래의 뜨락으로 떨구어졌다. 단 일 도에 18년, 그 질긴 인연이 끊어진 것이다.

며칠 후 구황문 본전에서 멀지 않은 수련동에선 또 한 차례의 끔찍한 살인이 자행되었다. 구황문의 절기를 익히기 위해 수련동에 들었던 화린의 아들 추역강(현 구황 문주 추역강의 이복 동생)이 복면인들의 칼에 목숨을 잃은 것이다.

그날 이후 구황문에선 북천문의 그림자가 모두 사라졌다.

화린의 목을 베는 것과 동시에 그녀의 시비와 친(親)북천문 세력이 모두 척살당했다. 더욱이 추양정은 자신의 핏줄마저도 단호하게 죽임으로써 북천문의 잔재를 말끔히 씻어버린 것이다.

남은 것은 진정한 장자, 추역강에 의해 펼쳐질 새로운 역사였다.

"이제 사천성 한 곳만이 남았습니다. 사천성을 정벌하는 것으로 대륙의 절반이 구황문의 수중에 들어오는 것입니다."

어느새 백발이 되어버린 장각이 들뜬 음성으로 추역강에게 말했다.

추역강과 장각. 그 두 사람은 눈 덮인 가엽사의 뜰을 거닐고 있었다. 신강이나 서장 등 새외 무림은 물론, 청해와 원남, 서안, 내몽고 일대가 이미 구황문의 세력 앞에 무릎을 꿇었다.

이제 중원 정벌의 교두보가 될 사천성을 장악하는 일만이 남은 것이다.

"곤륜파의 저항은 끝난 것인가?"

과거 동자승 시절의 추억에 잠겨 있던 추역강이 정신을 수습하며 가볍게 물었다.

"예. 곤륜파를 회유하는 데는 실패했습니다. 아마도 구절심에 의해 죽은 역선 유운학 때문에 구황문에 대한 반감이 심했던 모양입니다. 어쩔 수 없이 힘으로 제압했습니다."

"그렇군. 그래, 사천성의 상황은 어떠한가?"

"예, 사천성의 최대 난적은 아미파입니다. 이미 세 방이 포위되어 있음에도 아미는 쉽게 물러서지 않습니다. 그 외 청성파와 점창파는 무림맹을 탈퇴함으로써 사실상 저희에게 투항한 것이나 다름없습니다."

장각은 추역강의 표정을 흘깃 살피며 대답했다.

"음, 당문의 사정은?"

"하하, 당문이야 본시 정사(正邪)의 중간 지대가 아닙니까. 게다가 워낙 규모가 작고 폐쇄적인 집단이라 강호의 정세에는 영향을 주지도, 받지도 않는 곳입니다. 있으나마나 한 곳이지요. 하지만 일단 회유책을 써 볼 생각입니다."

"정사(正邪)의 중간 지대라… 하긴 당문이 그런 곳이긴 하지. 하지만 명심하게. 강호에선 군림하는 자와 종속되는 자, 그 두 가지 부류만이 존재한다네. 아군이 아니면 모두 적이야. 만약 당문이 우리의 회유를 받아들이지 않는다면 그곳 역시 힘으로 제압하는 수밖에."

"알겠습니다."

장각은 내심 흐뭇한 표정으로 추역강을 바라보며 대답했다.

장각의 입장에서 보자면 추역강은 9년에 걸쳐 자신이 가르침을 준 제자다. 하지만 지금의 추역강은 감히 장각 자신이 넘볼 수 없는 경지에 이르러 있다. 병법과 무학, 타인을 압도하는 강한 지도력 등 모든 것이 갖추어진 지도자였다.

"구절심의 상태는 어떠한가?"

"저, 그것이……."

장각의 어정쩡한 대답에 추역강의 표정이 어두워졌다.

"쉽진 않을 것이다. 하지만 그대는 내가 아는 최고의 조련사다. 지금의 나를 만들어낸 것도 장각, 그대가 아닌가. 구절심을 최고의 살수로 거듭나게 하라."

"존명!"

한때 가엽사의 라마승들이 무공을 연마하던 연무관.

하지만 지금 그곳엔 한 명의 사내만이 조용히 좌정해 있다. 사내는 알몸이었으며, 그 앞에는 한 자루의 검이 놓여 있었다.

드르륵…….

묵중한 나무 문이 열리는 것과 동시에 눈부신 햇살이 쏟아져 들어왔다.

"방금 전 구황께서 다녀가셨네."

연무관 안으로 들어선 장각이 낮은 음성으로 말했다. 그가 말을 할 때마다 하얀 입김이 피어올랐다.

"구황께선 왜 자네에게 그토록 관심을 기울이는 것일까?"

"……."

알몸의 사내 구절심. 그는 계속되는 장각의 말에도 아무런 대답을 하지 않았다. 그저 반쯤 열린 눈으로 눈앞의 검을 응시할 뿐이다.

구절심의 상태는 상당히 호전되었다. 시체처럼 피골이 상접해 있던 얼굴엔 얼마간 살이 붙었고 칠흑처럼 검던 피부도 홍조를 띠고 있었다.

"가연을 보고 싶소."

얼어붙은 것 같던 구절심의 입이 열렸다.

"그래, 보고 싶겠지. 알겠네."

장각은 구절심에게 다가가 견정혈(肩井穴)과 몇 군데의 혈도를 빠르게 눌러 나갔다.

"고맙소."

구절심은 힘겹게 몸을 일으킨 후 한차례 허리를 젖히며 호흡을 가다듬었다.

"조금만 더 참게. 자네의 내장은 서서히 정상으로 돌아오고 있어. 약 보름가량만 더 치료하면 몸의 독기가 모두 빠져나갈 걸세."

"……."

구절심은 장각의 이야기를 귓전으로 흘려보냈다.

밖에선 칼바람이 휘몰아치고 있었으나 그는 옷도 걸치지 않은 채 곧장 연무관을 빠져나갔다.

"후— 도대체 어디부터 시작해야 할지 알 수 없군."

장각은 길게 한숨을 내쉬며 구절심의 뒷모습을 바라보았다.

그는 원래 지병을 앓고 있어 평소 의학에 관심을 가지고 있었다. 그런데 어떻게 인연이 닿아 흑자린에게 의술을 전수받게 되었다.

오래전 구황문의 광동 분타를 다녀오던 중 장각은 그곳 거리에서 혼절하고 말았다. 갑자기 심장이 조여오며 심한 고통이 찾아온 것이다. 그런데 그때 한 의원에 의해 구사일생으로 목숨을 건지게 되었다. 그가 바로 흑자린이다.

당시 흑자린은 하오문에 속해 있었다. 하지만 그들에게 염증을 느껴 어떻게든 달아나고 싶어했으므로 장각은 곧장 그를 구황문으로 데리고 왔다.

이후 그는 흑자린을 구황문의 책사로 키웠고, 개인적으로는 그에게 의술을 전수받았다. 서로의 능력을 주고받은 셈이다.

산 전체가 하얀 눈에 휩싸여 있었다.

그것도 모자란 것인지 하늘에선 다시 눈발이 날리기 시작했고, 온몸을 얼려 버릴 것처럼 매서운 바람이 몰아쳤다.

투둑, 투두득……!

걸음을 옮길 때마다 얼어붙은 눈이 꺼지며 깊게 발자국을 남겼다. 그 발자국은 곧장 가엽사 뒤편의 동굴로 이어졌다.

설빙곡! 천 년 전의 눈과 얼음이 녹지 않은 채 머물러 있다는 계곡. 하지만 그곳은 사실 계곡이 아닌 깊은 동굴이었다.

구절심은 동굴 안으로 난 계단을 따라 아래로 아래로 내려갔다. 바람은 없었지만 바깥보다 훨씬 매서운 한기가 구절심의 몸을 파고들었다.

동굴 벽에는 여러 개의 야명주가 박혀 달빛처럼 서늘한 빛을 내뿜었다. 덕분에 구절심은 별 어려움 없이 동굴 속으로 들어갈 수 있었다.

얼마쯤 더 내려갔을까. 구절심의 눈으로 찬연한 빛이 쏟아져 들어왔다.

비교적 널찍한 공간. 수백 개의 야명주가 내뿜은 빛이 원형을 이룬 얼음벽에 반사되며 오색의 광채를 내뿜었다.

원형의 얼음벽 안에는 수정처럼 맑고 투명한 피부를 가진 한 여인이 누워 있었다.

가연! 구절심의 연인.

"당신이 행복했으면 좋겠소."

가연을 바라보던 구절심이 낮게 중얼거렸다.

가연은 이미 죽은 사람이다. 남은 것은 그녀의 육신뿐. 그나마도 장각의 의술이 아니었다면 이미 썩어 없어졌을 것이다.

하지만 그것을 아는지 모르는지 구절심은 그녀의 차가운 얼굴에 손을 가져다 댔다. 서늘한 감촉이 손끝으로 전해졌다.

"당신이 행복했으면 좋겠소."

구절심은 다시 한 번 중얼거리며 손가락을 그녀의 입술로 옮겼다. 그리고 지그시 눈을 감은 채 환상 속에 잠기기 시작했다.

새하얀 복숭아꽃이 미풍에 날려 감감히 떨어져 내리는 언덕, 푸른 하늘, 가연의 비파 탄주, 새소리…….

구절심의 입가에 흐뭇한 웃음이 번져 갔다. 하지만 그것도 잠시…

"컥, 커흡……!"

구절심은 갑자기 허리를 꺾으며 심하게 기침을 하기 시작했다. 온통 어두워진 하늘, 끊어진 비파의 현, 날카로운 비명성…….

탓, 타, 탓!

재빠르게 나타난 하나의 인영이 구절심의 혈도를 짚어 나갔다.

"이런, 너무 오래 있었네. 아직은 안정이 필요하지."

장각이었다.

그는 점혈을 통해 구절심의 몸 안으로 흐르고 있는 독소의 경로를 바꾸어 몸 밖으로 배출시켜 왔다. 그것은 그와 흑자린이 함께 창안한 의술로, 아직은 미완의 단계였다.

"자, 자네의 연인에게 인사나 건네시게. 당분간은 이곳에 오지 못할 거야."

장각은 구절심을 어깨에 짊어지며 씁쓸한 음성으로 말했다.

3
경천동지

"문주, 30년 전과 같은 상황이 재현될 수도 있네!"

"하지만 사파와 손을 잡는 것은 있을 수 없는 일입니다. 언젠가 정파의 세상이 다시 올 것입니다. 지금 사파와 손을 잡는다면 그때 당문은 다시 일어서지 못합니다. 멀리 내다보셔야지요."

"멀리 내다보라? 허허, 이런 답답한… 내일 당장 멸문의 위기가 닥칠 수도 있어. 좋아, 구황문과 손을 잡지 않겠다면 최소한 그들의 표적이 되는 일은 피하게. 당문이 독자 노선을 걷겠다 표방하고, 이후 무림맹의 일에 일체 협조하지 않겠다는 서찰을 무림맹으로 보내게. 그렇게 한다면 나 역시 한발 양보하지."

"……"

회의가 시작된 이후 당개수와 금마는 언성을 높이며 첨예하게 대립했다.

당문의 십팔천(十八天)! 비상시 서열 18위까지의 수뇌들로 구성되는

비상설 기구다.

하지만 지난 30년간 단 한 차례의 소집도 없었다. 평화로워서가 아니었다. 단지 아무 일도 일어나지 않았기 때문이다.

회의장으로는 숨 막힐 듯한 긴장이 감돌았다.

문주 당개수와 오당마환, 음정과 양정, 취설 등 평소 원로회의에 참여하던 9인 외에 9인의 중진이 더 자리해 있었다. 그러나 음성을 높이는 것은 당개수와 오당마환뿐이었다. 나머지 원로와 중진들은 침묵으로 일관하며 그저 두 사람의 대립을 지켜볼 수밖에 없었다.

"어쩔 수 없군. 투표로 결정을 하세."

금마는 짜증 섞인 음성으로 말했다. 하지만 한편으로는 회심의 미소를 내비쳤다.

이러한 상황은 이미 예견된 것이었다. 만약 구황문의 발호가 없었다면 오당마환은 끝내 자신들의 세상을 보지 못한 채 눈을 감았을지도 모를 일이다.

무림맹 비무대회 이후 당개수의 지도력은 새롭게 인정받고 있었다. 정파무림의 내로라하는 인재들이 참여한 비무대회에서 8강에 든 만큼 당문의 사기가 크게 진작된 것이다.

하지만 지금은 상황이 달랐다. 무림맹은 더 이상 강호의 별이 아니었다. 오히려 경멸의 대상으로 전락하고 말았다.

쇠락한 무림맹. 지금과 같은 상황은 지난 30년간 복수의 칼을 갈아온 당문의 중진들에겐 절호의 기회로 받아들여졌다. 이제 그들을 향해 칼을 뽑을 시기인 것이다.

"정 그렇다면 어쩔 수 없지요."

"간단하게 거수로 하세."

"좋습니다."

모처럼 금마와 당개수의 의견이 일치했다.

당개수는 내심 초조했다. 회의에 참석한 중진들 중 일부는 자신의 세력이지만 나머지는 알 수 없다. 더 큰 문제는 다수결로 할 경우, 이미 오당마환과 양정, 음정 등 7인이 한 목소리를 낼 것이라는 점이다.

"자, 그럼 시작하겠습니다. 당문의 운명이 걸린 문제인만큼 신중하게 답변해 주시기 바랍니다. 당문의 무림맹 탈퇴에 찬성하시는 분은 손들어 주십시오."

당개수는 두 눈을 지그시 감은 채 말했다.

…….

"후우—"

당개수 옆에 앉아 있던 취설의 입에서 긴 한숨 소리가 새어 나왔다.

'졌다……!'

굳이 보지 않고도 결과를 알 수 있었다.

당개수는 어금니를 질끈 깨물며 눈을 떴다. 결코 약한 모습을 보여서는 안 된다.

하지만 결과는 너무나 참담했다.

16대 2.

할 말이 없었다. 당개수 자신과 취설을 제외한 모든 이들이 오당마환의 편에 선 것이다. 구황문의 존재는 이렇듯 상상외의 결과를 가져왔다.

"두 번째 안건입니다. 당문과 구황문의 공조에 찬성하시는 분은 손들어주십시오."

당개수는 씁쓸하게 말한 후 좌중을 둘러보았다. 이 일만은 도저히 찬성할 수 없었기 때문이다.

오당마환과 음정, 양정이 차례로 손을 들었다. 그리고…

16대 2.

당개수는 마치 무엇인가에 호되게 얻어맞은 느낌이었다.
자신이 당문을 몰라도 너무 몰랐다는 생각이 들었다. 한편으론 배신감에 치를 떨기도 했다. 적어도 몇 명의 중진들은 자신의 편에 서줄 것이라고 믿고 있었기 때문이다.
하지만 대세는 이미 기울었다.
당개수의 편에 섰던 중진들 역시 그 사실을 잘 알고 있었다. 그렇다면 더 이상 오당마환의 눈 밖에 날 필요가 없었다. 그들은 대세를 따라 기울어지는 갈대였던 것이다.
"파하하하! 보았는가, 문주? 당문은 이제껏 자네의 독단과 아집에 의해 잘못된 방향으로 이끌어져 왔던 거야. 그러나 더 이상은 그런 잘못을 좌시할 수 없네."
금마는 만면에 흡족한 미소를 띤 채 당개수의 얼굴을 빤히 쳐다보았다. 드디어 자신이 기다려 온 순간이 왔음을 직감한 것이다.
"문주, 나는 하나의 안건을 더 상정할 생각이네. 문주는 너무 오랫동안 당문의 뜻과는 다른 길을 걸어왔어. 이제 그만 물러날 때가 되었다고 보는데……"
"……"
금마의 말을 듣는 순간 당개수의 입술이 파르르 떨렸다. 오당마환의 숨은 발톱이 비로소 드러난 것이다.
"좋습니다. 저 역시 사파와 손을 잡은 문주로 남고 싶은 생각은 없습니다. 저 스스로 물러나지요."
당개수는 불끈 쥔 두 주먹으로 탁상을 내려쳤다. 또 한 차례의 정적이 회의장을 덮쳤다.
잠시 후 당개수가 다시 입을 열었다.
"하지만 차기 문주를 지명하는 권한이 전대 문주에게 주어진다는 것은 오당마환 사숙님들 역시 잘 알고 계시리라 믿습니다."

"그렇지. 하지만 그것은 어디까지나 정상적인 권력 이양의 방식이지. 우리 십팔천은 자네의 능력에 의심을 품고 있네. 거부권을 행사할 수 있다는 의미일세."

금마는 여전히 기분 나쁜 미소를 내비치며 답했다. 이러한 상황까지를 미리 준비하고 있었던 것이다.

"그렇다면 그 이후의 과정 역시 잘 알고 계시겠군요. 십팔천이 거부권을 행사할 때, 차기 문주는 당문 식솔 전체의 투표에 의해 결정됩니다. 후보는 단둘, 십팔천이 지명한 인물과 문주가 지명한 인물입니다. 또 하나 짚고 넘어가겠습니다. 방금 전 안건으로 상정되어 십팔천이 내린 결정 사항에 문주가 거부권을 행사할 경우 그 역시 전체 투표에 부칠 수 있습니다."

단호한 음성으로 말한 당개수는 다시 한 차례 좌중을 둘러보았다. 그리고 희미한 웃음을 내비치며 덧붙였다.

"저는 오늘 십팔천에 의해 결정된 모든 사항에 거부권을 행사합니다."

......

당개수의 말에 오당마환의 양미가 꿈틀거리기 시작했다.

"실망이군, 대세를 읽지 못하다니. 좋아. 그렇다면 사흘 후 다시 전체 회의를 소집하겠네. 자네 말대로 우리 십팔천의 임원들은 한 명의 후보자를 낼 것이야. 자네 역시 한 명의 후보자를 내겠지. 하지만 이것만은 알아두게. 자네는 결국 수치스럽게 퇴진하게 될 것이고, 자네가 지명한 후보자 역시 같은 처지가 될 것일세. 그렇게 되면 스스로 이 당문을 떠나야겠지. 우리를 원망하지는 말게. 이런 파국은 자네 스스로가 선택한 것이니까."

"하늘의 뜻대로 이루어질 겁니다."

사흘 후 아침. 사천성 성도 부근 한 야산의 낡은 가옥.

한때 귀수삼방이 기거하던 곳으로 당문의 본가 뒤편에 연결되어 있다. 오랜 풍상에 빛이 바랬지만, 널찍한 마당과 집채들을 가진 만큼 현역에서 물러난 인물들이 머물기엔 그만인 곳이다.

언제부턴가 당개수 역시 그곳으로 거처를 옮겼다. 당문의 비급을 모아 놓은 서고가 그곳에 위치해 있어 틈틈이 그것들을 익히기 위해서였다.

하지만 지금 그 낡은 가옥은 마치 폐가처럼 변해 있었다. 귀수삼방의 자취가 사라졌고 서고 역시 텅텅 비다시피 했다. 그저 당개수만이 그 쓸쓸한 가옥을 지키고 있을 뿐이다.

며칠 사이 그곳의 풍경은 더욱 한산해졌다.

마당 주위로 자리한 가문비나무와 오동나무들은 잎을 떨군 나목으로 눈에 덮여 있다. 눈밭으로 변한 마당에는 아주 드문드문 발자국이 찍혀 있을 뿐이다. 며칠 전과는 판이하게 다른 정경이다.

당개수를 찾는 사람들의 발길이 그만큼 줄어든 것이다.

당문 본가, 본채 앞에 펼쳐진 연무장. 당문의 식솔들 중 15세를 넘긴 인물들이 그곳을 가득 채우고 있었다.

사흘 전 십팔천의 회의에서 마찰이 생긴 만큼 당시 안건으로 상정된 사항들을 결정짓기 위해 모든 식솔들이 모인 것이다. 씨족 공동체인 당문만의 독특한 문화로, 30년 만에 재현된 상황이다.

"최근 당문이 처한 상황에 대해서는 여러분 모두 알고 계시리라 믿습니다. 더불어 오늘 이 자리에서 결정될 사항에 대해서도 충분히 숙지하고 계시리라 믿습니다. 안건은 크게 두 가지로 압축됩니다. 첫째, 무림맹과의 관계를 계속 유지할 것이냐. 둘째, 차기 문주로 누구를 선출할 것이냐 하는 것입니다. 거두절미하고, 차기 문주에 대한 선거를 먼저 하겠습니다. 후보는 두 명, 당문 수뇌 기구인 십팔천에서 추천한 당비약과 당개수 문주가 지명한 당무산입니다. 우선 두 후보의 연설부터 듣겠습니다."

단상에 오른 당무해는 일사천리로 행사를 진행해 나갔다.

더럽게 추운 날씨, 아름답지 않은 풍경. 오래 끌어서 좋을 일이 아니다. 적어도 당무해는 그렇게 생각하고 있었던 것이다.

하지만 당무해의 말로 인해 연무장은 한동안 소란에 휩싸였다.

차기 문주를 뽑는다는 것은 알고 있었으나, 당개수가 지명한 인물이 당무산이었다는 사실은 지금에야 비로소 알려진 셈이다.

아무리 문주의 사위라지만 무산의 나이 19세. 채 약관도 되지 않은 청년이 차기 문주의 후보로 나왔다는 사실은 충격이 아닐 수 없었다. 더욱이 무산은 당문의 식솔이 된 지 채 1년도 되지 않았다. 파격적인 결정이 아닐 수 없었다.

"먼저 십팔천이 추천한 당비약 후보."

당무해의 호명에 이어 당비약이 단상에 올랐다.

당비약! 당개수의 조카이자 30년 전 억울하게 죽음을 맞이한 당개로의 아들이다. 당개로의 죽음만 아니었다면 당문의 문주 직은 당연히 그에게 돌아왔을 것이다.

"당문 18위의 단장 당비약, 여러 어르신과 형제들께 인사드립니다."

당비약은 정중하게 포권을 취한 후 다시 입을 열었다.

"짧게 말씀 올리겠습니다. 지난 30년 전 우리 당문은 씻지 못할 수치를 겪었습니다. 이후 무림맹의 개를 자처하며 쇠락의 길을 걸어왔고, 또다시 30년 전과 같은 위기에 봉착해 있습니다. 우리는 정파도 사파도 아닙니다. 그저 당문일 뿐입니다. 지금과 같은 상황에서 무림맹과 공조 관계를 유지한다는 발상은 그저 노예근성에 불과합니다. 저 당비약, 비록

30을 갓 넘긴 젊은 나이지만, 당문의 정통성을 지켜 나갈 자신이 있습니다. 더욱이 제 뒤에는 오당마환 원로님들을 비롯한 십팔천의 여러 조력자들이 계십니다. 그분들과 함께 부끄럽지 않은 당문, 힘있는 당문을 만들어가겠습니다. 여러 형제님들의 현명한 판단 부탁드립니다."

연설을 마친 당비약은 뒤로 한 걸음 물러선 후 다시 포권을 취했다.

"와아아—"

"당비약! 당비약……!"

"정통 당문의 자존심, 당비약! 당비약을 문주로……!"

한순간 연무장은 광란의 도가니로 바뀌어갔다.

그들에게 있어 당비약은 영웅일 수밖에 없다. 더욱이 그동안 감추어져 왔던 30년 전 당개로의 죽음에 대한 비사가 젊은이들을 중심으로 퍼져 가면서 그의 인기는 걷잡을 수 없이 높아져 갔다. 모든 것이 오당마환의 계책이었다.

"다음, 당개수 문주가 지명한 당무산 후보의 연설을 듣겠습니다."

당무해는 연무장의 소란을 잠재우며 차분하게 말했다.

하지만 무산이 단상 위로 오르는 것과 동시에 연무장에선 보다 큰 소란이 일기 시작했다.

"꺼져라!"

"야비한 쥐새끼, 당문 말아먹을 거지 같은 놈!"

"꺼져라! 꺼져라! 꺼져라!"

당비약에 대한 환호는 어느 사이 무산에 대한 야유로 바뀌어가고 있었다.

물론 무산이 얼마간 싸가지없는 놈인 건 사실이다. 지난번 당문 입문 시험 때 사특한 수로 오비공천 형제를 엿먹인 것도 사실이다.

하지만 여기저기 술자리를 돌아다니며 친교를 나누어왔다. 이 정도로 돌 맞을 만큼 나쁜 일을 저지르지도 않았다. 뭔가 잘못된 것이 분명했다.
　무산은 마음을 가라앉힌 후 차분히 연무장을 둘러보았다.
　'저놈들 돈 먹은 거 아냐?'
　약 20여 명의 젊은이들이 자리에서 일어선 채 열렬한 야유를 보내고 있었다. 그들이 이 소란한 분위기를 연출하고 있었던 것이다.
　'어라, 저놈들 오비공천과 그 잔당들 아냐? 음… 알 만하군. 어쭈구리, 당천이는 달걀까지 준비하셨어? 그걸 나한테 던지시겠다 그거지. 에이, 공명선거의 적! 민중의 적! 민주주의의 적! 치사한 오비공천 놈들. 내가 문주가 되면 제일 먼저 네놈들을 숙청해 버릴 테다. 그나저나, 내가 듣기에도 당비약의 연설은 정곡을 콕콕 찌르는 열변이었단 말이야. 어디 한 군데 흠잡을 데 없는 훌륭한 연설이었어. 내가 할 말을 그 인간이 다 해 버렸으니 난 무슨 얘기로 애들을 현혹해야 하나? 유부남이 된 다음부터는 말발도 잘 안 듣는데……'
　하지만 언제까지고 잔머리만 굴릴 수는 없는 일이었다.
　무산은 다부지게 마음먹은 후 점잖게 입을 열었다.
　"에— 아시다시피… 헤헤, 똑똑하고 발랄하고 가슴 따뜻하고 잘생긴 데다 밤일까지 잘하는… 에— 고건 빼고… 헤헤, 어쨌든 제법 잘난 무산입니다."
　"꺼져라, 토끼!"
　"우우우—"
　무산은 사방에서 날아드는 야유를 무시한 채 대뜸 큰절을 올렸다.
　'석금이 말대로 대빵이 되려면 남들보다 아래에 있어야지. 그럼!'
　그는 곧 바닥에서 몸을 일으키며 헤벌쭉이 웃었다.
　어쨌거나 시작은 거창했던 것이다. 최소한 동정표 몇 표는 건질 수 있을 것 같았다.

하지만 그 순간 당천이 달걀을 집어 던지는 모습이 눈에 들어왔다.
'환장하겠군!'
날아오는 것이 차라리 짱돌이었다면 무산은 화려한 발차기를 선보이며 당천을 향해 차냈을 것이다. 그런데 달걀이다. 걷어차는 동시에 터지고 만다.
그냥 피하자니 자존심이 허락지 않는다. 이런 위급한 상황일수록 뭔가를 보여줘야 한다는 강박관념에 시달리는 청년, 그가 무산이었다.
"합!"
짧은 기합성을 내지른 무산은 면상을 향해 날아드는 달걀을 입으로 낚아챘다.
정말이지 고난도의 기술이었다. 이빨 빠진 영감이라면 모를까, 무산은 32개의 영구치를 온전히 지닌 청년이다. 입술로 이를 감싸 달걀의 얇은 각질을 보호하며 잡아냈다는 것. 알 만한 사람이라면 환호를 보내는 것이 당연하다.
"와아아— 제법이다!"
"한 번 더 해봐—"
무산이 단상에 오른 후 처음으로 터져 나온 환호성이었다.
'이거, 기분이 째지는군. 흐히히! 대중이 원하는 게 바로 이런 거였어.'
무산은 입에 물고 있던 달걀을 손바닥에 뱉어낸 후 다소 진지한 음성으로 입을 열었다.
"나 당무산은 비록 어린 나이입니다. 하지만 현 대륙의 주인이 될 황태자의 나이에 비하면 한참 어른입니다. 나, 장가까지 든 놈입니다. 우리 마누라, 애까지 뱄습니다."
"집어쳐!"

"절대 안 돼!"

"꺼져 버려!"

무산이 입을 여는 것과 동시에 또다시 숱한 야유가 쏟아졌다. 하지만 그런 야유에 기죽을 무산이 아니었다.

"그래요, 나 욕먹어도 싼 놈입니다. 사부 속 무던히 썩혔고 남의 닭도 많이 훔쳐 먹었습니다. 사매가 목욕할 때마다 훔쳐봤고 속옷도 훔쳐서 내다 팔았습니다."

"인간 말종이다!"

"절대 안 돼!"

"꺼져 버려!"

또 한 차례의 야유!

"그래도 나 당무산, 한 가지는 분명히 압니다. 되는 건 되고 안 되는 건 안 되는 겁니다. 어디 붙어먹을 데가 없어서 사파랑 붙어먹습니까? 차라리 당나귀랑 붙어먹으라고 하십시오. 나 당무산이 당문주가 되면 절대 사파랑은 안 붙어먹습니다!"

"듣기 싫어!"

"꺼져 버려!"

"절대 안 돼!"

연무장은 점차 광란의 도가니에 빠져들었다.

하지만 무산은 그 상황에서도 배시시, 웃음을 내비쳤다. 계속 듣다 보니 야유까지도 친숙하게 느껴지기 시작한 것이다.

"나 우리 장인과 마누라 생각해서라도 열심히 하겠습니다. 한 표 던져 주세요."

"절대 안 돼!"

"절대 안 돼!"

"절대 안 돼!"

산발적이고 중구난방이던 야유는 점차 조직적이고 단합된 형태로 바뀌어가기 시작했다.

"에이— 한 표만 던져 주세요."

"절대 안 돼!"

"절대 안 돼!"

"절대 안 돼!"

지난 30여 년간 서로의 목청만 높이던 당문이 하나의 목소리를 내기 시작했다.

단상 뒤편의 오당마환은 그 모습을 바라보며 뭉클한 감동을 느끼고 있었다. 당개수가 단 한 번이라도 오늘과 같은 지도력을 발휘했다면 당문의 모습은 지금과 많이 달라져 있으리란 생각까지 들었다.

그랬다, 일치단결. 그것이야말로 진정한 당문의 힘이었다.

"그럼 저 말고 당비약 형님한테 표를 몰아주세요."

"절대 안 돼!"

"절대 안 돼!"

"절대 안 돼!"

…….

무산이 회심의 미소를 짓는 것과 동시에 연무장으로 싸늘한 정적이 내려앉았다. 군중 심리에 묻혀 있던 자아들이 하나둘 깨어나기 시작한 것이다.

"맞습니다, 당비약 형님은 절대 안 됩니다. 그러니까 절 찍어주세요. 즐거운 당문, 떳떳한 당문을 만들어 드리겠습니다, 여러분—"

…….

무산은 다시 한 번 큰절을 올린 후 단상 밖으로 걸음을 옮겼다. 이제 남은 것은 하늘의 뜻을 따르는 일뿐이다. 무산은 그렇게 생각하기로 했다.

하지만 그 순간이었다.

퍽!

공천이 던진 달걀이 정확히 무산의 뒤통수를 가격하며 터졌다.

"와하하하—"

"와하하하—"

"이번엔 뒤통수로 받았냐?"

연무장이 웃음바다가 되었고 뒤 이어 비아냥거리는 공천의 목소리가 들려왔다. 그의 목소리는 얼마간 상기되어 있었다.

'이런 씨벌— 달걀이 남아 도냐?'

무산은 빠도독, 이를 갈며 걸음을 멈추었다.

하지만 정작 공천을 향해 고개를 돌린 무산의 입가엔 어느새 초승달 같은 미소가 걸려 있었다.

'당천아, 큰 실수한 거다. 아마 넌 세상에서 처음으로 달걀 맞아 죽은 놈으로 기록될 거야, 머지않아서.'

3장
미친 스님들

사람들은 돌아가고 싶어한다.
자신이 태어난 산천.
고향.
하지만 막상 그곳엔 아무것도 없다.

1
미친 스님들

사천성 서부의 아미산.

어느 때보다 뜨거운 황금빛 노을이 대웅전을 집어삼키고 있다. 팔괘동종은 장엄한 아미산의 정적을 깨뜨린다.

바람의 결을 헤치며 헤엄쳐 올라가는 풍경 소리, 비구니들이 외는 염불 소리, 숲의 짐승들이 내는 평화로운 울음소리…….

아무것도 달라진 것 없는 아미산의 저녁 풍경이다.

하지만 그 시각, 천여 명의 흑의인들이 아미산 중턱을 오르고 있었다.

흑의인들이 지나간 자리엔 별다른 흔적이 남아 있지 않았다. 그들의 신법은 가히 고수의 경지에 다다른 것이었다. 꺼져 가던 저녁 노을도 깜짝 놀라 다시 고개 들어 쳐다볼 정도로.

얼마의 시간이 흘렀을까.

빠지직! 쾅!

닫힌 지 채 반 시진도 지나지 않은 사찰의 문이 묵직한 굉음과 함께 쪼개져 나갔다.

"한 시진 안에 접수한다. 쳐랏!"

단호하게 명령을 내린 사내는 구황문의 기모람이었다.

기모람의 명령이 떨어지는 것과 동시에 흑의인들은 일제히 사찰 안으로 발을 들여놓았다. 아미산의 성지가 구황문의 발에 짓밟히는 순간이었다.

하지만 사찰 안에선 이미 검과 도로 무장한 아미의 제자들이 포진해 있었다. 아미파 역시 오늘의 일전을 기다리고 있었던 것이다.

정면 승부!

구황문은 열흘 전, 자신들이 공격할 날짜와 시간을 아미파에 통보했다. 구황문의 힘을 보여주기 위해서였다.

챙, 채채챙, 챙—

"으아악!"

아미산의 성지. 하지만 그곳은 이제 혈귀들의 한판 싸움이 벌어지는 아수라장으로 변해가고 있었다.

"아미타불……!"

밖의 소란에도 불구하고 불당 안에선 적선 사미가 조용히 좌정한 채 염주를 굴리고 있었다.

자신의 대에서 아미가 이러한 치욕을 겪게 될 것이라고는 한 번도 생각해 본 적이 없었다. 열흘 전 구황문으로부터 일전(一戰)에 관한 사항을 통보받은 적선 사미는 다급히 소림과 화산에 서찰을 보냈다. 지원을 부탁한 것이다.

하지만 이제껏 아무런 소식도 당도하지 않았다.

무림맹주인 화산의 백의천에게 큰 기대를 걸어본 적은 없다. 그러나 소림에서도 묵묵부답일 것이라고는 생각하지 못했다.

물론 소림의 사정 역시 마찬가지, 풍전등화일 것이다. 그럼에도 얼마간의 배신감이 생겨나는 것은 어쩔 수 없었다.

따지고 보면 예견된 일이었다. 구황 추역강이 소림에 나타난 순간, 사실상 정파의 역사는 막을 내린 것이나 다름없다. 범현 거사조차도 추역강 앞에서 꼬리를 내렸다.

더구나 범현, 그가 방장 직을 버린 이상 소림의 전설도 끝이 난 것이다. 이제 와서 소림에 무엇을 기대한다는 것 자체가 무리다.

"부처님의 뜻이라면……."

적선 사미는 앞에 놓인 태청검을 들었다.

평소라면 불당 안으로 검을 들여놓는 일은 없었을 것이다. 아니, 싸움이 일더라도 사찰 안에서 승부를 내지는 않았을 것이다. 일찌감치 사찰 밖으로 제자들을 이끌고 나가 그곳에서 승부를 겨루었을 것이다.

하지만 오늘은 달랐다. 승산이 없는 싸움이다. 모두가 죽게 될지도 모른다. 불제자가 죽음을 맞는 장소로 사찰보다 훌륭한 곳이 있을까?

더욱이 오늘 죽는 것은 아미파가 아니다. 정파무림 그 자체다.

차앙—

태청검이 검집을 벗어나며 맑은 소리를 냈다. 막 떠오르던 달빛이 두 동강 났다.

"소희야, 이제 아미의 부활은 네 손에 달렸다."

적선 사미는 혈겁의 장으로 서서히 걸음을 옮겨가며 나직하게 읊조렸다.

어느새 대웅전으로까지 들이닥친 흑의의 무리들. 적선 사미의 눈이 그들을 향해 시퍼런 살기를 내뿜었다.

"오냐, 오너라. 연환혈풍!"

적선 사미의 태청검이 길게 울었다. 그리고 이내 흑의의 사내들을 향해 검풍을 쏘아내며 빠르게 파고들기 시작했다.

　같은 시각, 소림사!
　백의의 무사들과 잿빛 법복의 승려들이 서로 뒤엉켜 혈전을 벌이고 있다. 근 한 시진째 이어진 지루한 싸움.
　하지만 승부는 이미 윤곽을 드러내고 있었다.
　"소림은 늙은 호랑이였다."
　천무밀교 백무단의 서열 12위 마영록!
　그는 본래 백무단 본부 소속이다. 하지만 이번에 새롭게 백무단 정주 지부장으로 임명되었다.
　평소엔 모습을 드러내지 않지만, 천무밀교의 백무단은 대륙 곳곳에 지부를 두고 암암리에 활동을 해왔다.
　최근 구황문이 중원 서부와 새외로 세력을 넓히고 있다면, 천무밀교는 동남부 지역을 거의 점거한 상태다.
　구황문이 몇 년에 걸쳐 두각을 드러낸 것과는 달리 천무밀교는 근 1개월 사이에 본격적으로 정체를 드러내기 시작했다.
　하지만 막상 그들이 정체를 드러내면서 중원무림은 파죽지세로 무너져 갔다. 이미 산동과 산서, 섬서, 호북, 호남 등의 기존 문파와 세가에 천무밀교의 깃발이 꽂혔다.
　진주언가와 하북팽가, 종남파, 호북팽가, 전진파, 남궁세가, 극동의 보타문까지 천무밀교 앞에 무릎을 꿇었다.
　남은 것은 소림사와 무당파, 화산파뿐이었다.
　하지만 사실상 그들 역시 무너진 것이나 다름없다. 천무밀교의 세력에 의해 포위된 상태. 하남과 호북성, 섬서성 등 그들이 뿌리 내리고 있는 지역이 이미 천무밀교의 수중에 들어가 있었던 것이다.

그럼에도 무량귀불은 위 3대 세력에 대한 공격을 한동안 유보해 왔다.
물론 거기엔 그만한 사정이 있었다. 무림맹의 중추가 되는 그들 문파들이 사실상 구황문의 중원 진출을 저지하고 있다고 판단했기 때문이다.
지난봄, 벽운산에서 무림맹과 정면충돌한 이후 천무밀교는 관부와 정파무림의 공동 표적이 되었다. 섣불리 정체를 드러낼 경우 어부지리를 얻는 것은 사파의 주도권을 놓고 싸우는 구황문이 될 것이다.
하지만 이제 사정이 달라졌다.
구황문이 중원무림에 정식으로 도전장을 낸 것이다. 그리고 그 결과는 무량귀불까지도 놀랄 만큼 파격적인 것이었다. 구황문의 실체는 생각했던 것보다 훨씬 막강했다.
비록 드러나지는 않았으나 중원무림과 함께 대륙 서부에 위치해 있던 천무밀교의 지부들도 얼마간 타격을 입었다. 고삐를 늦출 수 없는 상황이었다.
더욱이 황실은 내분에 휩싸여 있다. 오랫동안 기다려 온 순간이다. 대륙의 패권을 다투기에는 절호의 기회였던 것이다.
이상이 천무밀교가 소림사를 치게 된 배경이다.
그런데 소림사의 저항은 너무나 보잘것없었다. 한 시진째 지루한 싸움을 벌이고는 있지만, 그들은 막상 천무밀교의 일 개 지부에 의해 점령당해 가고 있다. 구대문파의 태산북두로, 무림맹의 선봉에 섰던 문파라고는 믿을 수 없을 만큼 나약했다.
이미 장경각이 불타고 천년사찰 깊숙한 곳에 자리 잡고 있던 탑림이 피로 물들었다. 싸움은 끝났다. 그저 경내 여기저기서 산발적인 저항이 있을 뿐이다.
하지만 그조차도 일각을 버티기 힘든 저항이었다.
"소림에 고수는 없었다. 십팔나한은 광대에 불과했다."

천무밀교 백무단 정주 지부장 마영록은 허망하다는 듯 뇌까렸다.
그런데 그때였다.
"용등연검법 제2초 홍단비상!"
어두운 허공의 한 지점에서 불길이 치솟았다.
잠시 후 굉음과 함께 하나의 인영이 모습을 드러냈고, 그의 손에서 빠르게 회전하던 한 자루 검이 검기를 내뿜었다.
파, 파, 파, 파, 팟!
"으아악!"
"크허헉……!"
연무장에 포진해 있던 백무단의 단원들이 비명을 내지르며 사방으로 튕겨 나가고 있었다.
"헥, 헥……! 이런 우라질! 큰맘먹고 불가에 귀의했는데, 이게 무슨 날벼락이람. 정말 지랄 같은 팔자군. 그래, 한번 끝까지 해보자. 용등연검법 제3초 구사비상!"
파, 파, 파, 파, 팟슝!
"끄아악……!"
"헉!"
또 한 번의 폭사와 함께 수십 명의 백의인들이 쓰러졌다. 가공할 위력이었다.
'저건 또 뭐야? 저런 고수가 소림에 남아 있었단 말인가? 하지만 결코 소림의 무공은 아니다. 누굴까?'
마영록의 표정이 굳어졌다.
소림사가 허망하게 무너지는 모습에 오히려 허탈감을 느끼던 그였다. 그러나 막상 뜻하지 않은 고수가 출현하자 당황할 수밖에 없었다.
"그래, 정의 사회 구현을 위해서 색마가 마음 좀 잡아보겠다는데 그게 그렇게 못마땅하단 말이지? 나 배은망덕 이편, 더 이상은 갈 곳도 없다. 죽을 때까지 한번 붙어보자. 용등연검법 제4초 고돌비상(孤咄飛上)!"
우, 우, 우, 우웅……!
"으, 으아악! 사, 살려줘!"
"끄으아아악!"
머리를 쪼갤 것 같은 검명(劍鳴)! 연무장에 있던 백무단 단원들이 고통스럽게 귀를 감싸쥐었다. 하지만 그것도 잠시.
콰, 콰, 콰, 쾅!
또 한 번의 폭사가 연무장 곳곳에서 일었다.
굉음과 함께 여기저기서 백의인들이 쓰러졌고, 간혹 그들과 뒤섞여 있던 소림의 제자들까지 피를 토하며 바닥에 나동그라졌다.
"그래야지. 적어도 저런 자가 한 명쯤은 있어야 나 마영록이 몸소 찾아온 보람을 느끼게 되지. 하하하하!"
더 이상 지켜볼 수 없었다. 마영록은 연무장 중앙을 향해 천천히 걸어가기 시작했다. 허공에 떠 있는 사내, 배은망덕 이편과 겨루기 위해서였다.
하지만 그때 또 한 번의 이변이 일어났다.
콰쾅! 콰르르릉!
본전 뒤편 죽림 속에서 거대한 폭사가 일어났다. 마치 화약고가 터져버리기라도 한 것처럼 숭산 전체를 울리는 굉음이었다.
"하하하하! 누가 노납들의 긴 잠을 깨웠는고?"
고막을 찢어놓을 듯한 날카로운 목소리가 경내에 울려 퍼졌다.
'으… 믿을 수 없이 강한 음공이다!'
마영록은 급히 내력을 끌어올려 진탕될 듯한 장기들을 다스렸다.
허공 중에 떠 있던 배은망덕 이편 역시 다급히 바닥으로 내려서며 운

미친 스님들 89

기조식에 들어갔다. 갑작스런 음공으로 인해 적지 않은 타격을 입은 것이다.

서로 치열하게 대치하고 있던 백무단원과 소림 제자들은 오공으로 피를 토하며 바닥에 널브러지기 시작했다.

"크하하하하! 마륵(魔勒)의 시대가 도래한 것인가?"

다시 들려온 목소리! 마영록은 소리의 발원지를 향해 급히 고개를 들었다.

'혹, 저들은 전설 속의 쌍마불?'

소림의 본전 지붕 위로 두 명의 괴승이 모습을 드러냈다.

그들은 발치까지 늘어진 백발을 바람에 휘날리고 있었다. 여기저기 치솟는 불길에 언뜻언뜻 드러나는 모습은 그야말로 참담했다.

두 명의 괴승 모두 눈알이 없었다. 게다가 오른팔이 없는 외팔이였다. 빈 소매가 힘없이 바람에 일렁이는 것으로 보아 잘려 나간 것이 분명했다.

'틀림없다. 저들이 아직 살아 있었단 말인가?'

마영록은 뜻하지 않은 순간에 나타난 쌍마불로 인해 내심 두려움을 느껴야 했다.

쌍마불! 80년 전의 소림 괴승들로, 그들의 이야기는 하나의 전설처럼 강호에 떠돈다. 수련 도중 주화입마에 들어 가공할 마공을 터득한 두 명의 노승.

그들은 자신들을 가두어두려는 소림 방장을 매로 다스린 후 곧장 강호로 달아났다.

막강한 무공을 성취하기는 했으나 그들은 미치광이가 되었다. 자신들을 쌍마불이라 칭하며 강호에서 숱한 살겁을 일삼았고, 강호는 공포에 떨어야 했다. 당시로선 그들을 제압할 고수가 한 명도 없었다.

하지만 그때까지만 해도 소림사엔 정의와 힘이 있었다.

소림에선 곧장 절정고수 108명으로 이루어진 백팔불검을 강호에 파견했다. 소림으로서도 최대의 모험이었다. 서열 1위에서 108위까지의 고수들을 모으긴 했으나, 과연 쌍마불을 제압할 수 있을지는 장담할 수 없었던 것이다.

결국 그들은 호남성 장사(長沙)의 한 들판에서 마주쳤다.

백팔나한진에 포위당한 쌍마불은 정신없이 광무(狂武)를 펼쳤고, 백팔불검의 고수들은 동료의 시체 위에서 죽음을 불사하고 혼신의 공격을 다했다.

황혼 무렵에 시작한 그 싸움은 해가 뜨고 다시 질 무렵에야 끝이 났다. 장장 열두 시진에 걸쳐 이루어진 강호 최대의 승부. 백팔불검의 승리였다.

쌍마불은 온몸에 검상을 입은 채 황혼의 들판에 쓰러졌다. 가공할 마공도 정의감에 불타는 백팔불검의 투혼에 꺾여 버린 것이다.

하지만 이후, 소림의 시대는 점차 막을 내리기 시작했다. 그 일전에서 살아남은 백팔불검의 수는 불과 9명. 그나마도 정상적으로 회복된 고수는 3명에 불과했다. 소림 고수의 씨가 마르고 만 것이다.

엎친 데 덮친 격으로 소림은 쓸 만한 후학을 거두지 못했다.

얼마 전 방장 직에서 스스로 물러나 소림을 떠난 범현 거사, 사람들은 그가 소림의 정통을 이은 마지막 고수라고 말하고 있다.

그러나 사람들은 잊고 있는 것이 있었다. 쌍마불. 호남성 장사에서의 일전에서 살아남은 백팔불검은 차마 자신들의 선배인 쌍마불을 죽이지 못했다. 결국 두 눈을 파내고 각각 오른팔 하나씩을 잘라낸 후 소림의 뇌옥에 가두었다.

그런데 그들이 아직껏 죽지 않고 살아 있었다. 그리고 하필이면 오늘,

천무밀교 백무단원들이 멋모르고 뇌옥의 문을 열었다. 그로써 끔찍한 과거의 전설이 부활하게 된 것이다.

"크하하하하! 우리의 기다림이 헛되지 않았도다. 마륵의 군사여, 너희가 우리를 위해 뇌옥의 문을 열었구나. 크하하하! 하지만 너희는 모르고 있었구나. 우리 쌍마불은 너희 마륵에게서 이 세상을 지켜내기 위해 이제껏 살아왔던 것이다. 크하하하! 그러니 모두 죽어라, 너희 마륵의 씨앗들이 발 붙일 세상이 아니니라! 크하하하!"

쌍마불은 광마(狂魔)였다. 그들은 지붕 위에 태연히 서서 도무지 종잡을 수 없는 말을 지껄이며 광포한 장법을 날리기 시작했다.

콰, 콰, 콰, 쾅!

눈이 멀었으니 적과 동지를 구분할 수 없었다. 백무단의 단원들도, 소림의 제자들도 그 끔찍한 강기의 폭사 속에서 추풍낙엽처럼 쓰러져 나뒹굴었다.

'크… 지독한 강기다.'

마영록은 다급히 대웅전과 마주한 전각의 지붕 위로 날아올랐다.

많은 단원들이 쓰러져 있었으나 백무단은 아직 건재했다. 그도 그럴 것이, 무려 3천의 무사들을 이끌고 왔기 때문이다. 더욱이 사찰 주위의 지붕과 담장 위에는 만약을 위해 포진시켜 놓은 궁수들이 있었다.

"상대는 둘, 대웅전의 지붕 위에 있다. 화살을 날려라!"

마영록은 큰 소리로 외쳤다.

슈, 슈, 슛, 핏슝…….

수백 개의 화살이 밤하늘을 가르며 쌍마불을 덮쳐 갔다.

'아무리 고수라 해도 정예 궁수들의 화살을 오랫동안 피할 수는 없다. 쌍마불, 오늘 그대들의 전설은 끝난다.'

마영록은 주머니에서 몇 개의 표창을 꺼내며 회심의 미소를 지었다.

어쩌면 오늘 밤, 전설 속의 영웅들이 자신의 손에 죽을 것이라 믿고 있었던 것이다.

쉭, 쉭, 쉭……!

마영록의 손을 벗어난 표창은 싸늘한 달빛을 튕겨내며 곧장 대웅전 지붕을 향해 날아갔다.

투투둑, 투둑…….

쌍마불이 위치한 대웅전 지붕 주위로 숱한 화살과 표창이 힘없이 튕겨 떨어져 나갔다.

"맙소사!"

마영록의 표정이 하얗게 질렸다.

호신강기! 쌍마불은 지금 내공을 끌어올려 자신들을 보호하는 무형의 막을 형성하고 있는 것이다. 소문은 헛되지 않았다. 그들은 초절정고수였던 것이다.

"크하하하! 정말 신나는 밤이로구나. 하지만 생각이 바뀌었다. 너희들은 어차피 파리 목숨이구나. 굳이 노납들이 취하지 않아도 머지않아 피떡이 되어 널브러질 하찮은 것들이야. 크히히, 하지만 한 놈만은 그런대로 쓸 만하군. 비록 하나에 불과하지만 감히 표창으로 노납들의 호신강기를 뚫다니. 크크크, 네놈 역시 실력이 가상해 살려주마. 크하하하! 하지만 다음에 만나면 쥐구멍이라도 파고들어 가야 할 것이다."

마영록의 표창 하나를 받아 쥔 괴승이 싸늘한 음성으로 말했다.

"노납들이 오늘 긴 잠에서 깨어난 기쁨으로 네놈들에게 자비를 베풀겠노라. 크하하하하! 그럼, 다음에 보자꾸나."

대웅전 지붕 위에 있던 쌍마불의 신형이 연무장 한가운데로 빠르게 옮겨졌다. 그것과 동시에 표창 하나가 짧은 파공성을 꼬리처럼 달고 허공을 갈랐다.

표창은 정확히 마영록의 어깨에 박혀들었다.

"헉!"

마영록은 짧은 신음을 토해내며 어깨에 박힌 표창을 빼 들었다. 그리고 노기 띤 눈으로 쌍마불을 찾았다.

하지만 소림사엔 더 이상 쌍마불의 흔적이 남아 있지 않았다. 더불어 화려한 검술을 펼치던 배은망덕 이편의 모습도 보이지 않았다.

그저 여기저기 나뒹굴며 신음하는 하급무사들만이 믿지 못하겠다는 표정으로 어두운 밤하늘을 응시하고 있었을 뿐이다.

숭산의 겨울밤은 그렇게 깊어가고 있었다.

2
미친 스님들

"낭자, 잠시만 기다려 주시오."
"흥! 왜 자꾸 귀찮게 구는 거야, 곰탱이."
"저… 사부님께서 낭자를 찾으면 뭐라고 대답을 해야 할지……."
"별걸 다 걱정하는군. 있는 그대로 말해. 곰탱이 니 꼴 보기 싫어서 가출했다고. 이 말도 꼭 전해줘. 곰탱이를 선택하든지 예쁜 방초를 선택하든지 둘 중 하나만 고르라고."
"낭자……."
주유청의 눈에서 한줄기 눈물이 주르륵… 흘러내렸다.
"니가 소야? 왜 꼴값을 하지?"
"낭자가 원하면 나 주유청은 소도 될 수 있고 미련 곰탱이도 될 수 있소. 그리고… 흑흑, 흐흐흐흑!"
주르륵…… 설움에 북받친 눈물이 다시 주유청의 볼을 타고 흘러내렸다.

그는 고개를 젖혀 젖은 눈으로 하늘을 쳐다보았다.

'아, 사랑! 가장 보편적인 인간의 감정. 하지만 가장 치열하며 슬프고, 고통스럽기도 한 그 무엇. 사람에 따라 여러 방식, 숱한 양상을 보이기도 하는 비정형의 추상. 때로는 휘발성 강한 추억처럼, 때로는 오래 묵은 술의 향기처럼 깊고 지속적인… 헉!'

주유청은 좀 더 골똘히 자신의 감정을 정의하려 했지만 그것조차도 쉽지 않았다. 방초의 주먹에 턱을 가격당했기 때문이다.

"어쭈, 너 지금 분해서 우는 거야? 네가 잘한 게 뭐 있어! 너 때문에 불쌍한 이편 오라버니가 소림사 땡중으로 살아가게 됐단 말이야. 사고뭉치, 미련퉁이, 뚱보, 식충이! 제발 내 눈앞에서 꺼져, 꺼져 버리란 말이야! 너랑 같이 있으면 난 정말 미칠 것 같아!"

방초는 그래도 분이 덜 풀렸는지 주먹을 쥔 채 방방 뜨면서 소리를 내질렀다.

"낭자, 사부님께서 걱정하시겠소. 그만 들어가시오. 바람도 찬데 어디로 간단 말이오. 내가 대신 떠나… 흑, 흐흐흑!"

주유청은 차마 말을 잇지 못했다.

그랬다. 적어도 주유청에게 있어 사랑은 그 무엇보다 독하고 가혹한 열병이었다.

용문도장에서 멀지 않은 언덕.

지난봄과 여름, 가을. 그 언덕을 수놓았던 꽃은 모두 지고 없다. 썩지 않은 낙엽과 말라비틀어진 풀잎들이 스산한 바람에 몸을 떨 뿐이다.

방초에 대한 오랜 연정을 접고 용문을 떠나려는 주유청의 심정과 너무나 잘 어울리는 풍경이었다.

하지만 방초는 알까?

비록, 언젠가 주유청의 눈가에 흐르던 눈물이 마른다 해도 방초에 대한 사랑의 아픔은 영원히 잊혀지지 않을 것이다. 이 용문 언덕에 다시 봄과 여름, 가을이 찾아와 색색의 꽃이 피어난다 해도 주유청의 가슴은 황량한 사막으로 남게 될 것이다.

"정말이야, 곰탱이? 내 앞에서 사라져 줄 거야?"

"흐흐흑! 낭자를 위해서라면……."

그해 겨울, 주유청의 용문별곡은 그렇게 시작되었다.

두백지향(팽가객잔)!

근래 들어 손님들의 발길이 뜸했다. 워낙 어수선한 시국이다 보니 상인이나 표사들은 이 황량한 벌판을 질러가는 것을 꺼려했다. 조금 멀리 돌아가더라도 도시의 대로를 선호했던 것이다.

황야의 겨울은 너무나 혹독했다. 감감히 하늘을 수놓는 눈이라도 내려준다면 좀 나으련만, 이제껏 한차례의 눈도 없었다.

똑, 똑, 똑.

누군가 객잔의 문을 두드리고 있었다.

"아니, 이게 무슨 소리냐? 손님이 든 것이냐?"

담요로 몸을 돌돌 만 채 화롯가에서 졸고 있던 팽이가 화들짝 놀라 깨어났다.

"글쎄요, 사부님. 어떤 미친놈이 장사하려고 만든 객잔에 들어오면서 문을 두드릴까요?"

"푸히히, 예절이 몸에 배면 그럴 수도 있는 것이니라. 어서 나가서 확인해 보거라."

"사부님이 좀 나가시면 안 돼요? 전 지금 생강 까고 있잖아요."

역시 담요를 덮어쓴 채 손만 삐죽 내밀어 생강을 까고 있던 이재천이 말했다.

미친 스님들 97

"그래, 신성하게 칼질하고 있는 우리 두백이가 그런 잡일까지 할 수야 없는 게지."

팽이는 비스듬히 기울이고 있던 상체를 일으키다 말고 다시 의자에 몸을 눕혔다. 아무래도 일어서기가 귀찮았던 것이다.

"게 누구요. 문 열렸으니 들어오시구려."

팽이는 목청을 돋워 대답하는 것으로 귀찮은 일을 대신했다.

삐그덕.

팽이의 대답이 떨어지고 난 후에야 객잔의 나무 문이 열렸다.

"팽 사숙님, 저 유청입니다. 그동안 별고 없으셨지요?"

주유청은 고개를 푹 숙인 채 객잔 안으로 들어섰다.

"이놈! 또 쌀 꾸러 온 것이냐? 벼룩도 낯짝이 있지, 누구는 땅 파서 장사하냐? 우리 두백이 먹일 쌀도 부족하다. 허구한 날 놀고 먹으면서 참 염치도 좋다, 염치도 좋아. 쯧쯧쯧!"

"아닙니다, 팽 사숙. 저 이제 북경으로 돌아갑니다. 마지막으로 인사나 드리려고 찾아왔습니다. 흑, 흐흐흑!"

"……."

갑자기 오열하는 주유청의 모습에 팽이와 이재천은 당황할 수밖에 없었다.

'이놈이 왜 이러지? 혹시 동정심을 유발해서 쌀을 꿔 가려는 수작 아닐까?'

'쯧쯧, 개밥 주다 된통 당했군. 불쌍한 녀석.'

팽이와 이재천은 서로의 얼굴을 빤히 쳐다보며 나름대로 상상력을 펼쳐 갔다.

"이보게, 유청이. 눈이 퉁퉁 부었군. 도대체 무슨 일이 있었던 게야?"

이재천은 손에 들고 있던 식도를 휙 던져 식탁에 꽂은 후 안쓰러운 표정으로 물었다.
"흑, 흐흐흑… 팽 사숙, 잠시 자리 좀 비켜주십시오. 두백이랑 긴히 나눌 이야기가 있습니다."
주유청의 말에 팽이는 잠시 긴장의 눈빛을 띠었다.
혹시 자기 몰래 이재천에게 쌀을 얻어가려는 꿍꿍이가 아닐까 걱정되었기 때문이다. 하지만 체면을 생각해 잠자코 주방을 향해 걸음을 옮겼다.
"어허, 유청이. 눈물부터 닦고 얘기하게. 코도 좀 풀고. 그래, 이제 좀 낫군. 자, 자네 벗 두백이가 뭐든 다 들어줄 테니, 어서 얘기해 보게. 도대체 어딜 얼마나 두드려 맞은 겐가? 이런, 이런, 세상에! 마치 남해도 물개처럼 눈이 부어 올랐군 그래."
이재천은 과거 불량스럽게 개밥을 줬다는 이유로 일소천에게 죽도록 얻어맞은 적이 있다. 하마터면 반신불수가 될 뻔했다. 요즘도 날씨가 좀 흐려지면 삭신이 쑤셔온다. 후유증이다. 그런 만큼 지금 주유청의 일이 남 일 같지 않았다.
"흐흑, 그게 아닐세. 사실은 방초 낭자가… 흐흐흑!"
주유청은 비로소 방초에 대한 자신의 진솔한 사랑을 고백하기 시작했다. 얼마나 가슴 시리고 혹독한 사랑인지.
주절주절…….
그 절절한 이야기는 근 한 시진에 걸쳐 봇물처럼 터져 나왔고, 이재천은 그 어느 때보다 진지하게 주유청의 말을 들어주었다. 친구로서 해줄 수 있는 것이 고작 그 정도였으므로.
'어휴— 부실한 위인… 제발 남들 앞에선 내 친구라고 얘기하지 마라.'
솔직히 천하의 잘난 놈 이재천으로선 주유청의 주접이 지겨울 따름이었다. 한편으론 불쌍하기도 했다. 그래도 한때는 제법 잘 나가던 주유청이었건만.

이재천은 도저히 친구의 아픔을 외면할 수 없었다.

"이보게, 유청이. 여자란 족속이 원래 그렇다네. 자네처럼 진솔하고 속이 꽉 찬 사내보다는 나처럼 뺀지르르한 사내를 더 좋아하지. 방초라고 다를 리 있겠는가? 그냥 팔자려니 생각하고 눈먼 계집이나 찾아보게."

"……."

이재천의 솔직담백한 충고에 주유청의 눈물이 딱 멎었다.

"두백이, 나도 한때는 잘 나갔었네. 여기저기서 혼담이 들어오고, 길거리에만 나가도 숱한 여성들이 추파를 던졌단 말이지. 흐흐흑!"

"그럴 수도 있지. 하지만 방초 고 계집앤 잘난 남자들을 너무 많이 봤어. 콧대만 높아진 거지. 잘 생각해 보게. 방초가 한때는 자네에게도 추파를 던졌지? 하지만 더 잘생긴 두백이를 본 다음부터는 자네를 찬밥처럼 대했지? 뭐, 나로선 미안한 일이지만 그게 현실이라네. 자네는 너무 잘난 친구를 둔 게야. 쯧쯧."

"두백이, 자네도 찬밥일세. 방초 낭자 가슴엔 오로지 배은망덕 이편밖에 없다네. 자네 말대로라면 자넨 너무 잘난 마부를 둔 셈이지."

"……."

이재천의 표정이 굳어졌다.

생각해 보니 언제부턴가 방초가 자길 우습게 알기 시작했다. 그저 배은망덕 이편 옆에 찰싹 달라붙어서 호호거렸을 뿐이다.

'이거, 자존심 상하는군. 하긴 방초는 머리가 텅텅 빈 계집애니까 일반적인 여성의 심리로 접근해선 안 되지.'

이재천은 애써 씁쓸한 마음을 달래며 다시 주유청에게 눈길을 주었다.

"그래, 앞으로 어쩔 텐가?"
"이미 말했지 않은가. 북경으로 돌아갈 생각이네."
"승신검 그 영감이 까무러칠 텐데?"
"흐흐흑, 우리 사부님이 유독 나를 어여삐 여기셨거늘, 못난 제자가 그 하해와 같은 가슴에 대못을 박게 되었군. 크크흑! 두백이, 자네가 사부님 좀 잘 보살펴 드리게. 사실은 그 말을 전하기 위해 이곳에 들른 것이라네."
주유청은 차마 울음을 참지 못하고 오열하기 시작했다.
돌이켜 보면 자기 인생에서 가장 아름다운 시절이었다. 꿈에도 그리던 강호에서 최고의 사부를 만나고 사랑하는 여인을 만났다. 감히 엄두도 내지 못했던 무림맹 비무대회에 참가해 위명을 떨치기도 했다. 평생 간직할 아름다운 추억이다.
하지만 그에겐 이제 아무것도 남지 않았다. 그저 남은 인생, 그 아름다운 추억을 곱씹으며 외롭게 늙어갈 생각이었다. 방초를 위해.
'이 인간이 의외로 순진한 인간이야. 이런 인간이 잘돼야 세상이 평화로워지는데······.'
두백 이재천은 자신의 품에서 오열하고 있는 주유청의 어깨를 두드려 주며 긴 한숨을 내쉬었다. 세상은 왜 이다지도 뒤죽박죽인지······.

"면목이 없습니다, 장인어른."
"아닐세, 다 이 못난 장인 탓일세."
"그나저나 이제 어디로 가지요, 아버지?"
"글쎄다."
사천성. 방금 전 당문을 나선 당개수 일가는 그저 막막할 뿐이었다.
차기 당문주에는 당비약이 뽑혔다. 예상 밖으로 박빙의 승부이기는 했으나 당문 중진들의 마음이 이미 오당마환에게 기운만큼 대세를 거스를 수는 없었다.

사실 이번 선거는 당비약과 무산의 승부라기보다는 오당마환과 당개수의 승부였다. 더 근본적으로는 구황문의 편에 설 것이냐, 무림맹의 편에 설 것이냐 하는 문제였다.

당문은 힘과 자유를 원했고, 결국 당비약을 뽑았다.

하지만 힘과 자유를 원한 것은 당개수 역시 마찬가지였다. 다만 대세를 읽는 시각이 달랐을 뿐이다.

"나는 개방으로 갈까 생각 중이네. 우막 아우에게 당분간 신세를 지는 수밖에."

"장인어른, 개방이라고 해서 사정이 낫지는 않을 듯합니다. 이미 아미파와 소림사가 사파의 수중에 들어갔습니다. 모르긴 몰라도 개방 역시 조만간 놈들의 공격을 받게 될 겁니다."

"음……."

당개수는 길게 한숨을 내쉬었다.

이틀 전 구황문에 의해 아미파가 무너졌다. 당비약이 새로이 당문주로 선출된 하루 뒤의 일이다.

아미파의 소식을 접한 당문은 안도하는 분위기였다. 만약 당문이 당비약을 문주로 내세우지 않았다면 그들 역시 아미파와 같은 꼴을 당했을 것이므로.

당개수가 굳이 무산 부부와 함께 당문을 떠나기로 결정한 것도 그 때문이다. 오당마환을 비롯한 많은 인물들이 곱지 않은 시선으로 자신들을 바라보았다. 마치 당개수가 멸문지화의 위기를 초래하고 있다고 믿는 눈치였다.

사실일는지도 모른다. 아미파가 무너진 바로 그날 밤, 구황문에서 한 통의 밀서가 도착했다. 사흘 내로 당문의 입장을 명확히 밝히라는 밀서였다.

다음날 정파무림의 태산북두 소림이 천무밀교에 의해 무너졌다는 소식이 강호 전체에 퍼졌고 강호의 혼란은 극에 달했다. 당문으로선 더 이상 망설일 이유가 없었다.

오당마환과 당비약은 곧장 구황문과 함께할 뜻을 밝혔고, 같은 내용의 서찰을 화산파에 전했다. 무림맹과의 우호 관계가 끝났음을 명확히 하는 서찰이었다.

상황이 그렇게 급격하게 변해가자 당개수로서는 더 이상 당문에 남아 있을 수 없게 되었다. 자신의 신념과 노선이 무너진 것이다. 더욱이 당문에서조차 그는 이제 하나의 장애물에 불과했다.

하지만 씁쓸한 마음만은 어쩔 수 없었다.

지난 30년간 공들여 준비해 온 것들이 하루아침에 물거품이 되고 말았다. 철옹성 같던 무림맹이 이렇게 허무하게 무너질 것이라고는 짐작조차 하지 못했다.

"장인어른, 차라리 용문도장으로 가시는 것이 어떻습니까? 그곳이라면 아직 사파의 위협으로부터 안전할 겁니다. 워낙 보잘것없는 규모라 구황문이나 천무밀교에서는 아예 신경도 쓰지 않겠지요. 그곳에 잠시 은거하며 권토중래를 기하시는 것이 좋을 듯합니다."

"용문이라? 하하, 그러고 보니 자네 사부 승신검은 이제 내 사형이 되셨지. 그래, 그것도 좋은 생각인 듯하네. 하지만 괜히 짐이 되는 것은 아닌지……"

짐짓 웃음을 내비쳤으나 당개수는 여전히 허탈한 표정이었다.

반면 무산은 꽤나 여유있는 모습이었다. 그리고 거기엔 그만한 이유가 있었다.

"장인어른, 용기를 잃지 마십시오."

"내가 늙었나 보군. 자네에게 그런 위로를 다 듣고……."

씁쓸한 웃음이 당개수의 입가에 머물렀다.

그런 당개수의 모습에 무산은 얼마간 안쓰러운 마음이 일었다.

"장인어른의 판단은 틀리지 않았습니다. 사파의 발호는 3년을 넘기지 못할 겁니다. 조만간 황실의 내분이 극에 달할 것이고, 천무밀교와 구황문의 싸움 역시 본격적으로 가시화될 겁니다. 황실과 강호, 그 둘은 서로 별개의 영역이지만, 같은 시기에 갈등이 생긴 만큼 서로 영향을 주고받게 되겠지요. 하지만 그 혼란한 와중에도 무당과 화산파는 어떤 식으로든 살아남을 겁니다. 그들은 각각 황태자 유와 사평왕이 비호하고 있기 때문입니다. 구황문과 천무밀교 역시 그 점을 알고 있습니다. 그들로서는 아직 황실을 자극할 때가 아니지요. 그러니 무당과 화산파는 최후의 공격 목표가 될 겁니다. 덕분에 어떤 식으로든 정파무림의 불씨는 살아남는 셈이지요. 불씨가 살아 있으니 장인어른에게도 반드시 권토중래의 날이 올 것입니다. 헤헤, 정통한 소식통에 의한 분석이니 믿으셔도 좋습니다."

"정통한 소식통?"

"예, 잘 키운 정보원이 하나 있습죠. 헤헤, 어쨌든 어깨 좀 펴십시오. 인패위공(因敗爲功)이란 말도 있지 않습니까. 지금 당문의 상황은 거기에 걸맞는 예가 될 것입니다. 생각해 보십시오. 제가 당문주로 뽑혀 장인어른의 주장대로 구황문과 맞섰다면 분명 멸문지화를 당했을 겁니다. 반면 만약 장인어른이 뜻을 꺾고 사파와 손을 잡았다면, 차후 강호의 소란이 잠식되고 백도무림이 부활했을 때 모든 책임이 장인어른에게 돌아가겠지요. 어느 쪽이든 낭패가 아닐 수 없습니다. 하지만 저와 장인어른은 끝내 사파와의 공조를 거부한 채 당문을 나왔고, 새로이 당문주가 된 당비약과 그의 배후인 오당마환은 사파와 공조 체제에 들어갔지요. 덕분에 일단 당문은 멸문의 위기를 넘겼습니다. 또한 장차 백도무림이 부활할 경우 저나 장인어른은 떳떳하게 당문을 재건할 수 있습니다. 저희에겐 명분이 있기 때문입니다. 다만 훗날을 위해 저희 역시 백도무림의 부활에 일조해야겠지요."

"……."

당개수는 걸음을 멈춘 채 무산의 얼굴을 빤히 쳐다보았다. 그의 표정엔 이제 얼마간 화색이 돌고 있었으며 만면에 웃음이 번졌다.

"이런, 세상에! 장자방이 따로 없네그려. 나로서는 자네의 역량을 도저히 측정할 수 없군. 자네 같은 재목을 사위로 거두다니, 이건 정말이지 나 당개수의 복일세."

"헤헤, 따님 잘 두신 덕이라 생각하십시오."

무산은 농담으로 받아넘기며 당수정을 쳐다보았다.

"호호, 아버지. 제가 사람 고르는 안목은 제법 있지요?"

"끄응… 소 뒷걸음질에 용을 잡았구나. 하하하!"

"……."

당개수는 불과 몇 달 전까지도 무산을 잡아먹지 못해 으르렁거리던 당수정의 모습을 떠올렸다. 그리고 고개를 젖힌 채 통쾌하게 웃었다.

그 틈을 놓칠세라 무산은 재빨리 손을 뻗어 당수정의 엉덩이를 토닥였다.

3 미친 스님들

"사부님, 제겐 너무나 버거운 짐입니다."
"하지만 네가 지고 가야 할 짐이다."
"흐흑! 전 제 아비에게조차 칼을 겨누었던 패륜아입니다. 적선 사부님을 속임으로써 저 자신을 속였고 제 아비를 부정했습니다. 대장간 거리에선 살수들에게 미친 듯이 검을 휘두름으로써 제 안에 잠들어 있는 마성의 노예가 되었습니다. 전 도저히 자신이 없습니다."
"그것 역시 네 몫의 운명이다."
무당산 초입. 범현 거사와 구소희는 잠시 걸음을 멈춘 채 서로를 바라보았다.
구소희의 얼굴은 이미 흥건하게 눈물에 젖어 있었다. 방금 전 범현 거사로부터 자신의 출생에 관계된 비밀을 모두 듣게 된 것이다.
하지만 모든 이야기를 다 들은 것은 아니다. 적선 사미는 끝내 구소희의 친부가 북천문의 매성목이었다는 사실을 비밀로 했기에 범현 거사 역시 그것을 알지 못했다.

　이제 죽은 구용각은 영원히 구소희의 친부로 남게 되었다.

　파검 구용각. 그러고 보면 그에게도 하나쯤은 남은 셈이다. 어쩌면 그가 끝내 자신의 부정한 아내 야란을 가슴속에 품고 살았듯, 야란의 딸 접몽(구소희) 역시 구용각을 가슴에 품은 채 살아가게 될 것이다.

　약 한 시진 전, 구소희와 범현 거사는 무당산 초입에 자리한 작은 마을에서 만났다.

　그곳에서 구소희는 비로소 아미파와 소림사의 혈겁에 대해 범현 거사로부터 이야기를 듣게 되었다. 뒤늦은 소식이었지만 그 충격만큼은 감당하기 힘든 무게였다.

　구소희가 범현 거사에게 자신의 친부에 대해 물을 용기를 내게 된 것도 그런 충격 때문이었다. 더 이상 자신의 정체성을 외면할 수 없는 상황이었다. 적선 사미라는 정신적 지주가 무너진 지금, 그녀는 그녀 스스로를 의지할 수밖에 없었던 것이다.

　아미파가 구황문의 발에 짓밟히기 전 적선 사미는 서찰 한 장을 적어 구소희에게 건넸다. 그리고 그것을 무당파로 가져가라고 지시했다.

　적선 사미는 범현 거사가 무당파에 있으리라 짐작하고 그에게 구소희를 당부하려 했던 것이다.

　적선 사미, 그녀는 아미의 위기를 직감하고 있었다. 열흘 전 이미 구황문의 통첩을 받았기 때문이다. 우담화와 여래를 소림에 보내 도움을 요청하기는 했으나 큰 기대를 하지는 않았다. 소림이 가세한다 하여도 결코 벗어날 수 없는 위기임을 잘 알고 있었기 때문이다.

　어쩌면 그것 역시 그저 우담화와 여래의 죽음을 면하게 하기 위한 한 방편에 불과했을지도 모른다.

　결국 적선 사미는 아미파의 앞날을 구소희에게 맡긴 채 죽음을 맞기로 각오했다. 그리고 결국 구황문이 아미를 친 바로 그날, 1천여 명의 아미 제자들과 함께 장렬한 죽음을 맞이했다. 어찌 보면 적선 사미다운 죽음이었는지도 모른다.

"저는 어느 것을 버려야 합니까? 제 출생의 미천함입니까, 아니면 위선입니까?"

구소희는 간절한 눈빛으로 범현의 눈을 응시했다.

"무엇이 미천함이고 무엇이 위선이란 말이더냐?"

"……"

"네가 알고 있는 모든 것은 이미 적선 사미 역시 알고 있었던 것이니라. 네가 진정 미천했다면 적선 사미는 너를 거두지 않았을 것이다. 마찬가지로 네가 진정 위선자라면 내게 진실을 묻지도 않았을 것이다. 이제껏 너를 괴롭혀 온 것은 네 위선이 아니라 네 진실함 때문일 것이다. 하지만 그 모든 것이 중요하지 않다. 그저 이것이 네 운명일 뿐이다. 인생의 짐이란 어느 것도 버릴 수 없게 마련, 끝까지 지고 가는 수밖에 없다. 고통스러우냐? 하지만 피할 수 없다. 겸허하게 받아들이거라. 네 자신이 싫더냐? 그것 역시 어쩔 수 없는 일이다. 싫어도 껴안아야 하기 때문이다."

"……"

구소희는 아무 말도 할 수 없었다. 그저 십수 년 동안 가슴속에 묻어 온 눈물을 모두 쏟아내는 수밖에.

범현은 그런 구소희를 조용히 가슴에 안았다. 가외체 구소희가 비로소 진정한 자신의 모습을 보게 되리라는 믿음과 함께.

떨어져 바닥을 구르던 낙엽이 작은 돌풍에 휩싸여 허공을 맴돌며 날아올랐다. 대륙의 겨울은 무당산 초입에까지 스산한 바람을 몰아오고 있었던 것이다.

무당파! 마지막 불씨로 남은 백도무림의 보루. 범현 거사와 구소희는 그곳을 향해 천천히 걸음을 옮기기 시작했다.

'정말 돌아가시겠군. 이 지랄 같은 상황은 또 뭐냐고!'
배은망덕 이편은 나무에 거꾸로 매달린 채 길게 한숨을 내쉬었다.
쌍마불에게 붙잡혀 온 지 닷새째. 그들이 쉬거나 잠자는 시간 동안 이편은 늘 이런 식으로 대롱대롱 매달려 있어야 했다.
"이 박쥐 같은 놈! 뭘 그렇게 말똥말똥 쳐다보고 있는 게냐?"
쌍마불의 첫째인 천상마불이 먹다 남은 뼈다귀를 집어 던지며 소리쳤다.
퍽!
"끄아―"
뼈다귀는 정확히 이편의 이마를 맞추었다.
묵직한 통증이 느껴지는 것과 동시에 이편의 몸이 줄에 매달린 추처럼 앞뒤로 흔들리기 시작했다.
'환장할 노릇이군. 눈알도 없는 위인들이 내가 지들을 말똥말똥 쳐다보았는지 째려봤는지 어떻게 안다고 이 난리야?'
이편은 속으로 투덜거리면서도 조용히 눈을 감았다.
괜히 눈 뜨고 있다가 또 무슨 생트집을 잡힐지 알 수 없었기 때문이다. 물론 봉사인 쌍마불이 그런 이편의 겸허하고 조신한 몸가짐을 알 리 없지만.
"헤헤헤, 멍청한 놈. 먹으라고 던져 준 것도 못 받아 처먹다니……. 아직 배가 부른 모양이구나. 그래, 며칠만 더 굶어보거라."
둘째 지상마불이다. 그는 모닥불 위로 길게 누운 멧돼지의 앞다리를 뜯어내며 재미있다는 듯 지껄였다.

천상마불과 지상마불. 그들의 나이는 대략 150세, 두 사람 모두 5척 안팎의 작은 키였다. 얼굴은 온통 주름에 덮였고 피부도 검게 죽어 있었다. 하지만 뇌옥 안에서 무엇을 그렇게 잘 먹은 것인지 꽤나 포동포동했다.

그들은 언뜻 비슷한 체형이었으나 생김새만은 판이하게 달랐다. 천상마불이 서생원처럼 날카롭게 튀어나온 주둥이에 뱀눈을 가진 반면, 지상마불은 능히 밥도 퍼 올릴 만큼 길쭉하고 넓적한 주걱턱에 큼직한 눈을 하고 있었다.

"이놈, 우리가 네놈을 왜 잡아온 것인지 아직도 모르겠더냐?"

지상마불은 들고 있던 족발을 뜯으며 느긋하게 물었다.

"예, 아무래도 노선배님들께서 사람을 잘못 잡아오신 듯합니다."

이편은 기어드는 목소리로 조심스럽게 말했다. 이미 수십 번을 반복한 대답이었고 그때마다 매 타작이 이어졌다.

이번이라고 해서 다를 리 없었다.

천상마불과 지상마불은 사특한 미소와 함께 몸을 일으켜 배은망덕 이편에게 다가왔다. 그리고 곧장 발과 주먹을 날리기 시작했다.

퍽! 퍽! 퍽!

"끄아아악—"

이편은 몸을 비틀며 비명을 내질렀다.

하지만 쌍마불의 구타는 아주 조직적이고, 치밀하고, 지속적으로 이어졌다. 약 한 식경에 이르도록.

"네놈이 우리 쌍마불을 아주 듬성듬성 보고 있구나. 어서 털어놓거라."

"크히히! 다시 한 번 묻겠다. 우리가 네놈을 왜 잡아온 것인지 말해 보거라."

천상마불과 지상마불이 차례로 지껄였다.

하지만 배은망덕 이편으로선 그들이 무슨 이야기를 하고 있는 것인지 도통 알 수 없었다. 자신은 그저 쌍마불의 음공으로 인한 충격을 다스리기 위해 가부좌를 튼 채 진기를 극성으로 끌어올려 운기조식을 하고 있었을 뿐이다.

그런데 느닷없이 지상마불이 자신을 낚아챈 후 날아올랐다. 마치 생기 발랄한 한 마리 독수리가 노랑머리 왕도마뱀을 낚아채듯.

"흐흐흑, 전 정말 아무 잘못도 안 했어요! 도대체 왜 때리는 거예요? 이유나 알고 맞아야 덜 아프죠! 흐흐흑."

이편은 더 이상 참지 못하고 울음을 터뜨렸다. 아무리 생각해도 자기 팔자가 너무 기구했기 때문이다.

배은망덕 이편, 그가 누구인가?

20여 명의 음녀들로부터 사흘 밤낮에 걸쳐 윤간(輪姦)당한 전대 색마다. 굳이 계보를 따지자면 아직까지도 대륙의 살아 있는 전설로 추앙받는 색마 홍성기의 수제자다.

하지만 그는 정말 독한 맘먹고 정도를 걷기로 마음먹었다. 사람답게 살아보겠다고 송곳 하나에 의지해 심신을 수련해 왔다. 그나마도 자신의 본성을 억누를 길이 없어 아예 불가에 귀의했다.

그런데 채 석 달을 채우지 못해 또다시 이런 봉변을 당하게 된 것이다.

'젠장, 곰탱이가 암만 갈궈도… 방초가 홀랑 벗고 덤벼드는 한이 있더라도 용문도장에 남았어야 했다. 그럼 적어도 이렇게 허무하게 맞아 죽을 일은 없었을 텐데…….'

이편은 자신의 기구한 팔자를 한탄하며 멍하니 하늘을 쳐다보았다.

"지상아, 이놈이 정녕 우리에게 잡혀온 이유를 모르고 있는 것 같구나."

"형님, 이 정도 맞고도 실토하지 않는 걸 보면 정말 그런 것 같습니다."

"어허— 이 일을 어쩌지? 그럼 이 녀석을 잡아온 이유는 평생 미궁 속에 빠지게 되는 것 아니더냐."

"그러게 말입니다. 형님도 모르고, 저도 모르고, 저놈도 모르면 아무도 모른다는 얘긴데… 쯧쯧, 우리가 또 이유없는 폭력을 휘두르고 말았습니다."

"……."

이편은 도대체 쌍마불이 무슨 이야기를 지껄이고 있는 것인지 이해할 수 없었다. 이유없는 폭력이라니…….

"흐흐흑… 말씀 도중에 죄송한데요… 두 분도 정말 제가 왜 잡혀왔는지 모르세요?"

배은망덕 이편은 어리둥절한 표정을 지으며 쌍마불에게 물었다. 그들의 말이 결코 농담처럼 들리지는 않았기 때문이다.

"응."

"응."

쌍마불은 고개를 갸우뚱하며 동시에 대답했다.

그제야 배은망덕 이편은 대충 상황을 짐작할 수 있었다. 다소 복잡하게 이야기하자면 쌍마불은 80년 만에 바깥출입을 하게 되었고, 채 바깥세상에 적응하기도 전에 골치 아픈 싸움에 휘말리게 되었다. 그러던 중 자신들의 음공에 저항하고 있는 이편의 존재를 느끼게 되었고, 알 수 없는 호기심에 이끌려 이편을 낚아채 온 것이다.

하지만 아주 쉽게 이야기하자면, 쌍마불 그 인간들은 미쳐도 더럽게 미친놈들이었고 아무 생각 없이 이편을 잡아온 것이다.

그걸 또 이편의 입장에서 이야기하자면, 더럽게 재수가 없었던 것이다. 달리 설명할 길이 없다.

"아이야, 곰곰이 생각해 보니 네 처지가 참 딱하게 되었구나. 하지만 우리가 중생을 다스리는 법도 중에는 불문곡직(不問曲直)이라는 것이 있느니라. 옳고 그름을 떠나 무조건 족치는 것이지. 그러다 보면 해법이 생기더구나. 자고로 우리 쌍마불은 그렇게 한평생을 살아왔느니라. 네놈이 재수가 없어서 우리 손에 걸려들었으니, 우리의 법도에 따라야 하지 않겠느냐?"

천상마불은 이편의 이마를 발로 톡톡 건드리며 말했다.

"역시 형님 생각도 저와 똑같군요. 맞아 죽어도 그건 이놈 팔자니, 이놈이 우리를 납득시킬 만한 이유를 만들어낼 때까지 일단 족치고 봐야겠습니다."

"음, 그렇구나. 그럼 족치자꾸나."

퍽! 퍽! 퍽!

"끄아아악—"

혹독한 매질이 다시 이어졌다.

쌍마불. 주화입마로 인해 마성을 띠게 된 두 땡초.

물론 그들이라고 해서 타고난 천성이 악한 것은 아니었다. 다만 확실하게 돌아버린 까닭에 소림사의 계율에 적응하지 못했고, 그래서 방장을 패고 도망갔을 뿐이다.

강호에 나가서도 마찬가지였다. 숱한 살겁을 일삼긴 했지만 죽이고 싶어 죽인 것은 아니었다. 쌍마불은 그저 사소한 말썽을 일으켰을 뿐이다. 그런데 강호인들은 그 꼴을 봐주지 못해 검을 들었고, 그래서 어쩔 수 없이 죽였을 뿐이다.

사실 첫 번째 살인도 그랬다. 결코 죽이고 싶어서 죽인 것이 아니다.

미친 스님들 113

소림에서 달아난 쌍마불은 여기저기에서 말썽을 일으켰다. 소를 훔쳐서 잡아먹기도 하고, 너무 추워서 남의 집에 불을 질러 그 불을 쬐기도 했다. 하지만 사람을 죽이지는 않았다. 적어도 백치상을 만나기 전까지는.

산서성의 한 주루.

쌍마불은 그곳에서 술과 계집을 낀 채 신나게 놀고 있는 화검(火劍) 백치상이라는 자와 만났다. 좋지 않은 만남이었다.

화검 백치상은 제법 이름이 알려진 협객이었으나 품행은 다소 방정맞았다. 특히 술이 들어가고 나면 기고만장, 안하무인이었다. 그러니 그날 벌어진 살인의 책임은 백치상에게 3할, 쌍마불에게 3할, 그 나머지는 술에게 돌려야 한다.

쌍마불은 구석에 앉아 비교적 점잖게 술을 마시고 있었다. 아니, 술과 안주로 주린 배를 채우느라 사고 칠 여유도 없었다.

그런데 이미 술에 절어 있던 백치상이 그들에게 시비를 걸어왔다. 취중에 보기에도 술과 고기를 걸신들린 듯 먹고 있는 두 중놈이 신기했던 것이다.

"그 중놈들 참 뻔뻔스럽구나. 고기를 먹으려거든 채소 밑에 깔아 먹기라도 할 것이지……."

백치상의 한마디로 인해 주루는 순간 웃음바다가 되었다.

예나 지금이나 세상에서 골려먹기에 딱 알맞은 것이 중놈 하고 관리, 발정기의 수캐였기 때문이다.

하지만 당하는 입장에서는 중놈이나 관리, 발정기의 수캐 할 것 없이 기분이 더럽게 마련이다. 쌍마불도 마찬가지였다.

"헤헤헤, 지상아. 불문곡직하고 두드려 패거라. 저놈 생긴 걸 보니 평생 절간에 시주 한 번 안 할 놈이로구나."

"예. 알겠습니다, 형님."

긴말이 필요없었다. 지상마불은 곧장 일어나서 백치상에게 다가갔다. 그리고는 대뜸 백치상의 뺨을 갈겼다.

짝!

…….

웃음바다를 이루던 주루가 한순간 고요해졌다. 산서성에선 제법 날고 기는 백치상이 뺨을 맞았으니 뒷일이 곱지 않을 것임을 알고 있었기 때문이다.

"이런 미친 중놈을 보았는가! 천하의 백치상 뺨을 갈겨?!"

부르르 양 볼을 떨던 백치상은 곧장 검을 뽑아 들었다.

"그래, 내가 때렸다, 이놈아. 중놈도 사람인데 고기 먹는 것이 잘못되었더냐? 저것이 살아 있을 때는 돼지였는지 몰라도 지금은 동파육이니라. 불가에서도 살생은 금하였을지언정 음식을 먹지 말라는 계율은 없다. 그런데 네놈이 시주할 생각은 않고 중생을 제도하기 위해 제대로 먹고 다니지도 못하는 중놈들에게 시비를 걸어? 네놈 아비 이름이 무엇이더냐? 내가 매일 밤 네놈 아비 지옥 가라고 염불을 욀 것이니라."

지상마불은 긴 주걱턱을 들이밀며 마구 지껄였다. 하지만 그것도 잠시.

"헤헤, 지상아, 이 형님은 너 일 보는 사이에 중생 제도나 해야겠다."

두 사람의 실랑이를 지켜보던 천상마불이 다짜고짜 백치상과 함께 있던 기녀들에게 달려들었다.

"으아악―"

기녀들은 기겁을 하며 달아나기 시작했고 주루 안은 온통 난장판이 되었다. 객관적으로 보았을 때 미친 이후의 쌍마불은 결코 스님 재목은 아니었다.

"쩝! 마륵으로부터 세상을 지켜줄 쌍마불이 회포 좀 풀어보겠다는데 너무 협조를 안 하는군. 계집들을 족칠 수는 없으니 네놈이 대신 맞거라."

천상마불은 달아나는 기녀들을 괘씸하게 노려보았다. 그리고 그 분풀이는 곧 백치상에게 돌아갔다.

짝!

"흡……!"

지상마불에 이어 천상마불이 그의 뺨을 갈긴 것이다.

하지만 그것은 시작에 불과했다. 쌍마불은 동시에 백치상에게 덤벼들어 매를 퍼붓기 시작했다.

백치상은 검을 휘두를 여유조차 없었다.

쌍마불의 권법은 그야말로 귀신같은 솜씨였다. 마치 수십 개의 팔이 한꺼번에 쏟아져 들어오는 느낌이었다.

그런 무자비한 폭행은 큰 일각에 걸쳐 쉬지 않고 이어졌다. 그런데 결국 일이 벌어지고 말았다.

퍽, 퍽, 퍽!

"헉—"

짧은 단말마와 함께 백치상이 죽어버린 것이다.

천상마불과 지상마불은 그때까지만 해도 자신들의 가공할 힘을 마음대로 조율할 수 없었다. 그것이 그들의 한계였다. 강약을 조절하지 못한다는 것.

이후 쌍마불은 산서성 무림인들의 공적이 되었다. 백치상은 산서성에 많은 지기들을 두고 있었기 때문이다. 진주언가를 시작으로 크고 작은 무림 도장의 장주들이 쌍마불을 응징하기 위해 나섰다.

하지만 그것은 무의미한 혈겁의 시작이었다.

쌍마불은 절대강자였다. 적어도 산서성에 그들의 적수는 없었으며, 날이 갈수록 희생자만 늘어났다. 더불어 쌍마불은 강호 전체에 그 악명을 떨치게 되었다.

결국 소림의 백팔불검이 나서는 수밖에 없었다. 누가 뭐래도 쌍마불은 분명 소림이 뿌린 씨앗이었으므로.

따지고 보면 싸움의 원인은 아주 사소한 것이었다. 쌍마불이 고기를 채소 밑에 깔지 않았다는 것. 만약 백치상이 그것을 조용히 보고 넘겼다면 쌍마불과 백팔불검의 비극은 생겨나지 않았을 것이고, 배은망덕 이편 또한 맞아 죽을 위기에 놓이지는 않았을 것이다.

퍽! 퍽! 퍽!

"끄아아아아—"

계속되는 매질. 배은망덕 이편은 차라리 혀를 깨물고 죽을까 하는 생각도 해보았다. 하지만 한순간 쌍마불의 매질이 멎었다.

"이놈 제법 마음에 드는구나."

"그러게 말입니다, 형님. 만약 옛날 백치상이라는 놈이 이 정도의 맷집만 가지고 있었어도 우리 형제가 소림의 후학들을 그 지경으로까지 만들지는 않았을 텐데……."

"맞는 말이다. 그런데 네 얘기를 듣다 보니 문득 궁금해지는구나. 과연 이 녀석 맷집의 한계는 어디까지일지 말이다."

"헤헤헤, 정말 그렇습니다. 다시 족칩시다, 형님."

"두말하면 잔소리지."

퍽! 퍽! 퍽!

"끄아아아아—"

쌍마불과 배은망덕 이편의 만남, 아직은 뭐라고 단언할 수 없는 단계인 것만은 분명했다.

4장
백마 홍성기

꽃이 있으면 그 꽃을 탐하는
나비가 있기 마련이다.
하지만, 가끔은
나비를 탐하는 꽃도 있다.

1

색마 홍성기

하북성(河北省) 열하(熱河).

열하는 겨울에도 얼지 않는 따뜻한 강이란 의미에서 붙여진 지명이다.

그렇다고 해서 사시사철 뜨거운 고장을 연상해서는 안 된다. 사방이 산으로 둘러싸여 있어 한여름의 기온은 오히려 하북성의 다른 지방에 비해 훨씬 서늘하기 때문이다.

경추봉(磬錘峰). 열하의 명물 중 하나로, 달리는 봉추산이라고도 한다.

높이는 그다지 높지 않으나 특이하게도 봉우리의 모양이 남근(男根)을 닮았다. 아니, 버섯을 닮았다. 그 거대하고 괴이한 봉우리의 모양 때문인지 예로부터 많은 아낙네들이 아이를 낳게 해달라고 빌기 위해 찾곤 했다.

이곳 경추봉으로 오르는 길목 바위벽에는 일곱 개의 라마상이 조각되어 있다. 덕분에 그 분위기를 더욱 혼란스럽게 하고 있다. 자연히 숱한 사이비 승려나 무당들이 꼬이게 마련이다.

하지만 주유청이 이곳에 들른 것은 별다른 뜻이 있어서가 아니었다. 그저 북경으로 가는 길목에 있었으므로 울적한 심사를 달래기 위해 잠시 구경이나 하러 왔던 것뿐이다.

"정말 묘하게 생기긴 했군. 알 수 없는 힘이 느껴져."

시간은 이미 유시(酉時)를 지나고 있었다. 겨울인만큼 해가 기울 시간이고, 산골짜기인만큼 보다 빨리 기울었다.

그럼에도 주유청은 경추봉 아래에서 떠날 생각을 하지 못했다. 뭐, 그다지 아름다운 경관이라고는 할 수 없었지만 실추된 사내의 자존심을 위로 받고 싶었던 것이다.

그랬다. 주유청은 겉보기와는 달리 아주 묘한 것으로 미추의 기준을 삼고 흥분하거나 위로받는 독특한 성격이었다. 오죽하면 방초를 사랑했을까.

"저 웅장하면서도 고독한 모습. 마치 나 주유청의 분신 같구나!"

주유청은 이제 어둠에 잠겨 그 끝이 제대로 보이지도 않는 기형의 봉우리를 바라보며 알 수 없는 감상에 젖어들었다.

해는 이제 완전히 기울어 봉추산도 어둠에 묻혀 버렸다.

"이런, 이런, 내가 너무 오랫동안 이곳에 머물고 있었구나. 하지만 뭐 바쁜 것도 없는데 어때. 그냥 여기서 하룻밤 자고 가면 그만이지."

주유청은 쓸쓸한 음성으로 혼잣말을 하며 근처 바위에 몸을 눕혔다.

겨울인만큼 바위로부터 싸늘한 한기가 전해져 왔다.

"그래, 어쩌면 배은망덕 이편, 그 인간은 이런 상황을 예견하고 있었을 거야. 결국 내가 방초 낭자를 포기하고 북경으로 돌아갈 거라고 생각했겠지? 호호흑… 그 인간, 어쩌면 벌써 소림사에서 도망쳐 나왔을지도 몰라. 만면에 시특한 웃음을 머금고 용문으로 향하고 있겠지? 교활하고 야비하며 지독하게도 부러운 인간… 배은망덕 이편. 그래, 네놈의 승리다. 흐흐흑!"

주유청은 봇짐에서 모포 한 장을 꺼내 몸을 돌돌 감싸며 또 궁시렁거렸다.

아무래도 모든 일이 배은망덕 이편의 계략처럼 느껴졌다. 주유청은 전직 색마에 대한 불신이 아주 뿌리 깊었던 것이다.

그의 망상을 깨운 것은 한 여인의 노호성이었다.

"홍가야, 이 치사한 인간! 게 서지 못해? 넌 내 거야. 네놈이 아무리 발버둥 쳐도 이 만화밀(滿花蜜) 자향을 벗어나지 못한다!"

카랑카랑하면서도 어딘가 야릇한 색기가 담긴 여자의 목소리였다.

"젠장, 걸려도 아주 더럽게 걸렸군."

산 아래에서 한 사내가 빠른 속도로 주유청을 향해 달려오며 뇌까렸다.

"펄펄 나는 저 연놈들, 암수 서로 정답구나. 외로워라, 주유청은 뉘와 함께 뛰어 놀꼬."

주유청은 길게 한숨을 내쉬며 읊조렸다.

가뜩이나 실연의 아픔으로 미어지는 가슴이었다. 이 적막한 산중에서까지 다정한 연인들의 쫓고 쫓기는 놀음을 보아야 했으므로 당연히 속이 뒤집혔다.

그런데 그게 아니었다.

챙, 차르릉……!

"호호, 홍가야. 네놈의 양비등음(陽比登陰)은 잠자리에선 막강할지 몰라도 검에 있어서는 말짱 황이다. 순순히 이 만화밀의 수청을 드는 게 좋을 게야."

"이런, 황당한! 내가 이 생활 40년에 너같이 발랑 까진 계집은 처음 본다! 하지만 어림없다. 쓸 만한 후계자도 남기지 못한 채 내가 이 생활을

색마 홍성기 123

청산할 것 같으냐?"

"홍, 네놈이 까불면 까불수록 나 만화밀의 몸이 뜨거워진다는 것을 모르더냐?"

"헛소리! 양비등음(陽比登陰) 제1초 호접만파(胡蝶萬波)!"

파파파팟……!

"호홍, 네놈 검법이 잠자리 실력 반만큼만 되었어도 아마 강호지존으로 군림했을 것이다. 받아랏, 개화만발(開花滿發)!"

콰, 콰, 콰, 쾅!

"으아악!"

듣다 보니 장난이 아니었다.

정황을 살필 때, 지금 벌어지고 있는 것은 결코 연애 행각이 아니었다. 한마디 한마디가 남녀상열지사(男女相悅之詞)이기는 했으나 뭔가가 결핍되어 있었다.

'결코 묵과할 수 없는 일이다!'

주유청은 검을 든 채 분연히 일어섰다. 그리고는 빠른 속도로 두 사람의 목소리가 들려오는 곳으로 신형을 날렸다.

"호호, 귀여운 것! 다시는 달아나지 못하도록 발목을 잘라줄까? 호호호호."

주유청이 두 사람에게 닿았을 때 승패는 이미 판가름나 있었다.

사내는 바닥에 쓰러진 채 두려움에 떨었고 여인은 사내에게 검을 겨눈 채 간드러지게 웃었다.

"멈추시오!"

다분히 협객의 기질을 타고난 주유청이 여인을 제지하며 나섰다.

갑작스러운 주유청의 등장에 여인은 묘한 미소를 내비치며 검을 거두었다. 달빛 아래에 드러난 그녀의 모습은 가히 절색이었다.

"어머나, 놀라라."

여인은 웃음기 섞인 음성으로 낮게 말했다.

하지만 말과는 달리 그녀에게선 놀란 기색을 조금도 찾아볼 수 없었다.

잠시 주유청을 바라보던 그녀는 갑자기 미소를 거두며 싸늘하게 말했다.

"공자와는 상관없는 일이니, 그만 가보시오."

"나 주유청, 어떻게 된 사정인지 알지 못하고는 물러설 수 없소."

주유청은 사내의 옆에 선 채 단호하게 말했다.

비록 방초로 인해 많이 망가지긴 했으나 주유청은 의협심이 강한 인물이다. 결코 약자의 위기를 못 본 체 넘어가지는 않았다.

주유청의 말에 여인은 다시 태도를 바꾸어 간드러진 음성으로 대답했다.

"호호, 그럼 말해 드리지요. 지금 공자의 발치에 누워 있는 자는 황성마물 홍성기랍니다. 공자도 귀가 있다면 그가 누구인지 들어보았으리라 믿습니다."

"황성마물 홍성기?"

주유청의 표정이 싸늘하게 식었다.

분명 들어본 명호다. 황성마물(黃性馬物) 홍성기! 대륙 최고의 색마였다.

하지만 그에게 원한을 품는 여인은 거의 없다. 한번 홍성기에게 농락당한 여인네들은 그를 증오하기보다는 그리워했으므로.

역대 숱한 색마들이 있었으나 황성마물이 나타난 이후 그들의 명성은 잊혀졌다. 그만큼 황성마물의 행각은 대륙을 떠들썩하게 했다.

그에게 농락당한 여인의 수만도 어림잡아 만여 명. 거의 매일 여자를 갈아치우다시피 한 셈이다.

한 가지 특이한 것은 홍성기에게 납치된 여인들 대부분이 스스로 원해 그를 좇았다는 점이다. 그도 그럴 것이 황성마물 홍성기는 절세미남에, 학문도 깊고, 그만큼 말발도 따라주었다. 여느 색마들과는 격이 달랐던 것이다.

하지만 막상 주유청이 홍성기라는 이름에 민감한 반응을 보인 데는 그럴 만한 사정이 있었다. 홍성기는 어떤 식으로든 자신과도 연결된 인물이었기 때문이다.

'원수는 외나무다리에서 만난다더니, 색마 배은망덕을 만든 자가 바로 이 인간이란 말이지?'

주유청의 손에 쥐어진 검이 바르르 떨렸다.

"귀하가 진정 황성마물이오?"

"……."

주유청이 나직한 음성으로 물었으나 바닥에 쓰러져 있던 황성마물은 아무런 대답도 하지 못했다.

여인이라면 모를까, 현 강호에서 자신에게 호감을 가진 사내는 아무도 없었으므로.

"호호, 저 만화밀이 장담하지요. 이자는 분명 황성마물이랍니다."

상황이 퍽 재미있는지 자칭 만화밀이라는 여인이 대답했다.

주유청은 표정없는 얼굴로 잠시 만화밀을 바라보았다.

"낭자께선 혹 황성마물과 원한이 있소?"

"원한이라? 호호호, 아니에요. 황성마물은 내 소유나 다름없지요. 누가 자신이 키우는 개나 고양이에게 원한을 가지고 있겠어요?"

만화밀은 간드러지게 웃으며 주유청의 반응을 기다렸다.

주유청은 이런 상황에서 자신이 어떻게 행동해야 할지 잠시 고민했으나 순간적으로 뇌리를 스치는 것이 있었다.
"황성마물 홍성기! 당신은 모르겠지만, 사실 나는 당신과 얼마간 인연이 있는 사람이오. 더욱이 나는 지금 당신의 도움을 몹시 필요로 하고 있소."
…….
뜻밖의 말이었다.
홍성기와 만화밀은 동시에 주유청의 얼굴을 쳐다보았다.
홍성기의 눈빛엔 얼마간의 희망이, 만화밀의 얼굴엔 경계심이 자리 잡기 시작했다. 두 사람의 희비가 엇갈리는 순간이었다.
"공자, 무례하군요. 이미 말했듯 황성마물은 내 소유랍니다. 이 인간에게 볼일이 있다면 먼저 내 허락을 받아야 해요!"
만화밀이 성난 표정으로 말했다. 하지만 그때였다.
"흐히히, 대협! 만화밀 자향의 말은 들을 것도 없소. 저 계집은 역대 최고의 색녀로 흑도의 식솔이라오. 제발 나를 구해주시오."
홍성기는 벌떡 몸을 일으킨 후 주유청의 뒤편에 숨었다.
"이놈, 홍성기! 귀엽게 봐주었더니 점점 버릇이 없어지는구나!"
"염병! 이 천하의 색녀 같으니……. 유부녀가 가정을 지킬 생각은 않고 외간남자에게 목을 매냐? 정녕 강호의 도가 땅바닥에 떨어졌구나!"
"황성마물, 나를 슬프게 하지 마라. 나를 이렇게 만든 게 누구지? 이제 나는 돌아갈 집도 없다. 조만간 백무단의 추적이 시작될 것이고, 그럼 너도 나도 살아남지 못한다. 그때까지라도 우리 환락의 밤을 보내자."
백무단의 추적?
주유청의 표정이 묘하게 변해가기 시작했다.
백무단에 대해서라면 주유청도 모를 리 없었다. 그것이 천무밀교의 정예 부대라는 것도, 재수없게 걸리면 뼈도 못 추리게 되리라는 것도 잘 알고 있었다.
　하지만 주유청은 단호하게 결심했다. 색녀 만화밀로부터 황성마물 홍성기를 구해주기로.
　'정말 위대한 사내야. 꽃이 나비를 좇게 하다니. 황성마물, 내게 반드시 필요한 사람이다.'
　그랬다. 주유청은 황성마물을 만나는 순간 꺼져 가던 희망의 불씨를 되살렸다.
　황성마물에게 색공을 전수받는다면 방초의 사랑을 되찾을 수 있을지도 모른다는 생각이 들었다. 그는 배은망덕 이편이 방초의 마음을 사로잡은 것이 색공 탓이라고 믿고 있었던 것이다.
　"만화밀이라 했소? 듣자 하니 당신은 가정으로 돌아가는 것이 좋을 듯하오. 황성마물은 내게 반드시 필요한 사람! 이해해 주시구려."
　"흥! 말로 해서는 안 될 위인이군."
　만화밀 자향은 눈꼬리를 치켜 올리며 주유청에게 검을 겨누었다.
　"이런… 만화밀, 그대는 내 상대가 아니오. 검을 거두시오."
　"호호, 만화밀 자향을 우습게 보고 있구나. 좋다. 황성마물에 대한 분풀이를 네놈에게 해주지. 각오해라!"
　만화밀 자향의 신형이 잠시 흐릿해지는가 싶더니 곧장 날카로운 검신이 주유청을 향해 날아들었다. 신묘한 보법, 쾌속한 검공이었다.
　하지만 주유청은 그렇게 호락호락한 상대가 아니었다.
　챙, 채챙!
　주유청의 연검술은 어느새 절정의 수준에 이르러 있었다. 연검은 자향의 검을 부드럽게 감아 돌며 손목을 노렸다.
　"헛! 개화만발(開花滿發)!"
　자향의 신형이 눈에서 사라지는 것과 동시에 조각난 검영들이 주유청에게 쏟아져 내렸다.
 '고수다! 어느 것 하나 허초가 아니야!'
 주유청은 마치 회오리를 일으키듯 자신에게 쏟아지는 검영을 쳐내며 허공으로 날아올랐다.
 "용등연검법 제1초 청단비상!"
 "화우천하(花雨天河)!"
 "용등연검법 제2초 홍단비상!"
 "낙화비무(洛花飛舞)!"
 "용등연검법 제3초 구사비상!"
 "폭폭화화(爆瀑火花)!"
 허공으로 솟구친 두 사람의 검은 숱한 불꽃을 만들어내며 화려하게 밤하늘을 수놓았다. 달빛이 잘려지고 어두운 하늘 장막이 찢겨 나가는 듯했다.
 '믿을 수 없는 실력이다. 나 주유청의 검에 저항을 하다니······.'
 비록 손속에 사정을 두고 있기는 했으나 주유청은 내심 놀랄 수밖에 없었다.
 무명의 여인이 자신을 상대로 이 정도의 검법을 펼쳐 낼 것이라고는 생각지 못했기 때문이다.
 '천무밀교라··· 그들의 저력은 가히 절정에 달해 있는 것이 분명하다.'
 주유청은 자신의 빈틈을 파고드는 만화밀의 검을 쳐내며 문득 두려움에 몸을 떨었다.
 하지만 두 사람의 비무는 오래지 않아 승부가 갈렸다.
 차앙—
 날카로운 쇳소리와 함께 만화밀의 검이 부러져 나갔다.

그 순간 균형을 잃고 있던 그녀의 어깨에 주유청이 좌수를 날렸다.

"하악—"

만화밀은 짧은 비명과 함께 곧장 바닥으로 떨어져 내렸다.

"이런, 이런… 자향, 그러게 가정을 지키라니까……"

놀란 눈으로 두 사람의 싸움을 지켜보던 황성마물이 바닥을 나뒹구는 자향에게 다가가 안쓰럽다는 듯 말했다.

"홍성기, 나를 버리지 마……"

만화밀 자향은 고통스런 음성으로 말했다.

그녀는 주유청으로 인해 입은 상처보다 홍성기를 잃을지 모른다는 두려움에 떨고 있었던 것이다.

"자향, 당신은 충분히 아름다워. 살 떨리게 부드럽고 촉촉한 여자지. 하지만 당신도 알고 있다시피 나는 색마야. 결코 한 여자에게 만족하며 살 수 없는 생리를 가지고 있단 말이지. 나는 당신을 위해서 떠나는 거야. 내 젊음을 유지시켜 주는 것은 여인들로부터 흡수한 발랄한 생기(生氣)야. 당신이 내 곁에 머무른다면 당신의 젊음은 곧 고갈되고 말아. 그러니 이제 당신 남편에게 돌아가."

황성마물은 씁쓸한 음성으로 말했다.

황성마물, 그가 다른 색마와 구분되는 점은 그의 독특한 박애주의에 있다.

비록 여러 가정을 박살 낸 몹쓸 위인이지만, 그는 이제껏 단 한 번도 검에 피를 묻힌 적이 없다. 그래서 그의 검에 붙여진 이름이 백치검(白痴劍)이다. 검은 검이되 스스로가 검인지 모르는 검이라는 의미다.

게다가 그는 철저한 채식주의자다. 동물에 대한 사랑도 각별해 들쥐 한 마리 죽여본 적 없다. 겨울이면 토끼나 노루 따위가 굶주릴 것을 걱정해 눈밭에 음식을 던져 준다. 재미 삼아 연못에 돌을 던지지도 않는다.

그래서 그에게 붙여진 별호가 반불(半佛)이다. 적어도 절반은 부처란 얘기다.

그러다 보니 싸움할 일이 있을 때 그는 특별한 경우가 아니면 달아난다. 제대로 달아나야 했기 때문에 그의 경신법은 강호에서 다섯 손가락 안에 꼽힌다. 그래서 붙여진 또 하나의 별호가 오족(五足)이다. 네 발 짐승보다 빠르다는 의미에서 붙여진 것이다.

하지만 황성마물은 마음이 여린 인간이어서 여자의 눈물에 약하다. 그 빠른 발을 가지고도 만화밀 자향에게 잡힌 이유가 그것이었다.

"꼭 가야겠다면 차라리 날 죽이고 가……."

젖은 눈으로 한동안 홍성기를 바라보던 자향이 울먹이며 말했다.

그녀는 방금 전 바닥으로 떨어지며 다리를 뺐다. 더 이상 홍성기를 쫓을 수도, 잡아둘 수도 없다.

'세상에… 대단한 중독이다. 어쩌면 저렇게까지 완벽하게 여인의 마음을 휘어잡을 수가 있을까? 그래, 배은망덕이 방초 낭자의 마음을 그렇게 확실하게 휘어잡을 수 있는 데는 다 이유가 있었어. 하지만 색마와 놀아난 여인의 종말은 저다지도 처참하지 않은가! 나 주유청, 남자답지 못했다. 작은 시련을 이겨내지 못한 채 방초 낭자를 위험에 처하게 하다니……. 그래, 황성마물의 색공을 전수한 후 용문으로 돌아간다. 방초 낭자를 구하기 위해서라도 반드시 돌아간다!'

주유청은 두 주먹을 불끈 쥐며 다짐했다.

"황성마물, 나 주유청이 당신을 모시겠소."

"예? 그나저나 대협은……."

"차차 말씀드리겠습니다. 일단 자리를 옮기시지요."

"하지만 자향을 이리 놓고 가서야 되겠소? 심한 상처를 입은 듯한데……."

황성마물은 안쓰러운 눈빛으로 만화밀 자향을 쳐다보며 말했다.

하지만 갈등은 길지 않았다. 그는 곧 모질게 마음을 정했다.

"만화밀 자향, 당신이 진정 나와 함께하고 싶다면 결코 죽어서는 안 될 것이오. 만약 당신이 당신 남편의 허락을 얻는다면 난 그대와 여생을 함께하리다. 약속하오."

홍성기는 자향의 흔들리는 눈동자에 입을 맞춘 후 빠르게 산 아래로 내달리기 시작했다.

"자향, 결코 죽어서는 아니 되오. 만약 당신이 죽는다면, 죽어서도 난 당신을 외면할 것이오. 부디……."

황성마물 홍성기가 만화밀에게 남긴 마지막 말이었다.

'휴— 무척 빠르군. 그래, 색마의 기본은 강인한 하체에 있는 것이었어.'

주유청은 홍성기의 빠른 발에 내심 감탄했다. 하지만 언제까지고 그렇게 멍하니 서 있을 수만은 없는 일이었다.

"만화밀 자향, 일이 이렇게 되어 당신에게는 정말 미안하구려. 하지만 황성마물의 말대로 가정 먼저 정리하시오. 진정 그를 사랑한다면 말이오. 그럼."

주유청은 만화밀 자향에게 인사를 건넨 후 빠르게 신형을 날렸다.

"황성마물 사부… 같이 가십시다!"

색마 홍성기

"소천이, 힘내게. 새옹지마라는 말도 있지 않은가."

"팽가야아아아— 일소천의 노년 운세가 이리 박복할 줄 어찌 알았겠는고오오오—"

"쯧쯧, 솔직히 말하자면 나는 자네가 이렇게 될 거라고 얼마간 짐작은 하고 있었다네."

"……."

팽이의 말에 일소천은 곡소리를 딱 끊은 후 도끼눈을 치떴다.

그나마 친구라고 하나 있는 것이 슬슬 염장을 지르기 시작한 것이다.

하지만 일소천은 다시 통곡을 하며 바닥을 쳤다. 비록 아니꼽긴 했지만 조금이라도 더 불쌍하게 보여 공밥이라도 얻어먹기 위해서였다.

"아이고오오오— 열해도, 나 일소천이 자그마치 두 끼를 굶었다네. 탯줄을 끊은 이후 단 한 끼도 굶어본 적 없는 나 일소천이 말일세. 으흐흐흐흐—"

"아니, 자네가 끼니를 걸렀단 말인가? 자네는 세상에서 가장 부도덕한 인간이 제 배곯게 만드는 인간이라고 믿는 위인 아닌가. 허허, 제자들의 계속되는 배반이 결국 자네의 신념까지 무너뜨리고 말았군. 하지만 어쩌겠는가, 이제 굶는 일에도 차차 적응해 나가야지."

"……"

일소천의 눈이 다시 도끼날을 가다듬기 시작했다.

"팽이야, 이놈! 그게 친구로서 할 소리더냐?"

"푸히히! 농담이니라. 내가 냉큼 주방장에게 일러 요리를 준비케 할 터이니 눈물부터 닦거라. 에이, 칠칠치 못한 위인 같으니……."

팽이는 곧장 일어나 주방으로 향했다.

'쯧쯧, 천하의 일소천이 하루아침에 용문마을에서 제일 불쌍한 늙은이가 되어버렸군. 그러게 이 영감탱이야, 평소 손녀 단속 잘하고 제자를 아낄 줄도 알았어야지.'

한편으로는 안됐다는 생각이 들었지만 팽이로서는 내심 걱정스러운 부분도 있었다. 행여 두백 이재천을 돌려달라고 떼를 쓰면 어쩌나 하는.

"푸헤헤, 역시 믿을 건 친구밖에 없구나. 고맙다, 팽가야."

팽이의 속도 모른 채 일소천은 헤벌쭉 웃었다. 그리고는 팽이가 사라진 주방으로 눈길을 돌렸다. 뱃속에서 요동하고 있는 걸귀들에게 용기를 주기 위해.

'가엾은 늙은이, 어쩌면 저리도 박복할까? 천하의 시성, 두백 이재천을 잃은 것도 모자라 말 잘 듣던 곰탱이까지 잃게 되다니…….'

비를 들고 객잔 청소에 여념이 없던 이재천은 고개를 절레절레 흔들었다.

'아, 몰락하는 한 인간의 모습이 또 내 시심을 일깨우는구나. 에라, 나도 주방으로 가자. 이 폭발하는 시심을 생강에 조각해야지. 그래, 확실히

시는 환경이 좋아야 잘 써져. 저 노인네의 박복한 인생은 말년의 두보(杜甫)가 느꼈던 비애 못지않을 거야. 저런 노인네가 근처에 산다는 것은 나 같은 시인에게 있어선 최고의 자산이라 할 수 있지. 암.'

이재천은 비를 집어 던진 후 곧장 주방으로 달려들어 갔다.

'어라, 약골 굼벵이 주접 배신자 구관조 이재천 저놈이 왜 주방으로 달려들어 가는 거지? 혹시 제 밥 축내지 말고 나를 내치라고 팽이를 설득하려는 건 아닐까? 그래, 저놈은 내게 앙심을 품고 있는 위험천만한 놈이야. 어허— 팽이 그 늙은이는 저 두백이 놈 말이라면 사족을 못 쓰는 위인인데… 왠지 모를 이 위기감은 뭐지? 안 돼, 제발……'

도둑이 제 발 저린 법이다.

일소천은 이제야 자신의 과거를 뼈저리게 뉘우치고 있었다. 더불어 어떻게 해서든 이재천에게 잘 보여야겠다는 생각도 하게 되었다.

얼마 후 점소이 하나가 주방에서 모습을 드러냈다.

점소이는 일소천 앞에 김이 모락모락 피어나는 오리 요리를 내려놓았다.

'푸헤헤, 의리있는 놈. 친구 섬길 줄 아는 놈. 무공은 개판이지만 인간성 하나는 끝내주는 놈. 푸헤헤헤헤.'

일소천은 옆 식탁에 앉아 귀를 후비고 있는 팽이를 은근한 시선으로 바라보았다. 그에 대한 애정이 새록새록 피어났던 것이다.

'팽이야, 지금 내 앞에 놓인 오리는 오리가 아니라 우정이구나. 오냐, 고맙게 먹으마!'

일소천은 젓가락을 들어 오리의 가슴살에 가져다 댔다.

그런데 그 순간, 객잔의 문이 벌컥 열렸다. 그리고 뜻하지 않은 손님들이 들이닥쳤다.

'어라? 저놈들이 웬일로……?'

일소천은 멍한 눈으로 그들을 쳐다보았다.

객잔에 들어선 인물들은 세 달 전 소림사에서 헤어졌던 당개수와 무산 부부였다.

가장 먼저 일소천을 발견한 무산이 환한 웃음을 내비치며 곧장 다가왔다.

"헤헤, 사부님도 여기 계셨군요. 그동안 기체후일양만강하셨습니까?"

"어머, 승신검 사부님. 그새 새 장가라도 가셨어요? 어쩌면 이렇게 신수가 훤해지셨을까? 수정이는 사부님이 몹시 보고 싶었답니다."

"하하, 마침 승신검 형님도 여기 계셨군요. 열해도 형님께 인사 여쭙고 바로 용문도장으로 향할 생각이었는데……."

"아니, 너희들이 여긴 웬일이냐?"

일소천은 너무 놀라 하마터면 젓가락을 놓칠 뻔했다.

"헤헤. 말씀드리긴 좀 뭣하지만, 저 쫓겨났습니다. 당분간 사부님 신세 좀 질까 해서 이렇게 찾아왔습죠."

무산은 해맑은 표정으로 대답한 후 식탁을 내려다보았다.

"이야~ 이거 오리 요리 아닙니까? 마침 저희도 배가 고팠는데 잘됐습니다. 일단 식사부터 하고 자세한 사정 얘기를 들려드립지요."

일소천의 의사는 물을 필요도 없다는 듯 무산은 식탁 밑의 의자를 끌어당긴 후 당개수와 당수정을 바라보았다.

"자, 장인어른. 여기에 앉으시지요. 그리고 부인은 여기에."

일소천은 내심 무산의 행동이 못마땅했다. 하지만 체면상 내색은 하지 못한 채 빈 젓가락만 깔짝거렸다.

"푸, 헤, 헤… 그래, 개수 자네도 식전인가? 한 마리를 누구 코에 붙이겠는가만… 우선 오리 대가리라도 좀 뜯게."

"헤헤, 사부님. 강호에 그런 도리는 없습지요. 사부님과 저희 장인어른은 이미 의형제를 맺으셨으니 분명히 서열이 생겼습니다. 의형제의 대가리, 헤헤, 아니, 우두머리는 사부님이니까 사부님이 오리 대가리를 뜯으셔야지요."

일소천의 성격을 익히 잘 알고 있는 무산은 일단 오리 다리 두 개를 뜯어냈다. 그리고는 그것을 당개수의 양손에 쥐어준 후 다시 입을 열었다.

"헤헤, 의형제 분들 중 개방 천 방주님이 빠지셨으니, 여기선 장인어른이 막내십니다. 그러니 오리 다리는 장인어른 몫입니다요."

무산은 일소천을 외면한 채 다시 오리 요리를 집었다. 그리고는 목과 대가리를 떼어내 일소천 앞에 던져 놓은 후 손에 지그시 힘을 주어 오리 몸통을 둘로 나누었다.

"하하, 부인과 나는 그저 팍팍한 가슴살이나 먹읍시다. 우리 사부님은 옛날부터 가슴살을 싫어했다오. 헤헤, 사부님은 다릿살도 싫어했으니 장인어른도 부담없이 드십시오."

"……"

일소천은 얼굴이 벌겋게 달아올랐다. 눈 뜬 채 먹을 것을 빼앗겼으니 당연한 일이다.

하지만 무산과 당수정, 당개수는 퍽 오래 굶주렸는지 모두 일소천을 외면한 채 허겁지겁 오리 고기를 뜯어 먹기 시작했다.

"푸, 헤, 헤, 퍽 오랫동안 굶은 모양이군."

일소천은 성질을 누그러뜨린 후 오리 모가지를 뜯으며 허탈한 음성으로 말했다.

그나마 무산이 돌아왔다면 당분간 먹을 걱정은 안 해도 된다. 무산의 강인한 생활력에 관해 누구보다 잘 알고 있는 이가 일소천이었다.

'그래, 참자. 괜히 성질대로 했다가 두백이 놈이나 무랑이처럼 나를 버리고 가면 그때는 정말 낭패다. 대의를 위해 한발 물러서는 수밖에.'
대의를 아는 노인, 일소천이었다.

결국 오리는 앙상한 뼈다귀만 남은 채 깨끗이 발려졌다.
그사이 팽가객잔의 다섯 사람은 많은 이야기를 나누었다. 최근 당문과 용문도장에서 있었던 악재를 시작으로, 묘하게 변해가는 황실과 강호의 판도까지…….

"음… 아미파와 소림이 사파의 수중에 들어갔다는 이야기는 익히 들어 알고 있느니라. 그런데 그러한 정세가 너희 가족에게까지 영향을 미쳤구나."

일소천은 뼈다귀만 남은 오리 대가리를 쪽쪽 빨아대며 심드렁하게 말했다.

나름대로 심각한 척하고는 있으나 그의 머리 속에는 남의 뱃속에 들어간 오리 요리만이 아쉽게 맴돌 뿐이었다.

'당비약이라 했지? 그놈 정녕 용서하기 힘든 놈이로구나. 용문도장을 말아먹은 것도 모자라 당개수 일가를 내쫓아? 허허, 결국 내 오리 요리를 빼앗긴 것도 그 때문이 아닌가. 그나저나 팽이 이놈, 오리 한 마리 더 구울 생각은 않고 쓸데없는 일에 관심을 갖는구나.'

일소천은 씹고 있던 오리 대가리를 식탁 위에 툭 집어 던졌다. 내심 팽이가 자신의 굶주림에 주위를 기울여 주기 바라는 마음으로.

하지만 팽이는 여전히 당개수 일가의 이야기에 귀를 기울일 뿐이었다.
"허허, 하긴… 요사이 객잔에 손님이 없는 것도 그런 어수선한 정국 때문이니라."
"팽이 형님, 그나마 팽두파엔 아직 별다른 피해가 없나 봅니다. 용문은 천무밀교의 세력권 안에 있어 소란스러울 만도 한데."

당개수는 얼마간 안심이 된다는 듯이 물었다.

"푸히히, 감히 어떤 놈들이 우리 팽두파를 넘볼 수 있단 말인가. 팽두파는 천하제일무공인 파룡도법을 창시해 낸 곳 아닌가. 천무밀교 따위와 견주어질 수 없는 곳이지. 물론 보잘것없는 용문파가 건재한 것은 나 역시 이해할 수 없는 일이지만."

"……."

팽이의 말에도 불구하고 일소천은 그저 얌전히 앉아 있었다.

평소라면 대거리를 하며 소란을 피웠겠지만 막상 두 끼를 굶주린 일소천은 작은 움직임조차도 귀찮았다.

"하지만 아직 안심할 수 없는 일입니다. 천무밀교나 구황문의 세상이 되면 강호는 그야말로 암흑기에 접어들 것입니다. 중소문파는 채 1년을 넘기지 못한 채 봉문, 혹은 멸문을 당하겠지요. 두 분 형님들이 아무리 뛰어나다 해도 수십만의 세력을 가진 그들을 상대할 수는 없는 일 아닙니까."

"개수야, 그런 것이 뭐 그리 중요하냐? 정사(正邪)나 흑백의 구분은 말하기 좋아하는 자들의 이분법일 뿐이니라. 누가 세력을 잡든 대륙에 몸담은 이들이 두 끼 이상 굶지만 않게 하면 되느니라."

당개수의 말을 듣고 있던 일소천이 맥빠진 음성으로 말했다.

물론 그 말은 당개수보다는 팽이를 염두에 둔 말이었다. 혹시나 멍청하고 눈곱만큼도 친구 생각을 해주지 않는 팽이가 다시 오리 요리를 내오지나 않을까 하는 기대로.

"형님, 먹는 게 다가 아니지 않습니까?"

당개수는 얼마간 당혹스런 음성으로 조심스레 반론을 제기했다.

하지만 그 말은 기어코 일소천의 심기를 건드리고 말았다.

"흥! 이놈아, 남의 오리 다리 빼앗아 먹은 놈이 참 말은 번지르르하다. 하긴 오리 다리를 두 개씩이나 처먹었으니 배고픈 놈 고통은 안중에도 없겠지. 말이 나왔으니 말이지만, 무엇이 정(正)이고 무엇이 사(邪)더냐? 구황문도 그렇고 천무밀교도 그렇고 그 세력의 기반은 민초이니라. 도대체 얼마나 굶주렸으면 농사나 짓던 농투성이들이 낫을 버리고 칼을 집었을꼬? 네놈이 사(邪)라 말한 천무밀교가 그들에겐 희망이니라."

"······."

"뒤집어 생각해 보자꾸나. 내가 알기로 당문은 지난 30여 년 동안 무림맹의 개 노릇을 해왔다. 그런데 네놈이 새삼 구황문의 세상 아래에서 구황문의 개가 되지나 않을까 걱정을 하고 있느냐? 한심하다, 이놈. 모든 권력은 그 자체로 악(惡)이다. 그것이 힘의 속성이다. 아미파와 소림사를 무너뜨린 구황문, 천무밀교가 악이라면 무림맹 역시 하나의 악에 불과하다. 왜냐, 권력을 거머쥔 자들은 배고픈 이들의 설움을 알지 못하기 때문이다."

일소천은 비교적 설득력있는 요설로 당개수의 입을 막았다.

하고 싶은 말은 그 외에도 너무나 많았다. 하지만 말이 길어지면 배고픔이 커질 것 같아 참기로 했다.

'음··· 일소천 저놈 정말 무서운 놈이다. 얼마나 배가 고프면 사돈뻘 되는 개수에게 저런 식으로 말할까. 하지만 소천아, 미안하구나. 주방에 남은 오리 한 마리는 내일 아침 우리 두백이의 밥상에 올려야 하느니라.'

팽이는 일소천의 말을 의도적으로 외면하며 짐짓 태연한 표정을 가장했다.

"그래, 그건 소천이 말이 맞는 것 같구나. 사소한 일에 그렇게 집착하다 보면 정작 큰 뜻을 이루지 못하는 법이니라. 내가 보기엔 네가 문주

자리에서 쫓겨날 하등의 이유가 없었느니라. 넌 그저 신중하지 못해서 쫓겨나게 된 것이지."

"꼭 그렇지만도 않습니다, 형님. 정파와 사파는 분명 서로 다른 철학을 가진……."

고지식한 당개수는 어떤 식으로든 자신의 신념을 피력하려 했다.

하지만 그가 채 말을 잇기도 전에 일소천의 노성이 터졌다.

"아, 정말 시끄럽구나! 오리 다리 먹어서 배부른 놈은 결코 굶주린 자들의 고통을 이해하지 못한다니까—"

"……."

일소천의 일갈로 인해 객잔 안엔 잠시 무거운 정적이 내려앉았다. 당개수 역시 비로소 일소천이 말하는 굶주림의 정체를 알게 된 것이다.

그때였다.

"사부님, 제가 오늘도 어김없이 시 한 수를 지었습니다. 한번 들어보시렵니까?"

이제껏 주방에 있던 이재천이 생강 하나를 들고 나오며 말했다. 다소 돌발적이긴 했으나 그로 인해 객잔을 감돌던 정적이 깨지게 되었다.

"푸히히, 시성 두백아. 그래, 한번 읊어보거라. 오늘은 또 얼마나 위대한 시작(詩作)을 한 것이더냐?"

행여 제자 기가 죽을까, 팽이가 활짝 웃으며 화답했다.

"예, 그럼 읊어보겠습니다. 헴, 헴!"

어색한 분위기 따위에는 관심도 없다는 듯 이재천은 목청을 가다듬었다. 그리고 한껏 들뜬 음성으로 생강에 새긴 시를 읽기 시작했다.

"말라비틀어진 생강아, 무야. 너희는 아느냐, 이 겨울 문밖의 삭풍보다 무서운 것은 따뜻한 솥 보글보글 끓는 탕 속에 담길 너희 인생이란 것을……."

 이재천은 낭송을 마친 후 주위 사람들의 반응을 살피기 시작했다.
 평소에 비해 너무 짧은 시였으므로 팽이는 잠시 이재천의 얼굴을 빤히 쳐다보았다. 정말 끝난 것인지, 잠시 호흡을 가다듬는 것인지 확인하기 위해서였다.
 "오호, 정말 심오한 시로구나. 생강과 무라는 사소한 소재를 이용해 인간이 생래적으로 지니게 되는 숙명의 무거움을 노래하다니……. 가히 문학사에 남을 만한 업적이로다. 역시 두백이 너는 시성이다, 시성이야!"
 …….
 팽이의 호들갑에도 불구하고 좌중은 침묵했다.
 '두백이 저놈의 병세가 갈수록 심해지는군. 생강과 무에 어찌 인생(人生)이란 단어를 사용할 수 있는고? 어휘 구사의 한계를 여실히 드러내고 있군. 쯧쯧, 저것이야말로 곡학아세의 병폐가 아니고 무엇이겠는가?'
 '음, 저런 사위를 얻지 않은 것은 나 당개수의 복이다.'
 '호호, 제법 반반하게 생기긴 했지만 그래도 우리 서방님에 비할 바는 아니군.'
 '음, 저 인사성없는 놈, 싸가지만 황인 줄 알았더니 시적 감각도 영 황이군.'
 일소천, 당개수, 당수정, 무산은 저마다 속마음을 감춘 채 멀뚱히 천장만 쳐다보았다. 당분간 팽이의 신세를 져야 할 처지였으므로 냉철한 시 비평은 삼가는 게 좋다는 판단에서였다.
 하지만 그런 좌중의 반응은 예민한 이재천의 심기를 건드렸다.
 "흠흠, 시를 들었으면 그것에 대해 품평을 해주는 것이 도리지요. 여기 계신 대협들께서도 그 정도는 아실 것 같은데……."

이재천이 좌중을 둘러보며 말했다.

천상유수 이재천. 그는 팽이의 사랑을 독차지하는 동안 얼마간 기고만장해지고 말았다. 아니, 원래 그런 위인이긴 했으나 맹목적인 팽이의 사랑은 그 증세를 얼마간 심하게 했다.

하지만 어디 이재천뿐이랴, 그 자리에 있는 대부분의 인물들이 똑같은 증세에 시달리고 있다. 다만 당장의 처지를 생각해 자중하고 있을 뿐이었다.

"파하하, 혹시 시 공부를 하신 적이 없어서 제 시를 이해하지 못하시는 겁니까? 파하하하. 하긴 강호에 몸담은 인물 중 시를 아는 이가 몇이나 되겠습니까. 제가 개밥에 도토리를 얹은 격이지요. 파하하하!"

…….

이재천의 계속되는 주접에 좌중의 미간이 심하게 꿈틀거리기 시작했다.

팽이는 땀이 밴 손바닥을 조몰락거리며 내심 전전긍긍했다.

일소천과 무산의 더러운 성질머리를 잘 알고 있었기 때문이다. 자칫 잘못 걸리면 이재천은 개망신을 당할 것이다.

"하하, 동이야. 주방장에게 일러 여기 닭이라도 몇 마리 잡아 내오라고 이르거라. 손님들이 많이 시장할 것 같구나. 푸히히!"

결국 팽이는 이재천을 보호하기 위해 닭 몇 마리 잡아 환심을 사기로 했다. 일소천과 무산이 먹을 것 앞에선 사족을 못 쓰는 위인이라는 것을 누구보다 잘 알고 있었으므로.

[잘 참았느니라, 무산아. 팽이가 닭을 잡아준다지 않느냐.]

[사부님도 잘 참으셨습니다. 정말이지 닭고기만큼이나 가치있는 인내심이었다고 평하고 싶습니다. 하지만… 저 버르장머리없는 두백 아우는 조만간 손 좀 봐주어야겠습니다.]

[음… 그랬으면 좋겠다만, 저 녀석의 무공이 만만치 않느니라.]

[설마 사부님의 용등연검법보다 강하겠습니까!]

[그 말은…….]

[예, 사부님께 가르침을 청하는 겁니다.]

일소천과 무산, 그들의 눈빛이 쨍, 하고 마주쳤다.

색마 홍성기

섬서성 화음현 화산 연화봉 정상.

잎을 떨군 채 나목으로 남은 도림새의 복숭아나무들이 스산한 바람에 떨고 있었다.

꽃이 진 후 벌도 나비도 모두 떠났다. 밤이면 간혹 외로움에 몸을 떨며 울부짖곤 하던 곰들도 모두 겨울잠에 들었다.

하지만 화산의 풍경은 여전히 신비에 싸여 있다.

연화봉을 휘어 돌며 피어오르는 짙은 운무, 그 운무를 가로지르며 나는 한 쌍의 단학, 기암 사이로 흐르는 계곡. 모든 것이 천상의 풍경인 듯했다.

황하의 흐름만큼이나 도도하게 강호 역사에 획을 그어온 화산파.

화산도장의 문은 오늘도 활짝 열려 있다.

너른 대문을 지나 몇 개의 소문을 통과하면 비교적 널찍한 연무장이 나타난다. 그곳에선 한 무리의 제자들이 검법을 연마하고 있다.

연무장을 가로지른 후 장문인이 머물고 있는 본채를 끼고 돌면 몇 채의 가옥과 함께 후원이 나온다. 그리고 그 후원의 끝에는 정갈하게 지어진 한 채의 가옥이 자리 잡고 있다.

매화당(梅花堂).

화산의 주요 정책을 결정하는 곳으로, 화려한 외양과는 달리 그 내부는 비교적 단출하게 꾸며졌다.

"오호호! 아침부터 술을 마시게 될 줄은 몰랐소. 그나저나 참 묘한 맛입니다그려."

초화공의 경박한 웃음소리가 실내에 맴돌았다.

"분명 다른 매실주와는 다르지요. 그 맛과 향이 옅어 술을 알지 못하는 이들은 아무 맛도 느낄 수 없습니다. 하지만 진정한 주객이라면 그 깊게 감추어진 맛에 반하고 말지요. 제가 보기엔 공 역시 이 술과 같은 분입니다."

"……."

초화공은 웃음을 멈춘 후 지그시 백의천을 바라보았다. 그리고 담담한 음성으로 입을 열었다.

"장문인 역시 알 수 없는 사람입니다. 처음엔 나 역시 장문인에 대한 오해를 가지고 있었소. 그저 사리사욕에 눈이 먼 자라고 생각했으니까. 하지만 이렇게 인연을 맺고서야 장문인의 진면목을 서서히 보게 되는 듯하오. 아마 나나 취운이 아니었다 해도 화산은 장문인의 대에서 빛을 발했을 것이오."

초화공은 그 어느 때보다 진솔한 모습이었다.

경박함이나 사특함을 가장하지 않은 그의 모습에선 얼마간 거인의 면모까지 드러났다.

하지만 백의천은 쓴웃음을 지었다.

"하하. 공, 나 백의천이 무림맹주에 오르는 것과 동시에 정파무림이 무너지기 시작했습니다. 이미 소림과 아미, 그 외 무림맹에 소속되어 있던 여러 문파가 사파에 의해 멸문, 혹은 봉문되었습니다. 어쩌면 나 백의천은 역사상 가장 무능한 맹주로 기록될 것이오."

"장문인, 아니, 맹주라고 불러야겠구려. 정파무림이 지금처럼 허무하게 무너진 것은 너무 오래 고여 있었기 때문이오. 결코 맹주의 탓이 아니지요. 그것은 소림도 알고 아미도 알 것이오. 그리고 무엇보다 중요한 것은 아직 화산과 무당, 개방이 남아 있다는 것입니다."

"글쎄요, 정파무림은 아직도 나 백의천을 믿지 않습니다. 그들은 이미 무너진 소림이나 봉문에 든 무당파에 희망을 걸고 있지요."

백의천은 고개를 저으며 긴 한숨을 뿜어냈다.

"지금에 와서 드리는 말씀이지만, 이 모든 상황은 이미 예측된 것이었습니다. 아니, 기대했던 것 이상으로 진행되고 있지요. 맹주! 이제 우리 진심으로 손을 잡도록 합시다. 나와 사평왕은 오늘과 같은 날을 기다려 왔소. 맹주는 알지 못하겠으나, 이미 모든 것들이 사평왕과 화산의 부활을 위해 준비되어지고 있소이다."

"……."

백의천은 아무 말도 하지 못한 채 흔들리는 눈빛으로 초화공을 바라보았다.

초화공의 말은 모두 사실이었다. 모든 상황이 절묘하게 들어맞고 있었다. 황제가 죽었고, 그로 인해 황실의 갈등은 본격화되었다. 적과 동지를 구분할 수 없는 오리무중의 나날이 계속되었다. 알게 모르게 많은 황실의 인물들이 죽어 나갔다. 겉으로는 잠잠했으나 걷잡을 수 없는 암투의 소용돌이가 휘몰아치고 있었던 것이다.

때맞추어 강호에서는 사파가 거대한 실체를 드러내기 시작했다.

물론 황실의 일은 황실의 일이고 강호의 일은 강호의 일이다. 하지만 지금은 사정이 달랐다.

구황문과 함께 강호에 피바람을 불러일으키고 있는 천무밀교. 그들은 나라를 전복시키고 새로운 나라를 세우리라 공공연히 천명하고 있는 무리다. 따라서 천무밀교가 발호하는 한 그것은 더 이상 강호의 싸움만이 아니다.

황태자 유의 황제 즉위식은 이제 60여 일밖에 남지 않았다. 그 짧은 기간 안에 사평왕은 역천(逆天)을 이뤄내야 한다. 그 시기를 놓친다면 싸움은 힘겨워진다.

적어도 황태자 유를 옹호하는 세력은 그렇게 믿었다. 따라서 그에 대해 철저하게 대비하고 있었다.

그들은 황제가 죽기 전, 이미 천무밀교의 토벌에 관한 칙서를 받아냈다. 그리고 황제가 죽자 그 칙서를 곧 사평왕에게 전했다. 모든 것이 방회라는 모사의 머리에서 나온 것이다.

방회는 사평왕과 천무밀교가 맞붙게 해 두 세력에 타격을 주는 것을 1차 목표로 삼았다. 또한 황태자 유가 주위의 많은 세력을 모을 수 있게 시간을 벌고자 했다.

하지만 그와 같은 계략은 한편으론 위험천만한 것이었다. 위기를 느낀 사평왕이 자신에게 주어진 군권을 이용해 황실을 친다면 아무런 대책이 없기 때문이다.

방회라고 해서 그러한 점을 계산하지 않은 것은 아니다. 아니, 오히려 그러기를 바랬다. 그는 황제의 서거를 빌미로 이미 변방의 장수와 군사들을 황궁으로 불러 모았다.

오랫동안 변방을 지키던 그들은 사평왕에게 회유될 기회가 없었다. 따라서 오로지 죽은 황제와 그 후임자로 지목된 황태자 유에게 충성을 바치고 있었다. 그들이 황궁에 있는 한 사평왕과의 일전은 해볼 만한 것이었다.

한편 방회는 병권을 쥔 장수들 중 사평왕에게 회유된 세력에 대해선 점차적으로 압박을 가했다. 겉으로 드러나지 않게 그들의 세력을 분산시키고 있었던 것이다.

즉, 그들이 쉽게 정보를 주고받을 수 없도록 여러 지역으로 나누어 배치시킨 후 그 사이사이에 황태자를 추종하는 장수들을 배치했다. 그들의 동태를 살피는 동시에 심적 압박감을 주기 위해서였다.

뿐만 아니었다. 방회는 이미 오래전부터 자신의 심복들 중 상당수를 사평왕 휘하에 심어두었다. 그들은 언제든 자객으로 변할 수 있으며, 지속적으로 첩보를 제공했다.

문제는 방회의 그런 계략 대부분을 사평왕이 훤히 들여다보고 있다는 데 있었다.

그럼에도 사평왕은 전혀 내색을 하지 않은 채 묵묵히 침묵을 유지했다. 상대의 계책을 역이용하기 위해서였다.

사평왕은 방회의 생각과는 달리 자신이 거사할 시점을 상당히 멀리 두고 있었던 것이다.

"맹주, 조만간 사평왕께선 천무밀교를 친다는 명분을 내세워 대륙 각지로 군사를 낼 것이오. 물론 우리는 전면전을 피한 채 천무밀교와 지리멸렬한 싸움을 유지할 것이오. 그리고 끊임없이 황실에 병력의 지원을 요청할 것이오. 하하, 지원 병력을 이용해 될 수 있는 한 오랫동안 그 싸움을 끌어야겠지요."

초화공은 백의천 앞으로 상체를 기울인 후 나직한 음성으로 말했다. 지금 그들이 나누는 이야기는 분명 역모였기 때문이다.

"음… 하지만 황실에서 의심을 하게 될 텐데요?"

"바보가 아닌 이상 그렇겠지요. 중요한 것은 황실의 의심을 무마시키는 것입니다. 이 싸움이 결코 쉽지 않은 것처럼 보이게 만들어야겠지요. 그러자면 부득불 맹주의 힘을 빌려야 할 것입니다."

"……."

백의천의 미간이 잠시 일그러졌다.

그는 결국 자신이 역모에 휘말리게 되었음을 깨닫게 된 것이다. 하지만 피할 수 없는 요구였다. 이미 자신들은 한 배를 탄 것이고, 이후의 일은 하늘에 맡기는 수밖에 없었다.

"하지만 제가 모을 수 있는 세력은……."

"염려 마시오. 장문인이 무림맹주 자리에 앉도록 도운 데는 그만한 이유가 있었습니다. 어차피 범현과 장소천의 실정으로 무림맹은 오래전 종이호랑이로 전락하고 말았습니다. 이제 무림맹을 다시 일으켜 세울 수 있는 분은 장문인뿐이오. 그리고 그 시작은 이번 천무밀교와의 일전이 될 것입니다. 적어도 외양으로는 말입니다. 하하하!"

"……."

"맹주께서는 무림의 정의 수호라는 명분을 내걸어 우리에게 합류해 주시오. 하지만 천무밀교와 전면전을 벌이지는 않을 것입니다. 우리는 끊임없이 후퇴를 거듭할 것이고, 시간이 지남에 따라 황실의 권위는 바닥으로 떨어지게 되겠지요. 그렇게 되면 천무밀교는 그 여세를 몰아 황궁으로 향할 것입니다."

백의천은 비로소 초화공의 의도를 알 것 같았다.

초화공은 지금 황태자 측의 계략을 역이용해 천무밀교와 황실을 맞부딪치게 하려는 것이다. 솔직히 지금과 같은 상황에서 사평왕이 황태자 유를 친다면 많은 후유증이 따르게 된다.

반드시 거사가 성공한다는 보장도 없거니와 혹 성공한다 해도 조카의 목을 벨 만한 명분을 내세울 수 없다. 사평왕으로선 그런 무리수를 두고 싶지 않을 것이다.

하지만 천무밀교를 이용해 황궁을 치게 한다면 사평왕은 두 가지 면에서 유리한 고지를 점하게 된다. 우선 반대 세력을 제거할 수 있다. 그리고 현 황실의 무능함을 타개한다는 명분을 내세워 황제의 자리를 빼앗을 수도 있다.

"그렇지만… 사평왕의 세력만으로 천무밀교와 황실 전체를 상대한다는 것이 가능할까요?"

"하하하, 맹주! 아마도 구황문 역시 이 기회를 빌어 강호 쟁패의 야욕을 드러낼 것이오. 결국 천무밀교는 구황문이 맡아서 처리를 하겠지요. 즉, 사평왕과 맹주는 맨 마지막에 모습을 드러내면 되는 겁니다. 황실과 천무밀교, 그리고 구황문이 서로 물고 뜯다가 지쳐 쓰러지는 순간에 말입니다. 하하하―"

초화공의 화통한 웃음소리가 매화당을 벗어나 후원으로 번졌다. 그 웃음의 여파에 후원의 벌거벗은 나무들이 바르르, 몸을 떨었다.

같은 시각, 호북성 균현 무당산.

72봉(峰) 36애(崖) 9천(泉) 11동(洞) 24간(澗)의 이루어진 무당산은 사시사철 안개에 휩싸여 있다. 그리고 각각의 봉우리는 현묘한 빛깔의 구름을 이고 있다.

일설에는 천기와 지기가 이어지는 세상의 중심이라고도 한다. 아마도 그 봉우리가 향로의 형상을 닮은 탓에 나온 이야기일 것이다.

어쨌거나, 워낙 신묘한 산인만큼 도가 계열의 무당도장은 이곳에 뿌리내리게 되었고, 유구한 세월이 흐르는 동안 무당산을 이루는 하나의 풍경으로 자리 잡았다.

화화당(華畵堂).

언제나와 마찬가지로 안개에 휩싸여 있는 그곳에서 한 사내의 침음성이 흘러나왔다.

"아, 소림마저 무너졌단 말씀입니까?"

"허허, 신선이라도 되실 생각이오? 정도무림의 마지막 보루는 무당이오. 그런데 장문인께서는 어찌 속세를 벗어난 사람처럼 눈과 귀를 막고 계신단 말씀이오?"

"대사! 죄송하오. 하지만 우리 무당은 그동안 너무 세속의 일에 시달려 왔소이다. 사실 지난봄 천무밀교와의 일전에서 7할의 제자들을 잃었습니다. 당시 제가 맹주 직에 있었던 탓입니다. 제자들은 장문인의 명예를 지켜준다는 이유로 죽음을 불사한 채 싸웠고, 그만큼 피해도 컸습니다. 제가 스스로 맹주 직에서 물러선 것도, 봉문을 결정한 것도 그런 사정 때문이었습니다."

"음… 짐작은 하고 있었으나 피해 규모가 그 정도였단 말씀이오? 어허, 암울하고 암담할 뿐이구려."

무당 장문인 장소천과 범현 거사는 소탁을 사이에 둔 채 긴 탄식을 토해냈다.

범현 거사와 구소희는 새벽 일찍 무당파에 당도했다. 하지만 막상 그들이 장소천을 만난 것은 정오가 지난 후였다.

장소천은 지난 몇 달 동안 수련동에 들어 단 한 번도 모습을 드러낸 적이 없었다.

무당의 역대 절기를 바탕으로 새로운 검법을 창안하기 위해서였다. 그 자신이 너무 오랫동안 정체되어 있었음을 깨닫게 된 것이다.

따라서 그는 현 강호가 어떤 위기에 처해 있는지, 황실의 움직임은 어떠한지 전혀 알 수 없었다. 장소천 자신이 수련동에 있는 것과 마찬가지로, 봉문령을 받은 제자들 역시 굳게 문을 걸어 잠근 채 무공 수련에만 정진하고 있었기 때문이다.

'아, 누구를 탓하랴! 모든 것이 노납의 탓이거늘……'

범현 거사는 장소천의 초췌한 모습을 외면한 채 조용히 눈을 감았다.

근 1년 사이, 무당 장문인 장소천의 모습은 많이 변해 있었다. 낙화유검이라는 화려한 외호는 더 이상 그의 모습과 어울리지 않았다. 얼굴은 주름에 덮여 있었으며 심기 또한 많이 여려진 듯했다.

"장문인, 이제 남은 희망은 황실의 힘을 빌리는 것뿐이오. 장문인이 나서주시겠소?"

"……."

범현 거사의 말에 장소천의 안색이 굳어졌다.

비록 자신이 전대 황제와 돈독한 사이이기는 했으나, 강호의 일은 어디까지나 강호 내에서 해결되어야 한다는 것이 불문율이었다.

따지고 보면 무림맹이 이토록 빠른 속도로 쇠락한 것 역시 그 불문율을 어겼기 때문이다. 지난봄 벽운산에서의 일전만 아니었더라도, 아니, 그 싸움에 관군을 동원하지만 않았더라도 현 강호의 사정은 많이 달라졌을 것이다.

벽운산 일전 이후 무림맹은 강호의 도마 위에 올랐고 많은 협객들이 등을 돌렸다.

물론 덕분에 무림의 현실을 직시할 수는 있었다. 천무밀교나 구황문의 실체를 확인했고, 무림맹의 나약함을 인식했다. 아주 뼈저리도록.

"대사, 정녕 그 길밖에 없겠습니까?"

"현재로서는……."

두 사람은 다시 장탄식을 토해냈다.

범현 거사와 장소천! 한때는 강호의 양대 산맥임을 자처하는 고수들이었다. 하지만 어찌 알았으랴, 자신들이 우물 안의 개구리였음을.

"대사, 현재 강호에 남은 정파의 세력은 어느 정도입니까? 만약 황실과 연합한다 하더라도 최소한의 인원은 있어야 하지 않겠습니까?"

"개방과 화산, 그리고 무당……."

"그 외엔?"

"없소."

"……."

범현 거사는 침통한 표정을 지으며 손가락으로 탁자를 두드렸다. 자신이 생각하기에도 터무니없는 상황이었다.

"화산의 동향은 어떻습니까? 누가 뭐래도 현재 무림맹의 주인은 화산의 백의천이 아닙니까. 각지에 산재해 있는 정파무림을 규합하기 위해선 무림맹주의 소집령이 필요합니다. 대사나 제가 나선다면 그것은 월권이 되겠지요."

"알고 있소. 하지만 화산은 우리와 다른 길을 걷고 있소."

"다른 길이라면……?"

"소림이 무너지고 아미파도 무너졌소. 그런데 중원의 거점이자 무림맹의 수뇌인 화산이 무사한 이유가 어디에 있다고 보시오? 초화공의 위세를 등에 업고 있기 때문이오. 구황문도, 천무밀교도 자칫 황실과 전면전을 치르게 될 것이 두려워 관망하고 있는 것이오."

"그건 그저 추측일 뿐입니다. 아무런 물증이 없지 않습니까? 그런 식으로 따진다면 우리 무당과 개방 역시 비슷한 의심을 사게 됩니다."

장소천은 무엇인가를 신중하게 생각하는 눈치였다.

그 역시 화산과 초화공의 관계를 짐작하고는 있으나 그것을 욕할 처지는 아니었다. 그 발단은 황태자 유에게 충성 서약을 한 자신에게 있기 때문이다.

"사실이 그렇지 않소? 물론 개방은 처지가 다르지. 그들은 말 그대로 거지요. 도대체 누가 대륙 각지에 퍼져 있는 거지들을 상대로 피곤한 싸움을 자처하겠소. 천진의 개방 본타를 접수한다 해도, 실상 개방을 무너뜨리는 것은 불가능하오. 하지만 무당파는 다르오. 무당파가 건재할 수 있는 것은 화산과 마찬가지로 황실과 연관되어 있어서입니다. 물론 그 대상이 황태자 유란 점이 다르긴 하지만 말이오."

"……."

범현 거사의 직설적인 말에 장소천의 입이 무겁게 닫혔다.

"그렇다면 이 혼란스런 시기에 정파무림조차 두 개로 쪼개져야 한다는 말씀입니까?"

"아마도……."

5장
되찾은 소림사

연어는 산란을 위해
거친 물살을 거슬러 올라간다.
오르고 또 오르다 보면
한순간, 용이 되어 난다.

1
되찾은 소림사

"이 초식은 이미 네놈에게 가르쳐 준 바가 있느니라. 용등연검법 제1초 청단비상(靑團飛上)!"

바르르 경련하던 연검이 죽림을 뒤흔들며 허공으로 솟구쳤다. 흐린 겨울 하늘이 그 칼날에 상해 얼음장처럼 깨져 버릴 것 같았다.

"이 초식까지 익히면 이제 넌 고수 소리를 듣게 될 것이다. 부디 우리 용문가를 널리 알리는 데 쓰도록 하거라. 용등연검법 제2초 홍단비상(紅團飛上)!"

허공의 한 지점에서 멎은 연검이 햇빛을 튕겨내며 사방으로 빠르게 뻗쳐 나갔다.

휘리릭!

검을 놓은 일소천은 허공에서 유유히 맴돌며 화려한 춤사위를 펼쳤다. 멀리 뻗어 나갔던 검이 춤사위에 놀아나며 일소천의 주위를 맴돌았다. 마치 석양처럼 붉은빛의 무리가 물감을 흩뿌린 듯 퍼져 갔다.

"이 초식을 익히면 이제 넌 고수 중에서도 고수가 될 것이다. 필히 배신자 무량이 놈을 응징하는 데 써야 하느니라. 용등연검법 제3초 구사비상(求死飛上)!"

환상이었을까? 한순간 섬전이 죽림을 덮었다. 그리고 그 빛이 걷히는 것과 동시에 모든 것이 사라졌다. 일소천의 춤사위도, 검을 물들이던 빛의 무리도 더 이상 그곳에 남아 있지 않았다.

그저 회색 빛 겨울 하늘과 그 하늘의 한중간에서 검을 거머쥔 채 정지해 있는 일소천이 시야에 들어올 뿐이다.

"낄낄. 네놈의 그 싸가지없는 사제, 약골 굼벵이 주접 배신자 구관조 재천이 놈을 제압하는 데는 이 초식만으로도 충분하니라. 이 초식은 필히 두백이 놈의 버르장머리를 고치는 데 써주려무나. 용등연검법 제4초 고돌비상(孤咄飛上)!"

우우— 웅, 우우우우우— 우웅!

검이 울었다. 고막을 찢고 머리를 쪼갤 것 같은 심오한 검명(劍鳴)! 내장을 뒤트는 듯한 그 울림으로 인해 무산은 다급히 진기를 끌어올려야 했다.

하지만 그것도 잠시.

콰, 콰, 콰, 콰, 쾅!

거대한 폭음과 함께 폭사된 검기. 그것에 의해 빽빽하게 죽림을 이루던 대나무들이 세로로 두 동강 나며 쓰러지기 시작했다.

무산의 입에선 의미를 알 수 없는 탄성이 휘파람처럼 새어 나왔다.

"푸헤헤헤— 놀라지 말거라, 이 녀석. 이제 펼쳐질 초식은 주유청 그 녀석에게조차 전수해 주지 않은 것이니라. 이 초식은 부디 사부의 가슴에 말뚝을 박은 유청이 녀석을 심판하는 데 써주거라. 용등연검법 제5초 오광비상(五光飛上)!"

쏴아악— 쿠콰콰콰쾅—

'눈부시다! 마치 두 눈이 타 들어갈 것 같아!'

천지개벽이었다.

꾸물꾸물하던 겨울 하늘이 일순 모습을 바꾸었다. 오색찬연한 빛줄기들이 죽림으로 쏟아져 내렸다. 지축이 갈라지듯 죽림의 바닥이 요동 치며 일어섰다.

거대한 폭발음과 함께 거미줄처럼 엉킨 대나무 뿌리들이 일어섰다. 뿌리를 드러낸 채 쓰러지기 시작한 것이다.

무산은 넋이 나간 채 뒤흔들리는 땅바닥에 나동그라져야 했다. 만약 일소천이 마음만 먹었다면 그는 이미 형체도 없이 사라졌을 것이다.

"푸헤헤, 푸헤헤헤! 잘 보거라, 무산아. 마지막으로 펼쳐질 초식은 나 일소천이 40년 동안 갈고닦은 용등연검법의 진수이니라. 만약 이것이 40년 전에 완성되었더라면 나는 결코 낭만파 계휼에게 패하지 않았을 것이다. 부디 명심해라. 이 초식은 무림의 질서를 바로잡고 썩어가는 대륙의 교육과 정치와 도덕을 다시 일으키는 데 기여할 최후의 초식이니라. 어쩌면 나 일소천은 두 번 다시 이 위대한 초식을 선보이지 않을 것이다. 간다, 용등연검법 제6초 삼고양박(三苦兩迫)!"

…….

"으아아악—"

…….

아무런 색도, 형체도, 소리도 없었다. 그저 허공 중에 있던 일소천의 신형이 두 눈에서 사라졌을 뿐이다.

하지만 그 순간 무산은 온몸이 찢겨 나가는 고통을 느껴야 했다.

알 수 없는 강맹한 기운이 혈관을 타고 휘돌았다. 온몸을 태워 버릴 듯, 얼려 버릴 듯 극심한 통증이 머리카락 끝까지 뻗쳤다.

그리고 어느 한순간, 무산은 자신의 몸을 휘돌던 화(火)와 빙(氷)이 서서히 몸 밖으로 빠져나가는 것을 느꼈다.
 '무형의 칼날이다. 칼로 베되 칼이 없다. 나를 베되 몸이 아닌 마음을 벴다. 이것이야말로 어검술의 극한이다. 아, 사부는 진정 강호의 주인이 될 수 있는 재목이었구나.'
 무산은 비로소 사부 일소천의 진면목을 본 느낌이었다.
 "제자야, 느꼈느냐?"
 어느새 무산 앞에 모습을 드러낸 일소천이 담담한 음성으로 물었다.
 "예, 사부."
 "푸헤헤! 이상이 용등연검법 전6식의 처음과 끝이니라. 무산아, 네놈 자신은 모르겠으나, 네놈은 나 일소천을 능가할 재목이니라. 다만 한없이 게으른 데다 싸가지가 없어 사부 공경할 줄 모르고, 주색에 약하며, 사특한 기운이 넘쳐 그동안 내 무공을 전수해 주지 않았을 뿐이다. 하지만 어찌하다 보니 네놈에게 나 일소천의 절학을 전수하게 되었구나."
 일소천은 고개를 갸우뚱하며 다음 대사를 생각했다.
 이왕 가르쳐 준 것, 최대한 생색을 내야 했기 때문이다.
 "무산이 네놈은 방금 전 천하제일의 무공을 전수받았다. 명심하거라. 내 굳이 너 같은 개차반에게 이 무공을 전수한 까닭은 현 강호의 혼돈을 잠재울 인물이 필요했기 때문이니라. 다소 억울한 느낌이 들긴 하나 어쩌겠느냐? 제자 복 없는 늙은이가 이해해야지. 오늘 해질 무렵까지 반복해서 연습하거라. 네놈은 이제까지 내 교육 방식에 따라 훈련을 받았으니, 머지않아 이 무공을 철저히 습득할 수 있을 것이다."
 "……."
 "에헤잉― 힘을 썼더니 벌써 배가 꺼졌구나. 이 사부는 이제 팽가네 객잔에 놀러 갈 것이다. 행여라도 농땡이 필 생각은 말거라, 이놈!"

말은 마친 일소천은 곧장 걸음을 옮겨 팽가객잔으로 향하기 시작했다.
승신검 일소천. 그가 떠난 자리로 스산한 삭풍이 지나치고 있었다.

무산(巫山)의 겨울은 신비로웠다.
아침에는 봉우리에 쌓인 눈까지도 구름과 안개에 휩싸였고, 저녁이면 산기슭을 적시는 비가 내렸으며, 밤새 다시 흰눈이 내렸다.
어쩌다가 맑게 개인 새벽녘이면 아름다운 설경이 떠오르는 태양과 어우러져 장관을 이루었다.
무랑은 점차 무산의 아름답고 신비로운 풍경에 매료되어 갔다.
단풍이 짙게 물든 만추의 계절을 지나 저녁 비에 젖어드는 설경, 녹거나 젖은 눈이 나목의 가지마다 고드름을 단 채 숲의 울음소리를 몰고 오는 겨울.
"이쉬— 또 밥 때 지났잖아요!"
무랑의 카랑카랑한 목소리에 놀라 고드름 하나가 떨어져 내렸다.
"목소리가 큰 걸 보면 세 끼는 더 굶어도 되겠구나."
보리검(菩提劍)은 언제나처럼 차분한 목소리로 대꾸했다.
"보리검 사부야 배가 나왔으니 어떨지 모르지만, 난 굶고는 못살아요. 밥 먹고 해요!"
"흠… 그 사부에 그 제자군."
"……"
보리검과 무랑의 눈이 매섭게 마주쳤다.
흑자린의 암살을 위해 소림에 다녀온 이후 무랑에게는 또 다른 암살령이 내려지지 않았다. 근 세 달이 넘게 작은 암자에 보리검과 함께 기거하며 검술을 전수받고 있을 뿐이다.
아무도 없는 암자에서 둘이 기거하다 보니 두 사람은 비교적 많은 대화를 나누게 되었다.

그러던 중 무랑은 자신의 옛이야기를 보리검에게 들려주게 되었다. 용문마을에서의 유년 시절을 비롯해 천무밀교에 귀의하기까지의 파란만장한 과거.

문제는 사부 패랑검 일소천의 명호가 거론된 순간부터 비롯되었다.

"잠깐! 자네 지금 일소천이라고 했는가?"

복면 밖으로 드러난 보리검의 눈과 입술이 묘하게 떨리고 있었다.

"아니, 보리검 사부가 우리 영감을 압니까? 뭐, 하긴 한때 승신검이란 외호로 강호를 주유했다는 이야기는 들었습니다. 그나저나 우리 영감이 그렇게 유명했나요?"

"그걸 말이라고 하는가! 하하, 승신검의 후학이 내게 검법을 익히게 될 줄이야……."

보리검은 이제까지 쓰고 있던 복면을 벗었다. 처음 있는 일이었다.

…….

"어휴— 한인물 하시는군요."

무랑은 멀뚱히 보리검을 바라보다가 예의상 추켜세워 주었다.

보리검. 나이를 짐작할 수 없는 목소리에 복면까지 쓰고 있는 탓에 무랑은 그동안 그의 정체에 대해 얼마간 호기심을 가지고 있었다.

하지만 정작 얼굴을 드러낸 보리검은 호남형의 평범한 늙은이였다.

얼굴이 못나거나 흉측한 흉터가 있는 것도 아니었다. 그저 머리가 온통 백발에 뒤덮여 있다는 것이 얼마간 의외일 뿐이다. 어쨌거나 굳이 복면을 할 까닭은 없는 듯했다.

"고맙네."

"이건 정말 궁금한데도 꾹 참고 있었던 겁니다. 도대체 그놈의 복면은 뭐 하러 쓰고 있었습니까? 쓰고 있으려면 계속 쓰고 있든지, 지금 벗는

건 또 뭐구요?"
 "하하, 개인적인 취향이라네. 뭔가 신비감을 내뿜기도 하고… 원래 제자들 교육시킬 때는 강한 신비감과 위압감을 주는 것이 중요하거든. 하지만 자네에겐 그런 위압감이 그다지 먹혀드는 것 같지 않더군. 그래서 차라리 복면을 벗어버릴까 고민을 하고 있었지."
 "……."
 "하하, 그나저나 혹시 자네, 사부로부터 내 얘기 듣지 못했는가?"
 보리검은 뭔가 기대에 찬 눈빛으로 무랑을 쳐다보았다.
 "보리검이란 외호요? 글쎄요, 우리 영감이 평소 보리밥을 좋아하기는 했지만……."
 "……."
 무랑의 말에 보리검은 잠시 인상을 구겼다.
 겪어보면서 꾸준히 느끼는 것이지만 무랑은 정말 말 한마디, 행동 하나하나가 싸가지없는 위인이었다.
 도대체 어떤 식으로 교육을 받은 것인지, 사부에 대한 기본적인 공경심조차 결여되어 있었다. 그저 흠씬 두들겨 패야 얼마간 말을 듣는 척했고 그나마도 채 일각을 넘기지 않았다.
 그런데 그런 위인이 승신검의 제자라니… 보리검은 새삼 감회에 젖어들었다.
 "하하, 그만두세. 모두 옛날 일이지. 어쨌든 한 가지 의문은 풀린 셈이군. 도대체 자네처럼 어린 나이에 어떻게 그토록 다양한 무공을 섭렵할 수 있었는지 정말 궁금했거든. 자, 그럼 오늘부터 훈련의 강도를 높여볼까?"
 "……."
 그날 이후 무랑의 검법 훈련은 지독히도 혹독했다.

보리검의 정체를 정확히 알지 못하는 무랑으로서는 빠드득, 이가 갈릴 수밖에 없었다. 다른 건 그렇다 쳐도, 오늘처럼 밥 때를 넘겨가면서까지 훈련을 해야 하다니…….

'후— 아니, 우리 영감이 과거에 얼마나 설치고 다닌 거야? 그래, 제법 잘난 검법이기는 하지만 보리검 저 인간도 우리 영감에게 한이 맺히도록 얻어맞은 게 분명해. 그런데 하필 그 불똥이 왜 나한테 튀는 거야? 이 오지에서, 그것도 단 하나밖에 없는 동거인에게 전대에 맺힌 한의 분풀이를 당하게 되다니… 빠드득!'

무랑은 눈앞의 감나무를 박차고 오르기 시작했다. 마치 한 마리 청설모처럼 날쌘 동작이었다.

"빠샤!"

짧은 기합성과 함께 뻗친 검이 겨울 햇빛을 갈랐다.

사사삭.

무랑의 검은 감나무 가지를 따라 직선으로 흐르다가 가지의 끝에서 교묘하게 한 바퀴 회전했다.

기기묘묘한 몸놀림이었다. 간결한 동작으로 낙법을 펼쳐 바닥에 내려선 무랑의 검 위에는 잘 익은 한 개의 홍시가 얹혀 있었다.

짝, 짝, 짝!

무랑의 검술을 구경하고 있던 보리검이 흡족한 표정을 지으며 손뼉을 쳤다.

"음! 역시 승신검의 제자답군."

"보리검 사부, 도대체 과거에 우리 영감과 무슨 원한이 있었던 겁니까? 이유라도 알고 굶어야 덜 억울하죠."

"원한? 어허, 그게 무슨 말인가. 단 한 번밖에 만나지 못했으나, 나는 진심으로 자네의 사부를 존경하고 있네. 젊은 시절 하늘 높은 줄 몰랐던

나의 오만함이 승신검에 의해 깨지고 말았지. 우리는 사흘 동안 한숨도 자지 않은 채 비무를 겨루었네. 내가 호랑이였다면 승신검은 천둥과 번개를 부르는 용이었네. 내가 노한 파도였다면 승신검은 만 년의 산과도 같았지. 비무를 겨루는 동안 나는 내내 거대한 산과 겨루고 있다는 착각이 일 정도였어. 자네 사부의 검법은 그야말로 완벽 그 자체였네."

보리검은 희뿌연 하늘을 쳐다보며 지그시 웃음을 배어 물었다. 마치 인생의 가장 화려했던 한순간을 추억하는 사람처럼.

"그것 보십시오. 결국 사흘 밤낮으로 두드려 맞아서 그 한이 뼈에 사무친 게 아닙니까. 그런데 마침 그런 원수의 제자가 나타났으니 이렇게 혹독한 방법으로 복수를 하는 거잖아요. 쯧쯧, 좀 대범해지십시오."

"사흘 밤낮으로 두드려 맞아? 자네, 뭔가 오해를 하고 있군. 나는 그 싸움에서 승신검을 꺾었다네!"

"예?"

무랑은 두 눈을 동그랗게 뜬 채 보리검을 쳐다보았다. 한순간 빠르게 머리 속으로 스쳐 가는 인물이 있었기 때문이다.

낭만파(浪卍破) 계휼!

팽이에게 들은 바에 의하면, 일소천은 인생에 있어 단 한 번의 패배를 맛보았다고 했다.

검의 절대지존. 저 멀리 남해도에서 시작되어 파미르 고원에까지 이르렀던 일소천의 대장정을 끝마치게 한 검객!

"혹시……."

"하하, 역시 내 이야기를 들은 모양이군. 그래, 내가 바로 낭만파(浪卍破) 계휼일세."

"맙소사!"

무랑은 멍한 눈으로 보리검, 아니, 낭만파 계휼을 바라보았다.

이제껏 자신에게 검을 지도한 인물이 절대검객 낭만파 계휼이란 것이 믿어지지 않았던 것이다.

온통 의문투성이였다.

왜 계휼과 같은 인물이 천무밀교의 살수로 남게 된 것인지, 도대체 천무밀교의 규모와 잠재력이 어느 정도인지 감을 잡을 수 없었다.

무엇보다 계휼과 같은 검객을 휘하에 둔 무량귀불의 정체가 궁금했다. 만약 힘으로 계휼을 제압한 것이라면 그가 이룬 무공의 성취는 가히 신의 경지라 할 것이다.

무랑은 이미 열해도 팽이의 무공을 목도한 바 있었다. 자신으로서는 상상도 할 수 없는 성취였다. 그런 팽이조차도 사부 일소천을 꺾은 적이 없다. 하지만 지금 눈앞에 있는 보리검은 사부를 꺾었다. 그야말로 하늘 밖의 하늘, 그 밖의 하늘이었다.

'젠장! 궁금한 게 많으니까 배가 더 고파지는군.'

무랑은 고개를 저으며 길게 한숨을 내쉬었다.

세상에 만만한 인물이 없다는 생각이 문득 든 것이다.

2
되찾은 소림사

숭산 소림사.

평소 같았으면 염불 소리가 새벽을 열었을 것이나 경내는 정적에 사로잡혀 있었다. 잿빛 법복을 입은 승려들의 모습 역시 찾아볼 수 없었다. 대신 백의의 무사들이 병장기를 든 채 삼엄하게 경계를 서고 있을 뿐이다.

천무밀교 백무단. 그들은 숭산을 점거한 후 그곳을 백무단의 하남성 임시 분타로 삼았다.

현재 구황문과 천무밀교는 각각 사천성과 호북성의 경계를 사이에 두고 대치해 있다.

따라서 호북성과 맞닿은 하남성은 천무밀교의 세력에 있어 전방과 후방을 잇는 주요 거점으로 자리 잡게 되었다.

만약 두 세력 간에 싸움이 일어날 경우 하남성 각지에 주둔해 있는 천무밀교의 무사들은 호북성으로 이동하게 된다. 하지만 아직 전쟁의 조짐은 보이지 않았다.

이곳 소림사에는 현재 하남성에 주둔한 백무단의 수뇌들이 모여 있다. 일종의 사령부인 셈이다. 그리고 그 사령은 천무밀교 백무단의 서열 12위이자 소림을 직접 접수한 마영록이다.

하지만 그 직책은 결코 오래가지 못할 것이다. 지금 소림을 향해 세 명의 고수들이 걸음 하고 있기 때문이다.

"크하하하하! 이놈, 망덕아. 아직 멀었느냐?"

"헤헤헤! 혹시라도 딴마음을 먹고 있는 것은 아니렷다? 우리 쌍마불을 속였다가는 그날로 중놈 인생 끝장날 줄 알아라."

천상마불과 지상마불은 수레에 올라 술과 고기를 뜯으며 중얼거렸다.

'휴— 이럴려고 불가에 귀의한 것이 아니건만… 내 팔자는 부처님도 어찌할 수 없단 말인가? 이렇게 사느니 아예 말로 태어나는 것이 나았을 것을…….'

표홀한 신법을 자랑하며 수레를 끌고 있는 배은망덕 이편. 그는 밤을 새워 숭산까지 달려왔다.

'어휴— 오기는 왔으나 그놈들을 어떻게 당해낼 생각이지? 미친 늙은이들 믿다가 황천 가는 건 아닌지 모르겠군. 이대로 죽으면 천당 가긴 그른 게 아닌가. 젊어서는 색마질에 여념이 없었고, 나이 든 지금엔 마가 낀 늙은이들 뜻에 따라 부처를 등지고 있으니……. 제기랄! 그래, 차라리 축생(畜生)을 하는 것도 나쁠 것 없지.'

배은망덕 이편은 눈을 질끈 감은 채 소림의 대문을 향해 계속 내달렸다.

쌍마불! 그들은 두 눈이 멀었음에도 보통 사람 뺨치는 상황 판단 능력을 가지고 있었다. 마치 밤하늘을 자유자재로 나는 박쥐처럼 행동에 막힘이 없었던 것이다.

천이통(天耳通)으로 아주 먼 곳의 소리까지 미세하게 들었으며, 상대에게서 풍기는 기도로 적과 동지를 구분하기도 했다. 물론 동지가 있다는 가정 하에.

며칠 전 천상마불과 지상마불은 배은망덕 이편을 제자로 거두었다.

물론 이편의 의견 따위는 묻지도 않았으며 안중에도 없었다. 그저 어쩌다 잡아온 이편을 차마 죽이지 못해 제자로 거두기로 한 것뿐이다.

하지만 정작 황당한 것은 마땅히 갈 곳 없는 그들이 소림을 탈환하기로 한 일이다.

이편을 통해 최근 강호의 사정을 전해 들은 쌍마불은 한참이나 박장대소하다가 그런 결정을 내렸다.

사실 그들이 뇌옥에서 기다려 온 것은 바로 지금과 같은 대환란이었다.

돌아도 아주 골치 아프게 돈 쌍마불은 이번 기회를 통해 자신들의 예언이 맞았다는 것을 입증하고 싶어했다.

그들은 오래전부터 강호의 혼돈을 초래할 마(魔)의 화신, 즉 마륵(魔勒)이 강림하리란 주장을 펴고 있었다. 그것에 대한 믿음이 어찌나 확고했던지 백팔불검에게 쫓기는 와중에도 곳곳에 벽보를 붙여 마륵의 시대를 예고했다.

당시 정파무림은 그들 쌍마불의 주장을 비아냥거리며 일축했다.

하지만 지금에 와서 돌이켜보면 그것이 터무니없는 주장만은 아닌 셈이다. 정파무림에게 있어 천무밀교와 구황문은 마륵에 다름 아니었으므로.

"웬 놈이냐!"

대문을 지키고 있던 백무단 무사들이 검을 겨눈 채 길을 막으며 외쳤다.

"꺼져, 시끄러워!"

이편은 수레의 손잡이에서 손을 떼며 가볍게 날아올랐다.

그는 곧 무사들의 검을 피해가며 화려한 장법을 펼쳤다. 용문도장에서 일소천에게 배운 무공들을 유감없이 펼치고 있는 것이다.

"헤헤헤, 고놈 제법이구나. 하지만 이제부터는 우리가 나설 것이니, 너는 뒷짐이나 진 채 구경하거라."

말을 마친 쌍마불은 곧장 수레에서 날아올랐다. 그리고 길을 막아서는 무사들을 쳐내며 대문 안으로 무작정 들이닥쳤다.

'세상에! 도저히 장님에 외팔이라고는 생각할 수 없는 고수들이다! 한동안 강호가 시끄러워지겠군!'

이편은 연검을 뽑아 든 채 천천히 쌍마불의 뒤를 따랐다.

"막아라!"

"천수불장(千手佛掌)!"

타, 타, 타, 탓!

"으아아악!"

"타도마륵(打倒魔勒)!"

콰콰콰쾅!

소림사 연무장은 삽시간에 아수라장으로 변해가기 시작했다.

쌍마불은 화려한 신법으로 여기저기를 옮겨다니며 백무단의 무사들을 쓰러뜨렸다.

지상마불은 한쪽밖에 없는 팔로 천수불장(千手佛掌)을 펼쳤다. 말 그대로 수천 개의 팔이 한꺼번에 뻗어 나가는 듯한 착각이 일 만큼 빠르고 위력적인 공격이었다.

한편 천상마불은 허공으로 날아올라 곳곳에서 몰려드는 백무단원들에게 강기를 쏘아냈다. 삽시간에 수백 명의 백무단원들이 단말마만을 남긴 채 쓰러져 버렸다.
 '이 인간들이 괜히 전설로 남은 것이 아니군. 현 강호에 이들을 상대할 고수가 있을까? 휴— 하지만 너무 설쳐 대는걸.'
 이편의 걱정은 기우가 아니었다.
 밖의 소란에 놀란 백무단 고수들이 모습을 드러내기 시작한 것이다.
 "멈추어라!"
 마영록이 복면을 한 몇 명의 적의인과 함께 단상 위로 날아오르며 외쳤다.
 그들의 등장으로 인해 연무장은 잠시 평정을 되찾았다. 백무단 무사들이 공격을 멈춘 채 마영록의 명령을 기다리고 있었던 것이다.
 "하하, 쌍마불 선배들께서 다시 돌아오셨구려."
 마영록은 환하게 웃으며 예를 갖추어 인사했다.
 "크하하하! 네놈은 저번에 만났던 피라미가 아니더냐? 그래, 아직 목숨이 붙어 있었구나."
 천상마불은 단상으로 고개를 돌린 후 헤벌쭉 웃으며 말했다.
 "선배님의 배려로."
 마영록은 싸늘하게 대답하며 의미 모를 웃음을 내비쳤다.
 그는 지난번 쌍마불이 받아서 되던진 표창으로 인해 어깨에 상처를 입었다. 다행히 깊지 않은 상처였으나 쌍마불의 무공에 얼마간 위압감을 느껴야 했다.
 하지만 이제는 사정이 달랐다. 지금 자기 옆에는 천무밀교 적무단의 살수 다섯 명이 함께 자리하고 있었기 때문이다.
 천무밀교 적무단. 백무단과는 달리 기량이 뛰어난 1급 고수들이다.
 그들은 중앙에만 존재하며, 그 관리는 철저하게 천록원에 의해 이루어진다. 쉽게 말해 천록원의 직속 기관이라 할 수 있는데, 대개 살수로서의 역할을 실행하게 된다.

한 가지 특이한 것은 전시 체제에서 그들이 대개 소수의 무리를 형성해 각 전투단(백무단)에 배치된다는 것이다.

막상 전투가 일어날 경우 적무단은 누구보다 먼저 적진에 잠입한다. 적군의 수뇌부를 공략하는 것이 주 목적이다.

소규모의 병력으로 수천 수만의 병력을 뚫는다는 것은 말 그대로 자살 행위다.

하지만 적무단은 이미 몇 차례 그런 식으로 기적을 일궈냈다. 때로는 야음을 틈타거나 기구를 이용해 하늘을 날아서, 때로는 정면으로 뚫고 나가면서.

중요한 것은 은밀함과 속도. 적무단은 최대한 신속하고 대담하게 적진에 침투해 고수들을 제압한다. 이후의 일은 둘 중 하나다. 죽거나 달아나거나.

비록 많은 적무단의 고수들이 목숨을 잃기도 했다. 하지만 이들 덕분에 천무밀교는 불패의 역사를 자랑해 왔다. 강호의 모든 문파가 천무밀교를 두려워하는 이유도 이들 적무단에 있었다.

"그래, 미친 노선배님들께서 백무단의 지부에는 또 무슨 일로 오셨습니까?"

마영록은 비아냥거리듯 쌍마불에게 물었다.

"뭣이라? 백무단의 지부?"

"예, 이 고찰은 며칠 전 정식으로 천무밀교 백무단의 한 지부가 되었습니다. 그러니 염불을 외든 시주를 하든 그건 다른 곳에 가서 하실 일이지요."

"허허, 그놈 참 당돌하구나. 비록 소림이 우리 형제에게 섭섭하게 굴기는 했으나 차마 내치지는 못했다. 게다가 지난 80년간 뇌옥에 모셔 아침저녁으로 끼니를 잇게 했다. 그러고 보면 소림은 여전히 우리 가족이다."

"맞습니다, 형님. 저놈들이 감히 우리 집을 가로챘으니, 죽음으로 죄를 씻게 하는 수밖에 없을 듯합니다."

"아니다. 뭐, 꼭 집을 가로채서라기보다는 저놈 목소리가 재수없기 때문이다. 불문곡직하자꾸나."

"아, 그럽시다. 아무래도 불문곡직이 우리 방식이긴 하지요."

천상마불과 지상마불은 노기를 머금은 채 곧장 단상을 향해갔다.

쌍마불의 불편한 심기(心氣)는 곧 밖으로 표출되었다. 푸르스름한 기운이 서서히 몸을 감싸기 시작한 것이다.

"결코 만만치 않은 자들입니다. 조심하십시오."

쌍마불이 다가오자 마영록이 적의의 사내들에게 말했다.

하지만 정작 그 말을 들은 적의인들은 차갑게 마영록을 쏘아보았다. 백무단 따위의 충고를 달갑게 받을 적무단이 아니었다.

비록 소수의 인원이라 해도 그들은 하나의 독립 부대로 인정되었다.

오랫동안 개개의 무리가 독립된 활동을 해온 만큼 천무밀교 내에서조차 서열이나 계급 따위가 먹혀들지 않았다. 그들은 그저 목표물을 제거하기만 하면 되는 것이다.

따라서 적무단은 천록원 외의 누구에게도 복종하지 않았다.

"가자!"

5인의 적무단 중 우두머리인 듯한 자가 등에 걸려 있던 바라를 뽑아들며 날아올랐다. 그와 동시에 나머지 4인 역시 빠르게 쌍마불을 향해 돌진했다.

적오(赤烏)! 쌍마불을 향해 달려들고 있는 그들은 바라를 무기로 하는 살수들로 적무단 중에서도 제법 실력을 인정받고 있는 자들이었다.

그들이 바라를 펼쳐 든 채 하늘을 나는 모습은 영락없는 붉은 새였다. 그런데 굳이 죽음을 상징하는 까마귀[烏]가 별호로 붙여진 까닭은 간단하다. 그들이 스쳐 지나는 곳은 곧 시산혈해로 뒤바뀌기 때문이다.

적오의 무공은 우아하며 아름다웠다. 바라가 진동할 때마다 화려한 햇빛이 흩어지며 오색찬연한 빛을 피워냈다.

"천륜회회(天輪回灰)!"

제일 먼저 날아올랐던 복면인의 외침에 따라 열 개의 바라가 쌍마불을 향해 쏘아져 들어갔다.

휘하앙—

다섯 사내의 손을 벗어난 바라는 오색에 휘감긴 채 서로 엇갈려 날아들었다.

그 하나하나가 섬뜩한 파공성을 만들어내며 빠르게 맴돌았으므로 쌍마불은 잠시 당황할 수밖에 없었다. 도무지 방향과 속도를 예측할 수 없었던 것이다.

"헤헤헤, 그놈들 잔재주를 믿고 설치는구나."

"지상아, 가벼운 놈들이 아니다!"

귀를 쫑긋거리며 서 있던 쌍마불이 동시에 교묘히 손목을 비틀었다. 허공을 맴돌던 바라가 일제히 쏘아져 들어온 것도 그 순간이었다.

"개지(開地)!"

"파천(破天)!"

쌍마불의 손에서 강한 장력이 출사되었다.

채, 채, 채, 챙—

허공을 수놓던 찬연한 오색이 뭉개지며 여기저기에서 폭사가 일었다. 하지만 그것도 잠시, 뭉개진 오색이 회오리를 일으키며 쌍마불을 감싸기 시작했다.

적오는 이미 쌍마불을 포위한 채 두 손을 휘저으며 자신들이 내쏜 바라를 조종하고 있었다. 그들의 손에는 바라와 연결된 가는 사슬이 쥐어져 있었다.

"제법이구나!"

"이놈, 결코 가벼운 놈들이 아니라 하지 않았더냐. 크헤헤, 하지만 감히 쌍마불에게 덤비다니, 상대를 잘못 고른 것이지."

쌍마불은 서로 등을 맞댄 채 한쪽씩밖에 없는 팔을 휘휘 젓기 시작했다.

아주 느린 동작이었다. 하지만 시간이 지남에 따라 그 속도는 눈에 보이지 않을 만큼 빨라졌다.

"마불장(魔佛掌)!"

쌍마불의 입에서 동시에 터져 나온 기합성이었다.

채, 채, 채, 챙—

방금 전과 마찬가지로 쌍마불의 손에서 출사된 장력은 바라의 진을 깨뜨리지 못한 채 허무하게 폭사되고 있었다.

하지만 아니었다.

"헉!"

"바라를 거두어라!"

복면인의 비명과 함께 또 다른 복면인의 다급성이 터져 나왔다.

방금 전 쌍마불이 쏘아낸 강기는 바라를 진동시켜 그것을 조종하고 있는 적오의 내기를 흩어놓았던 것이다.

쌍마불은 장님이었다. 그런 만큼 바라가 내뿜는 독특한 빛깔에 현혹되지 않았다. 덕분에 바라의 진동음을 파악해 그것을 깨뜨릴 수 있는 공격법을 찾아낸 것이다.

"활을 준비해라!"

싸움을 지켜보고 있던 마영록이 다급하게 외쳤다.

마영록은 이미 쌍마불의 실력을 일견한 바 있다. 비록 적무단의 실력을 인정하고는 있으나 쉽지 않은 싸움이 될 것을 알고 있었다. 그래서 이미 궁사들을 곳곳에 배치해 두었던 것이다.

상대는 호신강기를 펼칠 수 있는 고수. 하지만 적오가 그들의 강기를 흩어놓는다면 충분히 승산이 있었다.

"쏴라!"

마영록의 명령이 떨어지자 이미 지붕과 단상 위에 배치되어 있던 궁수들이 일제히 화살을 날리기 시작했다.

쌍마불은 다급히 호신강기를 일으켰으나 내심 당혹스러웠다. 화살만이라면 한동안 버틸 수 있겠으나, 적오는 결코 만만한 상대가 아니었다. 그들이 합공을 한다면 호신강기가 깨지는 것은 시간문제였다.

적오 역시 그 기회를 놓치지 않았다.

그들은 회수한 바라의 사슬을 끊어낸 후 한 쌍의 바라를 마주 연결했다.

서로 겹쳐진 바라에는 어느새 섬뜩한 톱니가 드러나 있었다.

3
되찾은 소림사

"천륜화진(天輪火陣)!"

다섯 명의 적오는 쌍마불과의 거리를 서서히 좁혀가며 독특한 진을 구사했다. 아니, 진(陣)이라기보다는 진법과 퇴법을 적절히 섞은 공격이었다.

세 명의 적오는 정삼각을 이룬 채 쌍마불을 포위했고, 남은 두 명의 적오는 빠른 속도로 바라를 주고받았다. 그들은 바라를 날려 쌍마불의 강기를 깨뜨리는 한편 튕겨 나온 바라를 정확히 회수했다.

반면 쌍마불은 조금씩 신형을 움직이며 그들 적오의 공격을 피했다. 하지만 쉽지 않았다. 적오가 이룬 진은 쌍마불의 움직임에 따라 교묘히 변하며 집요하게 그들을 포위하고 있었기 때문이다.

이대로 간다면 쌍마불은 조만간 위기를 맞게 될 것 같았다.

'젠장, 내 이럴 줄 알았어. 천무밀교가 만만한 상대였으면 소림사가 그렇게 허무하게 무너졌겠어?'

연무장으로 통하는 소문(小門) 근처에서 싸움을 지켜보던 배은망덕 이편은 죽을맛이었다.
　잘 나간다 싶었던 쌍마불이 드디어 수세에 몰린 것이다. 더구나 이제 자신을 향해서도 화살이 날아들고 있었다.
　휘리릭, 탁, 탁, 타탁!
　이편은 날아드는 화살을 연검으로 쳐내며 담벼락에 몸을 붙였다.
　그런데 그때였다.
　"크하하하하!"
　연무장 한가운데에서 쌍마불의 웃음소리가 터져 나왔다.
　지독한 음공(音功)이었다.
　'헉! 저 인간들이 사람 잡을 일 있나?'
　배은망덕 이편은 재빨리 진기를 끌어올려 쌍마불의 음공에 저항해 나갔다.
　하지만 그들의 음공은 며칠 전 밤에 펼쳤던 것에 비해 훨씬 강도가 높았다.
　연무장 여기저기에서, 심지어는 지붕과 담장 위에서도 백무단의 무사들이 오공으로 피를 토하며 쓰러지기 시작했다.
　배은망덕 이편 역시 고통스럽기는 마찬가지였다.
　한때 이편은 내공에 관한 한 남부럽지 않은 고수였다. 색공을 통해 강호 협녀들의 진기를 모조리 빨아들였기 때문이다. 하지만 사부 황성마물 홍성기에게 버림받으면서 사정이 달라졌다. 색녀들에게 윤간을 당하며 몸이 망가진 것이다.
　물론 한번 몸 안에 자리 잡은 내공이 쉽게 흩어지진 않았으나, 그 내공들이 정순하지 않은 탓에 제 역할을 못하고 서로 엉켜 기혈을 뒤틀기 일쑤였다.

다행히 용등연검법을 연마하는 과정에서 일소천이 이편에게 적합한 운기조식법을 가르쳤고, 덕분에 제법 수월하게 공력을 다스렸다. 그렇다고는 해도 쌍마불의 음공을 버텨내기엔 다소 무리가 있었다.

어쨌거나 쌍마불의 음공으로 인해 빗발같이 쏟아져 들어오던 화살은 멈추어졌다. 절반 이상의 백무단 무사들이 음공을 견뎌내지 못하고 쓰러졌기 때문이다.

'젠장, 이러니 새우들이 고래끼리 싸우는 걸 싫어하지.'

이편은 몸 안의 내장이 부글부글 끓어오는 것을 느꼈다. 조금만 더 이어진다면 다른 사내들처럼 고막이 찢기고 피가 역류할 것 같았다.

그런데 그 순간이었다.

촤앙— 촤아아아앙—

적오의 바라가 울기 시작했다.

바라 소리와 함께 서서히 고통이 잦아들었다.

'이런 세상에! 바라로 음공을 흩어놓고 있다!'

배은망덕 이편은 놀란 눈으로 적오와 쌍마불을 바라보았다.

그들의 싸움은 다시 전개되고 있었다. 두 명의 적오가 바라를 맞부딪치며 그 진동으로 쌍마불의 음파를 흩어놓는 동안 남은 세 명의 적오는 현란한 신법을 펼치며 쌍마불을 제압해 나갔다.

'대단한 무공이다. 쌍마불의 음공을 제압할 정도라니. 저 움직임… 이제까지와는 비교할 수 없을 만큼 빠르다.'

배은망덕 이편은 적오의 움직임을 살피며 내심 놀라지 않을 수 없었다.

촤앙— 촤아아아앙—

바라 소리는 계속 이어졌다.

음공은 내력이 실린 소리를 이용해 상대에게 상처를 입히는 공격이지만, 한편으로는 치료의 효능도 가지고 있다. 지금 적오는 바라 소리를 통해 쓰러진 백무단 무사들의 내공을 치료하고 있었던 것이다.

"형님! 마륵의 공력이 이 정도까지일 거라곤 생각지 못했습니다."

"으… 지난 80년을 헛되이 보낸 탓이다. 이런 녀석들을 제압하지 못해 전전긍긍하다니……."

계속해서 수세에 몰리자 쌍마불은 얼마간 당혹스러운 표정을 지었다.

물론 그것은 그들이 80년의 시간을 헛되이 보냈기 때문만은 아니다. 그들의 무공은 여전히 강했으나 과거에 비할 바는 못 되었다. 장님에 팔이 하나밖에 없는 불구자가 되었기 때문이다.

"수라천(修羅天)!"

등을 맞댄 채 좌우로 움직이며 바라를 피해가던 쌍마불의 입에서 일갈이 터져 나왔다.

쌍마불의 몸이 빠르게 회전하며 솟아오른 것도 그 순간이었다. 길게 늘어진 법복의 소매가 바람을 일으켰고, 그 사이사이 엄청난 내력이 실린 장풍이 쏟아져 나갔다.

콰콰콰쾅!

쌍마불을 감싸고 있던 적오는 일제히 바라를 회전시켜 장풍을 막아냈고, 싸움의 양상은 새롭게 전개되는 듯했다.

하지만 아니었다.

핏슝—

예리한 파공성이 회오리를 가르며 쌍마불을 향해 쏘아져 들어갔다.

"헉—"

"으으—"

두 괴승의 입에서 비명이 터져 나왔고 잠시 후 회오리가 가라앉았다. 바닥에 떨어져 내린 쌍마불은 믿어지지 않는다는 표정으로 단상을 향해 고개를 돌렸다. 방금 전 두 개의 화살이 그쪽에서 날아왔음을 알고 있었기 때문이다.

그러나 장님의 눈에 무엇이 보이랴. 그들은 그저 분노에 찬 표정을 단상 위의 인물에게 보여주고 싶었던 것뿐이다.

'음… 저 작자, 처음부터 만만치 않은 인물임은 알고 있었다. 하지만 저 정도로 강할 줄이야……. 생각했던 것 이상의 실력이겠는걸?'

배은망덕 이편 역시 단상 위에서 흡족한 표정을 짓고 있는 마영록을 바라보았다.

마영록의 손에는 커다란 철궁이 들려 있었다. 그는 방금 전 두 개의 화살을 시위에 얹어 한꺼번에 쏘아냈다. 그런데 놀랍게도 두 개의 화살은 회오리를 일으키며 빠르게 회전하고 있던 천상마불과 지상마불의 팔을 정확히 꿰뚫었다.

'회전하고 있는 우리 두 사람의 팔을 맞추었다, 그것도 동시에. 한꺼번에 쏘았으되 화살의 속도가 달랐다. 더욱이 우리 팔이 장력을 쏘기 위해 회오리 밖으로 뻗어 나오는 시간까지 읽고 있었다. 도저히 믿어지지 않는 일이다. 우리가 꺾인 것이 믿어지지 않는 것이 아니라, 이런 식으로 우리를 제압할 고수가 있다는 사실이 믿어지지 않는다.'

천상마불은 팔꿈치 윗부분에 박힌 화살을 입으로 잡아 빼며 바르르 살을 떨었다. 고통 때문이기도 했고 충격 때문이기도 했다.

물론 끝까지 호신강기를 펼쳤다면 이런 식으로 당하지는 않았을 것이다. 하지만 쌍마불은 이미 내력의 상당 부분을 소모하고 있었다. 장법과 음공… 특히 호신강기를 펼친 상태에서 적오와 장시간 대치하느라 타격이 컸다.

"하하하! 두 마리의 용을 한꺼번에 맞추다니 나 마영록의 활 솜씨가 욕먹을 정도는 아닌 것 같군. 쌍마불, 그대들의 시대는 저문 지 오래요.

이제 그만 전설 속으로 사라져 주는 것이 후학들에 대한 예의가 아니겠소?'

마영록은 만면에 웃음을 띤 채 호탕하게 말했다.

'젠장, 이쯤에서 도망쳐야 하는 거 아닌지 모르겠군.'

이편은 오금이 저려왔다.

쌍마불은 그나마 하나밖에 없는 팔에 상처를 입었다. 게다가 연무장은 백무단의 무사들로 가득 덮였다. 더 이상 쌍마불에게 무엇인가를 바란다는 것은 무의미했다.

'하지만 사제지정을 맺고 이렇게 매정하게 돌아선다는 것도 예의는 아니지. 휴— 나 배은망덕 이편은 마음이 너무 여린 게 흠이란 말이야.'

이편은 빠드득, 이를 갈며 연검을 쥔 손에 내력을 실었다. 어떻게 해서든 적오와 백무단의 손에서 쌍마불을 구해내기 위해서였다.

그런데 그때였다.

연무장으로 통하는 소문 밖에서 소란스레 함성이 들리기 시작했다.

"사파를 타도해 정의의 이름을 드높이자—"

"와아아—"

한 사내의 우렁찬 목소리에 이어 수백 명의 사내들이 내지르는 함성.

그런데 선창한 목소리는 어디선가 많이 들어본 목소리였다. 배은망덕 이편과 천무밀교 무사들의 눈이 한꺼번에 함성이 들리는 쪽으로 쏠렸다.

"개방 천하!"

"개방 천하!"

"개방 천하……!"

소문 안으로 한 무리의 거지들이 들이닥치기 시작했다. 그리고 잠시 후 뚜껑 없는 가마에 올라탄 한 인물이 '개방 천하'를 연호하며 들어섰다.

그 모습을 지켜보던 배은망덕 이편은 하마터면 웃음을 터뜨릴 뻔했다. 가마에 올라탄 인물은 그 이름도 위대한 석금이였던 것이다.

"석금이 만세!"

"석금이 만세!"

"석금이 만세……!"

석금이는 뭐가 그리 신나는지 이제 '석금이 만세'까지 외쳐 댔고, 그를 둘러싼 거지들은 그 말을 복창하며 백무단의 무사들과 대치하기 시작했다.

"어, 배은망덕 이 공 아니냐? 아직 살아 있어줘서 고맙다. 하하하! 역발산기개세 석금이가 이 공을 구해주러 왔다."

두 손을 번쩍번쩍 치켜 올리며 만세를 부르던 석금이가 이편을 발견하고는 환한 웃음을 웃었다. 정말이지 백만 냥짜리 웃음이었다.

"석금이, 여긴 상당히 위험한 곳이네. 어서 나가게."

배은망덕 이편은 웃음을 거둔 채 담담한 어조로 말했다.

내심 반갑긴 했으나 오합지졸이나 다름없는 개방으로 천무밀교를 상대한다는 것은 자살 행위나 다름없었다. 사정이 어찌 된 것인지는 알 수 없으나, 석금이까지 죽게 할 수는 없었다.

하지만 석금이는 기고만장했다.

"이 공, 사내대장부는 불의를 보고 외면해서는 안 된다. 우리 개방은 이미 정파 연합을 구성해 사파로부터 강호를 지키기로 다짐했다."

"그렇다면 개방 외에 더 많은 지원 세력이 있단 말인가?"

배은망덕 이편은 반색을 하며 석금이에게 다가갔다.

"응? 아니, 그냥 다짐만 했지 아직 연합을 구성하지는 못했다. 히히, 하지만 석금이는 소림사를 구하고 곧 우리 두목과 힘을 합할 거다. 우리 영감이 그러는데 당문이 사파 세력과 야합을 하면서 우리 두목이 쫓겨났다고 그러더라. 히히, 그나저나 절 밥은 맛있냐, 이 공? 석금이는 매일 찬밥만 먹어서 배가 금방 꺼진다."

"......"

배은망덕의 얼굴에 절망의 빛이 스쳤다.

또 한 마리의 새우가 등 터질 일만 남았다고 생각한 것이다.

"하하하! 이건 또 웬 거지 떼지? 개방이라… 풋하하하! 거지 떼가 정의를 수호하겠다고 나섰단 말이지? 정말 황당하군."

멍하니 개방의 등장을 지켜보고 있던 마영록은 이내 웃음을 터뜨렸다.

천무밀교가 무림맹에 가입된 문파들 중 황실과 연관된 화산, 무당 외에 개방을 치지 않은 이유는 간단했다. 개방은 이미 십수 년 전부터 그 위세가 현격히 줄어들어 말 그대로 거지의 소굴로밖에 인식되지 않았다.

비록 천우막이라는 걸출한 협객이 있기는 했으나, 그 한 사람이 천무밀교에 위협이 되지는 않았다. 굳이 자극할 필요가 없었다. 괜히 천우막을 상대로 싸움을 벌인다면 이제껏 잠잠하던 대륙 각지의 거지들이 천무밀교에 반감을 품게 될 것이다.

그것만은 피하고 싶었다.

어차피 천무밀교의 바탕은 힘없는 자, 소외된 자들이었다. 대부분이 농민 출신이고, 백정이나 가난한 서생 등 지배 세력에 반감을 품고 있는 이들이었던 것이다. 그렇게 따진다면 개방은 어딘가 천무밀교와 닮은 구석이 있었다.

더욱이 개방은 특별하게 사회적 영향력을 지닌 세력이 아니다. 그들을 취한다고 해서 큰 성과를 이루었다고는 말할 수 없는 형편이다. 반면 그들과 등지게 된다면 그로 인해 입는 타격은 상당한 것이 된다.

다른 것은 몰라도 정보의 수집과 전달에 있어 개방만큼 체계적이고 광범위한 세력은 드물었다. 대륙 어디에나 거지가 있게 마련이고, 뿌리 뽑으러야 뽑을 수 없는 세력 또한 개방인 것이다.

하지만 개방이 먼저 천무밀교를 상대로 칼을 들었다면 이야기는 달라진다.

단호하게 그들을 응징하고 지도 세력을 물갈이하는 수밖에 없다. 그것은 만약의 사태를 위해 천무밀교의 천록원이 이미 각 수뇌급에게 하달한 지령이었다.

"어? 저 시러베아들 놈이 지금 개방을 듬성듬성 보는 거? 성현이 말씀하시기를, 거지 셋이 지나가도 배울 것이 있다 했어. 그런데 거지가 떼로 모인 이 상황에서 아무것도 깨닫지 못한단 말이여? 어휴, 정말 석금이가 여기 오길 잘했구먼. 너 이놈, 오늘 나 역발산기개세 석금이가 정의를 가르쳐 주마. 받아랏!"

석금이는 가마 위에서 뛰어내려 곧장 단상의 마영록을 향해 달려갔다.

드넓은 연무장은 백무단의 무사들로 가득 차 있는 상황. 결코 수월한 길이 아니었다. 하지만 석금이는 자신을 가로막는 자들을 죽봉으로 일일이 쳐내고, 손으로 집어 들어 날려 버리는 등 종횡무진 휩쓸고 지나갔다.

"우와아— 석금이 만세!"

그 모습을 지켜보던 거지 떼는 일제히 환호성을 내지르며 연무장을 덮쳐 가기 시작했다.

소문(小門)으로는 끊임없이 거지 떼가 들이닥쳤다. 덕분에 연무장은 이제 백의인 반, 거지 떼 반으로 서로 막상막하의 싸움을 벌이게 되었다.

'휴— 석금이 저 녀석… 정말 수수께끼 같은 놈이야.'

이편은 뜻 모를 한숨을 내쉰 후 곧장 쌍마불에게 달려갔다.

이미 많은 내력을 소모한 데다 화살에 맞아 상처까지 입은 쌍마불은 위기를 맞고 있었다.

적오 역시 개방의 공격이 내심 당혹스러웠다. 최대한 빨리 쌍마불을 쓰러뜨린 후 개방의 우두머리를 제압해야 했다.

하지만 쌍마불의 저항은 아직도 만만치 않았다. 그들은 내력을 바닥까지 퍼 올리는 것인지 끈질기게 자신들의 바라를 쳐냈다. 그런데 더 큰 문제는 다른 데 있었다.

"청단비상… 홍단비상… 구사비상!"

웬 소림 땡초 하나가 무서운 위세로 허공에 떠올라 검기를 흩뿌리기 시작한 것이다.

콰콰콰콰광!

"헉!"

"으으으……!"

위력적인 검기의 폭사에 두 명의 적오가 선혈을 토해냈다.

그들은 쌍마불에게 바라를 던진 후 그것을 회수하다가 갑작스런 검기의 폭사에 속수무책으로 당한 것이다.

배은망덕 이편의 뜻하지 않은 개입에 견고하던 적오의 진이 흩어지기 시작했다.

"제석광폭(帝釋狂暴)!"

"용등연검법 제4초 고돌비상(孤咄飛上)!"

콰콰콰콰광!

퍼, 퍼, 퍼, 퍼, 펑!

쌍마불의 손에서 뿜어져 나오는 강기와 이편의 연검이 토해내는 검기가 동시에 적오를 향해 쏟아져 나가며 폭사했다.

챙, 채채채챙!

"으아악!"

"헉……!"

"……."

일단 균형을 잃어버린 적오는 허무하게 강기에 격타당하며 선혈을 뿜어냈다.

위와 측면에서 동시에 터져 나오는 강한 폭사는 미처 자세를 가다듬지 못한 그들에겐 상당히 위협적인 공격이었다.

미처 회수하지 못한 바라가 바닥에 나뒹굴었다. 빠르고 현란하게 흩뿌려지는 검기와 장력… 그것에 얻어맞은 몸뚱이가 산산이 찢겨져 나가는 듯했다. 적오는 감당할 수 없는 충격에 바르르 몸을 떨었다.

이제 싸움의 형국은 완전히 뒤바뀌고 있었다.

그것은 연무장을 뒤덮은 백무단과 개방 제자들의 싸움 역시 마찬가지였다. 백무단의 무사들은 이미 한차례 쌍마불의 음공으로 인해 내상을 입고 있었다. 더욱이 개방 제자들의 무공은 생각했던 것과는 달리 위력적이었다.

한편 단상 위에 있던 마영록과 석금이의 싸움 역시 절정에 달해 있었다.

"지국천지검(持國天之劍)!"

마영록은 가쁜 숨을 몰아쉬며 최후의 한 수를 내뻗었다.

촤아악—

무형의 막을 찢어내는 듯한 예리한 파공음과 함께 푸르스름한 검기가 석금이의 허리를 동강 내버릴 듯 빠르게 뻗어 나갔다.

하지만 그 순간이었다.

"용호팔십팔장!"

석금이의 몸이 곡선을 그으며 빠르게 마영록을 덮쳐 갔다.

"앗!"

뜻밖의 공격에 마영록은 다급성을 내질렀다.

마치 한 마리의 용과 호랑이가 서로 뒤엉키며 회오리쳐 들어오는 듯했다. 분명히 환각이었으나 허초는 아니었다.
 석금이의 두 손은 4장 정도밖에 되지 않는 짧은 거리에서 무수히 많은 변화를 일으키며 마영록을 덮치고 있었던 것이다.
 "헉!"
 지극히 짧은 단말마!
 마영록은 가슴뼈가 한꺼번에 무너지는 고통을 느끼며 죽음을 맞이해야 했다. 결국 자신이 접수한 소림사에 뼈를 묻게 된 것이다.
 "와아아—"
 "와아아—"
 연무장 곳곳에서 개방 제자들의 환호성이 들렸다.
 개방의 차기 지도자 석금이가 천무밀교의 고수를 쓰러뜨리는 모습을 똑똑히 보고 있었던 것이다.
 이제 연무장은 처참하게 죽은 백무단 무사들의 시체로 뒤덮여 버렸다. 그리고 잠시 후 천무밀교의 절정고수 다섯 명으로 이루어진 적오의 입에서도 단말마가 새어 나왔다. 그야말로 개방의 천하가 열리는 장엄한 순간이었다.

6장
아수라장

어느 날, 제석천과 아수라왕이
석존 앞에서 게송을 읊었다.
그리고 물었다.
"누구의 말이 옳다고 보십니까?"

1
아수라장

"부인, 부인 보시기에 저놈이 더 잘생겼습니까, 내가 더 잘생겼습니까?"

"호호호, 당연히 서방님이지요."

"음, 오늘따라 유난히 사랑스럽구려. 감각적인 옷맵시나 단아한 자태, 빼어난 미모, 지적인 언어 구사… 부인은 가히 강호제일의 여성일 것이오. 흠, 흠, 한 가지만 더 물어보리다. 부인, 저놈이 색마의 후예라는데, 나와 저놈 중 누가 밤일을 더 잘할 것 같습니까?"

"호, 호, 호, 쑥스러워라. 아무렴 서방님만한 놈이 있으려고요?"

"히히히히!"

무산과 당수정은 입술을 쪽 맞춘 후 다시 두백 이재천을 손가락질하며 히히덕거렸다.

마침 손님도 없는 날이라 이재천은 빈 식탁에 조용히 앉아 생강 까기에 여념이 없었다. 하지만 무산과 당수정이 꾸준히 신경에 거슬렸다.

"푸헤헤, 부인. 저 못생긴 놈이 우리 영감을 배신했다는데, 어떻게 다스리면 되겠소?"

"음… 잘 설득해서 죄를 뉘우치게 하는 것이 좋겠네요. 호호, 하지만 생긴 걸 보니 말로 해선 안 될 위인 같은데요? 워낙 빼질빼질하게 생겨서. 어머, 어쩜 사내가 저렇게 생겼을까? 자세히 보니까 정말 느끼하네요. 아무래도 매로 다스리는 게 가장 확실할 것 같아요."

"헤헤! 부부 일심동체라더니 부인 생각이 곧 내 생각이오."

무산은 사랑스런 눈빛으로 당수정을 바라보았다.

그 사이 당수정은 정말이지 가녀린 한 마리 사슴이 되어 있었다. 요기 조기 꽉꽉 깨물어주고 싶을 만큼 어여쁜 사슴.

한편 당수정 역시 무산의 이글거리는 눈빛에 은근히 마음이 동하기 시작했다.

"모닥불님, 비에 젖은 꽃사슴이 몹시 추워요오오—"

"이런이런, 이리 오시구려, 꽃사스으음—"

무산과 당수정은 몽롱한 눈빛으로 서로를 바라보며 거친 숨을 몰아쉬었다.

두 사람의 가슴은 마치 쇠도 녹여 버릴 만큼 뜨거웠지만, 보는 이들은 그야말로 닭살이었다. 객잔 한편에서 힘겹게 불꽃을 사르고 있던 화롯불이 비명을 내지르며 꺼졌고, 멀쩡하던 주전자도 금이 가버렸다. 식탁마다 놓인 수저통이 저절로 요동했고, 새장에서 잘 놀던 십자매 한 마리가 창살에 머리를 들이받고 자살했다.

"아, 정말 정신 집중 안 돼서 생강 못 까겠네."

이재천이 들고 있던 작도(作刀)로 식탁을 툭, 툭 두드리며 투덜댔다.

작도(作刀). 이미 설명한 바 있듯 칼날 길이 8촌, 손잡이가 1척 2촌에 이르며, 도면의 세로 길이가 9촌, 그 두께가 1촌인 도끼 모양의 식도다.

두백 이재천은 이제껏 생강 깔 때만 작도를 사용해 왔다. 하지만 오늘은 왠지 다른 용도로 쓰고 싶어졌다.
'이 작도를 교육용으로 활용해 볼까?'
어려도 한참이나 어린 무산이 놈이 싸가지없이 노는 꼴을 더 두고 보기 힘들었던 두백 이재천. 그는 작도를 쥔 손에 은근히 힘을 실었다.
이심전심이었다.
무산 역시 내심 인사성없는 두백 이재천을 못마땅하게 여기던 터였다. 무산은 잘 걸렸다는 듯 노골적으로 시비를 걸기 시작했다.
"어허, 사제— 그러다 그 도끼로 사람 치겠네그려?"
"사제? 대가리에 피도 안 마른 놈이 못하는 소리가 없군. 나 시성 이재천이 품위를 생각해 이제껏 참았지만 더는 못 봐주겠다. 젊은 놈이 일해서 먹고 살 생각은 않고, 허구한 날 남의 밥이나 축내고 있냐? 쯧쯧, 제 사부 못된 점만 빼닮아가지고. 내가 장가만 일찍 갔어도 넌 내 아들 친구뻘이다, 이놈아."
이재천이 사특한 미소를 머금은 채 말했다. 제대로 걸렸다고 생각한 것이다.
"뭐? 뺀질이, 너 지금 우리 서방님한테 한 소리야? 넌 위아래도 없어? 한번 작성된 족보는 다시 고칠 수 없는 거야. 승신검 사부님을 배신한 것도 모자라서 이제 사형에게까지 대드는 거야? 너, 정말 우리 서방님한테 혼나볼래?"
그랬다. 당수정은 아직 죽지 않았다.
팔짝팔짝 날뛰는 모습은 마치 물 만난 고기처럼 싱싱해 보였다.
"어휴, 짜증나. 넌 또 뭐야. 올챙이처럼 배만 뽈록 나오면 다야?"
"으으으으으……!"
"쯧쯧! 교육의 첫걸음은 태교이거늘… 부모가 저리 퇴폐적이니 그 아이가 뱃속에서 무엇을 배울까. 대륙의 장래를 걱정하는 지식인의 한 사람으로서 심히 걱정이 되는군."

탁, 탁, 탁, 타타탁!

당수정은 화가 머리 꼭대기까지 치밀어 올랐다.

하지만 마음을 다스리기 위해 두 손으로 탁자를 꼭 움켜쥐었다. 그 바람에 탁자가 심하게 요동을 하고 있었다.

그 모습을 지켜보고 있던 무산이 분연히 일어섰다.

"후— 두백이, 나 정말 참을 만큼 참았다. 너, 따라나와!"

무산은 이재천을 노려보며 주먹으로 쿵, 식탁을 내려친 후 성큼성큼 객잔 밖으로 걸어나갔다. 강호의 법도를 수호하기 위해.

무산과 당수정은 팽이에게 얼마간의 양식을 꾸기 위해 객잔에 왔다. 물론 표현이 좋아 꾸는 것이지, 사실은 동냥이나 다름없다.

마침 팽이가 외출을 한 탓에 무산 내외는 얌전히 그가 돌아오기를 기다렸다. 그런데 지금 두백이가 시비를 거는 것이다. 그것도 뱃속의 아기까지 들먹이면서.

이럴 때 참으면 무산이 아니다. 그건 하늘도 알고, 땅도 알고, 당수정도 아는 일이었다.

"서방님, 봐주면서 하세요. 아무리 싸가지가 없어도 서방님 사제잖아요. 그러니까 죽이지는 마세요."

당수정은 세상에서 가장 멋진 남편 무산에게 당부의 말을 잊지 않았다.

"그래, 너 잘 걸렸다. 오늘 누가 형인지 똑똑히 깨닫게 해주마. 더불어 대륙의 도덕과 교육을 바로 세워주마."

이재천은 작도를 허리춤에 꽂으며 회심의 미소를 지었다.

객잔에서 100여 장 떨어진 황야.

황야의 겨울처럼 황량한 것이 있을까. 그나마 듬성듬성 나 있던 풀은 이미 오래전 자취를 감추었다. 가끔씩 고개를 내밀던 도마뱀들조차 겨울잠에 든 것인지 자욱한 흙바람만이 휘몰아치고 있었다.

"두백이, 치웅돈지 뭔지 하는 거 들고 나와야지. 자네가 분위기 파악을 못한 모양인데, 지금 우리는 싸움을 하러 온 거야. 헤헤, 물론 무릎 꿇고 빌면 용서가 될 수도 있지만."

"지랄! 고귀한 시인의 입에서 쌍소리 나게 하지 말고 어서 덤벼라, 꼬맹아."

"뭐? 이런 환장할!"

차르릉……!

무산은 곧장 허리에 두르고 있던 연검을 튕겨냈다. 용문도장 족보의 권위를 지키기 위해서라도 결코 참아주어서는 안 되는 상황이었다.

순간 머리 속으로 사부 일소천이 들려주었던 말이 떠올랐다.

"낄낄, 네놈의 그 싸가지없는 사제, 약골 굼벵이 주접 배신자 구관조 재천이 놈을 제압하는 데는 이 초식만으로도 충분하니라. 이 초식은 필히 두백이 놈의 버르장머리를 고치는 데 써주려무나. 용등연검법 제4초 고돌비상(孤咄飛上)!"

무산은 지난 보름간 용등연검법의 전6식을 익혀왔다.

물론 얼마간 설익은 부분이 있긴 하지만 무산은 상당히 빠른 속도로 그 무공을 소화해 냈다.

사실 일소천이 과거 무산과 무랑에게 가르쳤던 무공 대부분은 용등연검법의 기초와 관계된 것들이었다. 지난번 무산이 일소천의 용등연검법 제1초를 목견한 후 위기가 처할 때마다 그 무공을 시전할 수 있었던 것도 그 때문이다.
'그래, 사부님의 깊은 뜻을 헤아려야 했어. 흐흐흑! 난 그런 줄도 모르고 속만 썩혀왔다. 얼마나 배은망덕한 제자였던가. 흐흐흑! 그래, 지금이라도 사부님의 뜻을 헤아려야 해. 저 버르장머리없는 두백이 놈을 반송장으로 만들어놓으면 사부님이 무척 기뻐하시겠지? 낄낄낄!'
무산의 입가로 야릇한 미소가 번져 갔다.
'저 어린놈이 나 두백이를 듬성듬성 보고 있군. 아주 기분 나쁜 웃음이야. 기분이 정말 더러워. 그래, 너 잘 걸렸다. 아직도 날만 꿀꿀해지면 삭신이 쑤신다. 네놈 사부한테 죽도록 얻어맞은 탓이지. 그 고통이 어떤 건지 오늘 확실히 알게 해주마. 히히히!'
이재천은 허리춤에 꽂혀 있던 작두를 꺼내 들었다.
"에계, 지금 그런 손도끼로 날 상대하겠다는 거야? 그럼 내가 봐주고 싶어지잖아."
"하하, 요놈, 요놈, 요 귀여운 놈. 이제껏 나 이재천은 생강에만 시를 새겨왔지. 하지만 오늘은 특별히 네놈 엉덩이에 새겨주마. 어서 덤비거라! 잠시 놀아주며 네놈 엉덩이에 새길 시상이나 떠올려야겠다."
"헤헤, 그 주둥이 먼저 다스려야겠군."
무산은 지겨운 설전을 접고 가볍게 검을 휘돌리며 이재천을 향해 뻗어갔다.
연검은 허리 높이에서 빠르게 진동하며 이재천의 눈을 현혹했다. 마치 한 마리 바다장어처럼 유유히 헤엄을 치고 있는 것이다.
"이건 당문에서 배운 기술이야. 자, 다리를 조심해!"
말을 마친 무산은 절도있는 동작으로 연검을 꺾었다.
'생각보단 친절한 녀석이군!'

그 순간 이재천은 작도를 허리 아래로 휘두르며 재빨리 몸을 회전시켰다. 그는 잠시 무산의 연검에 현혹되어 긴장을 풀고 있었으나 곧 예리한 살기를 깨닫게 된 것이다.

촤앙—

"아야앗—"

뜻밖이었다. 연검의 면이 이재천의 머리를 강타했다.

방금 전 이재천은 무산의 말을 믿고 작도로 연검을 쳐내기 위해 전방으로 몸을 날리며 회전했다. 하지만 막상 검이 날아든 곳은 다리가 아니라 머리 쪽이었다. 그것도 이마 쪽이 아니라 뒤통수였다.

"헤헤헤. 맛이 어떠냐, 두백아?"

"으… 주유청보다 더 음흉한 놈!"

이재천은 고통스런 표정으로 뒤통수를 어루만지며 무산을 노려보았다.

하지만 무산은 여전히 사특한 웃음만을 머금고 있었다.

"이런이런… 우리 두백 아우가 이 사형에게 배울 것이 많겠군. 강호에선 늘 뒤통수를 조심해야 하는 법이지. 우리 당문에 취설이란 음흉한 작자가 있거든? 나 역시 그 작자한테 처절하게 얻어터지면서 배운 거야. 헤헤, 모름지기 배움에는 고통이 따르기 마련. 오늘 아우님한테 천추의 한을 심어주는 한이 있더라도 제대로 된 가르침을 선사해 주지."

"그래? 잘됐다. 어차피 나 이재천이 도(刀)를 든 까닭은 강호의 정의를 수호하고 나아가 대륙의 정치와 교육과 문화를 바로 세우기 위해서였지. 내가 오늘 너를 다스림으로써 그 초석을 닦겠노라!"

8촌 길이의 작도 날이 붉은 기운에 휩싸였다.

"파룡도법 제1초 뇌전난주(雷電亂走)!"

이재천은 단호한 표정과 함께 작도로 황야의 한가운데를 찍어 내렸다.

작도는 마치 살아 있는 용처럼 심하게 요동하며 붉은 강기를 내뿜기 시작했다.
　파, 파, 파, 팟!
　강기는 곧 바닥의 자잘한 돌과 모래를 양쪽으로 튕겨내며 곧장 무산을 향해 폭사해 갔다.
　"팽 늙은이의 제자치곤 제법이군."
　무산은 다급하게 무릎을 굽히며 바닥을 향해 연검을 휘둘렀다.
　챠, 챠, 챠, 챠악!
　무산의 검에서 뻗어난 검기가 이재천이 쏘아낸 강기를 향해 뻗어갔다.
　퍼, 퍼, 펑!
　한가운데에서 마주친 강기는 거대한 폭음과 함께 폭발했다. 마치 폭약이 터지기라도 한 것처럼 자욱한 연기가 피어올랐고 자갈과 모래가 하늘 높이 치솟았다.
　무산은 흐뭇한 표정으로 그 광경을 지켜보았다. 불과 1년도 되지 않아 자신은 놀라운 성취를 이룬 것이다.
　하지만 그사이 허공 중에 떠오른 이재천이 두 번째 초식을 선보이고 있었다.
　"이거나 먹어라, 버르장머리없는 놈. 파룡도법 제2초 천지개벽(天地開闢)!"
　무산은 다급히 고개를 치켜들었다. 방심하고 있었던 것이다.
　마치 분신술이라도 펼친 듯 이재천의 움직임은 여러 동작으로 현란하게 나뉘고 있었다. 그리고 잠시 후 한줄기 회오리와 함께 붉은 도기(刀氣)가 무산을 향해 밀려들었다.
　'젠장, 만만히 볼 상대가 아니었군. 저놈이 설친 데는 다 믿는 구석이 있었던 게야.'

무산은 다급히 몸을 굴려 뒤로 물러났다. 그리고 빠르게 허공으로 날아올랐다.

콰, 콰, 콰, 콰, 쾅!

방금 전 무산이 머물고 있던 곳에서 거대한 폭사가 일어났다.

'이거 장난이 아니잖아!'

무산의 등줄기로 한줄기 식은땀이 흘러내렸다.

하지만 이재천의 공격은 아직 끝난 것이 아니었다. 언제부턴가 그의 온몸을 휘돌고 있던 뇌전(雷電)이 서서히 작도로 옮겨지기 시작했다.

무산이 그 모습을 발견했을 때는 이미 강한 도기가 발출되고 있었다.

"파룡도법 제3초 뇌전흡기(雷電吸氣)!"

마치 벼락처럼 강렬하고 눈부신 도기가 이재천의 작도에서 뿜어져 나왔다.

그런데 그 순간이었다.

"사부, 이 한 수로 사부에 대한 은혜에 보답하겠습니다! 용등연검법 제4초 고돌비상(孤咄飛上)!"

우우— 웅, 우우우우우— 우웅!

검이 울었다.

고막을 찢고 머리를 쪼갤 것 같은 심오한 검명(劍鳴)! 내장을 뒤트는 듯한 그 울림. 사부 일소천이 시전했을 때와 같은 검명 현상이 일어난 것이다.

츠츠츳, 츠츠츠츳…….

무산을 향해 다가오던 검붉은 도기가 검명에 깨지며 거미줄 같은 빛줄기를 형성해 냈다. 그리고 마치 불이 붙은 것처럼 치지직거리는 소리와 함께 점차 흩어져 갔다.

하지만 그것도 잠시…

콰, 콰, 콰, 콰, 쾅!

마치 개벽이 일어나는 듯했다.

거대한 폭음과 함께 무산과 이재천, 그들 아래로 펼쳐진 황야가 뒤흔들리기 시작했다. 허공에선 무산이 쏘아낸 검기가 이재천의 검붉은 도기를 완전히 깨뜨리고 있었다.

퍼, 퍼, 퍼, 펑!

또 한 번의 폭사! 두 사람의 비무는 그렇게 끝났다.

"으아악……!"

이재천은 비명을 내지르며 바닥으로 떨어져 내렸고, 황야는 언제 그랬냐는 듯 다시 평온을 되찾았다. 분명 여기저기 폭사의 흔적이 남았으나, 워낙 황량한 땅이었으므로 아무것도 변한 것이 없는 듯했다.

"쩝! 내가 두백이를 이렇게 만들어놓다니… 앞으로 당분간 팽 영감에게 밥 얻어먹긴 글렀군, 글렀어."

한줄기 삭풍이 무산의 귀밑머리를 스치며 지나갔다. 언제나 그래 왔듯.

2 아수라장

"아니, 주 대협. 정녕 이편 그자가 아직도 색마계에 발을 붙이고 있단 말입니까?"

"흐흐흑! 그렇습니다. 그것도 아주 지능적으로 활동하고 있지요. 나 주유청, 결코 그 색마에게 방초 낭자를 빼앗길 수 없습니다."

"음… 다 내 탓이오. 보다 확실하게 정리를 했어야 하는 건데 마음이 약하다 보니……."

황성마물 홍성기는 지나간 과거를 떠올리며 회한 섞인 한숨을 내쉬었다.

"부디 저 주유청을 제자로 거두어주십시오, 사부!"

주유청은 홍성기 앞에 털썩 무릎을 꿇은 채 애원하기 시작했다.

황성마물 홍성기. 그에게 붙은 오족(五足)이라는 별명은 괜한 게 아니었다. 주유청은 봉추산에서 달아난 홍성기를 약 반 시진 전에야 어렵사리 따라잡을 수 있었다. 꼬박 보름 동안 추적한 결과였다.

신법이 얼마나 표홀한지 눈앞에 두고도 놓치기를 몇 차례. 주유청은 부득불 용등연검법을 펼쳐 제압한 후에야 홍성기와 마주할 수 있게 되었다.

"음, 이편에게 배신을 당한 이후 난 단 한 명의 제자도 거둔 적이 없소. 마음이 너무 여리기 때문에 또다시 상처를 입지 않기 위해서요. 하지만……"

홍성기는 안쓰러운 눈빛으로 주유청을 내려다보았다.

그것도 잠시, 그는 이내 길게 한숨을 내쉬었다. 반불(半佛)이란 별호가 붙게 된 특유의 동정심이 서서히 발동하기 시작한 것이다.

'정말 미련하게 생긴 자로군. 마치 상처 입은 한 마리 곰 같지 않은가. 이런 자를 불쌍히 여기지 않는다면 난 사람도 아니지. 아무렴.'

어려운 결정을 내린 홍성기. 그는 퍽 익숙한 손길로 주유청의 머리를 쓰다듬기 시작했다. 마치 길 잃은 강아지에게 동정을 베풀 듯.

"할 수 없군. 진정 내 색공을 전수받고 싶은 게냐?"

"흐흐흑… 사부! 저 주유청, 3천 배를 올려 제자의 예를 취하겠습니다."

주유청은 혹시나 홍성기의 마음이 바뀌지나 않을까 두려워하며 벌떡 일어섰다. 그리고 넙죽넙죽 절을 하기 시작했다.

'생긴 것만큼이나 하는 짓도 미련하군. 솔직히 색마의 재목은 아니야. 하지만 그런대로 자세는 되어 있군. 그래, 자고로 이렇게 미련한 제자를 거두어야 하는 게야. 이런 곰탱이는 사부를 배신할 리가 없지. 아무렴.'

홍성기는 비로소 흐뭇한 미소를 내비쳤다.

도저히 60에 즈음한 나이라고는 믿을 수 없을 만큼 젊고 수려한 외모였다. 물론 색공을 통해 여인들의 정기를 빨아들인 덕분이다.

"됐느니라. 그만 일어나거라."

홍성기는 자애로운 음성으로 말했다.
"아닙니다, 사부님. 아직 2,994번이나 남았습니다. 마저 다 받으십시오."
"아니다. 물론 색마가 되기 위해선 그 정도의 체력 훈련이 필요하지만, 우선 이론부터 깨우치는 것이 순리지."
"예? 하지만 제자 된 도리를……"
주유청은 어정쩡한 자세로 홍성기를 쳐다보며 말끝을 흐렸다.
'음… 확실히 믿음이 가는 구석이 있어. 진정 내 성취를 이을 만한 녀석이군. 진작 이렇게 미련한 녀석을 제자로 거두었어야 하는 것을……'
홍성기의 만면에 웃음이 번졌다.
"그래. 하지만 나는 그다지 격식에 얽매이는 사람이 아니니라. 그것이 곧 색마의 마음가짐이지. 어디에도 얽매이지 않고 자유롭게 살아간다는 것. 그래야만 많은 여인들에게 기쁨을 선사할 수 있는 게다."
"하지만 저는 오로지 방초 낭자에게만……"
주유청은 홍성기의 눈치를 살피며 말을 얼버무렸다.
'후— 역시 색마의 재목은 아니야. 하지만 충성심은 정말 높이 살 만하군. 하긴, 배운 것을 써먹는 것이야 제놈 재량이지.'
홍성기는 언짢아지려던 마음을 다스린 후 다시 입을 열었다.
"오냐, 그거야 네놈 마음이다. 어쨌거나 절은 멈추어라. 색마에게 기본적으로 요구되는 것은 복잡한 단계를 생략하는 과감한 정신이니라. 진정한 색마는 미끼를 달거나 덫을 놓고 포획물을 기다리는 일 따위는 하지 않느니라. 오로지 자기 몸뚱어리를 담금질해서 스스로를 미끼나 덫으로 만들어야 하는 것이지."
"예— 정녕 심오한 철학이라는 생각이 듭니다, 사부님."
"그렇지? 하지만 색마가 가장 주의할 것은 자신이 사냥감이 되어서는 안 된다는 점이니라. 자칫 계집에게 코를 꿰이게 되면 그때는 색마 인생 종 친 것으로 보아야지. 얼마 전 내가 그런 위기에 봉착했던 것을 너도 보았겠지? 다행히 네가 그 골치 아픈 만화밀을 떼어준 덕분에 구사일생 하기는 했으나, 하마터면 이 사부도 인생 종 칠 뻔했느니라. 절정의 경지에 이른 나 역시 간혹 그런 난관에 부딪친다. 그것만으로도 이 길이 얼마나 험난한 것인지 짐작할 수 있겠지?"

"하지만 저는 오로지 방초 낭자에게만… 그러니까 제 말은 방초 낭자에게 코를 꿰이는 것이 궁극의 목적이라는……."

"음… 차차 짜증이 나기 시작하는구나. 그래, 하긴 나 역시 초심은 그러했느니라. 하지만 중이 고기 맛을 보면 절간에 빈대가 남아나지 않는다고 하지 않더냐. 원래 너 같은 놈들이 더 무섭게 변하게 마련이지. 끌끌, 색공에도 주화입마가 있느니라. 초보 색마들 중 간혹 색에 미쳐 끼니도 거른 채 며칠 밤낮으로 그 짓에 몰입하는 경우가 있다. 이것이 주화입마지. 자연히 몸이 축나고 수명이 단축되며, 더 이상의 진전을 보지 못한다. 그런데… 내가 보기에 네놈은 주화입마에 들기에 딱 걸맞은 놈이다."

홍성기는 주유청의 요모조모를 뜯어보며 걱정스럽다는 듯 말했다.

사실 부정할 수만은 없는 일이었다. 주유청은 나이 서른이 넘은 지금까지도 여자를 경험해 보지 못했다. 막상 알게 되면 무슨 일이 벌어질지 장담할 수 없는 것이다.

더욱이 색마의 최고 경지에 올라 색성(色聖)으로까지 불리는 황성마물 홍성기가 한 말이다. 결코 흘려들을 이야기가 아니었다.

"하하, 그놈 참… 그렇다고 겁먹을 것은 없느니라. 설마 이 사부가 너를 그 지경으로까지 만들겠느냐."

"감사합니다, 사부님."

"그래, 아마 백골난망일 게다."

홍성기는 촉촉한 시선으로 주유청을 바라보았다. 그 자신, 한때는 주유청과 같은 모습이었기 때문이다.

"유청아."

"예, 사부."

"잘 듣거라. 내가 비록 너를 제자로 거두기는 했으나, 본시 색마는 한 영역 안에 함께 머무를 수 없는 종족이니라. 과거 이편이 나를 배신한 것 역시 그런 색마의 본능 때문이었지. 그러니 나는 너에게 한 달 동안 색학(色學)을 전수한 후 떠날 생각이다. 이후 우리는 서로의 영역을 존중하며 살아가야 한다. 그것이 색마의 사제지정이지. 알아듣겠느냐?"

"예, 사부. 심려 놓으십시오. 저는 오로지 방초 낭자만을……."

"……."

주유청의 심지 굳은 대답에 홍성기는 다시 한숨을 내쉴 수밖에 없었다.

결코 쉽지 않은 작업이 될 듯했다.

본시 색학(色學)은 유구한 역사를 지닌 만큼 축적된 지식이 방대하다. 한평생을 바쳐도 그 심오한 이치를 깨닫기가 어렵다. 다만 그것을 배우는 자의 자질이 뛰어날 경우 그 기간을 비약적으로 단축할 수 있다.

문제는 주유청에게선 색마로서의 어떠한 자질도 찾아지지 않는다는 점이었다.

홍성기는 그저 암담할 뿐이었다. 하지만 제자로 거둔 이상 최선을 다하기로 했다. 최선을 다한다는 것, 그것이야말로 참 가르침의 시작이다.

"자, 유청아. 우리에게 주어진 시간은 많지 않다. 바로 시작해 보자꾸나. 이제 색학의 이해를 돕기 위해 나 홍성기의 색론(色論)을 기초부터 펼칠 테니 잘 듣거라."

"예, 사부."

주유청은 반짝이는 눈으로 홍성기를 바라보았다.

"남녀 간의 정사는 원래 새로운 생명의 탄생을 위한 한 과정이니라. 날 출(出)이라는 글자가 단순히 뫼산(山) 자 두 개가 합쳐진 것이 아니다. 그것을 파자(破字)해 보면, '벌린 입 구 부'(凵:벌릴 감)에 '위아래로 통할' 곤(丨) 자로 합쳐진 것임을 알 수 있다. 철저하게 음과 양의 결합을 상형한 문자지. 한자가 처음 만들어질 때만 해도 정사의 목적은 출생, 즉 종족 보존에 있었던 것이다. 하지만 인간은 대부분의 방면에서 진화를 거듭하지. 정사(情事)라고 해서 다를 리 있겠느냐. 사람들은 결국 그것을 유희의 한 방편으로 삼게 되었느니라. 유희로서의 정사, 그것은 이제 인간들에게 보편적으로 받아들여지고 있다. 하지만 색마의 정사는 다르다. 색마는 그것을 끝없이 탐구했고, 드디어는 가장 진보적인 형태의 건강법으로까지 진화시켰다. 이렇게 해서 태어나게 된 것이 바로 채양보음술(採陽補陰術)이나 채음보양술(採陰補陽術) 같은 위대한 술법이니라. 색마는 이러한 채양, 혹은 채음술을 통해 영원한 젊음을 유지하려 하지. 물론 거기에도 한계가 있기는 하지만 이러한 술법은 숱한 무학 가운데서도 으뜸이 된다. 도가(道家)나 불가(佛家)가 이상으로 삼는 신선 혹은 해탈처럼 채양, 채음술도 인간의 한계를 뛰어넘는 단계이기 때문이다. 이제 유청이 너는 나 황성마물을 통해 그 진전을 이어받게 될 것이다. 실로 감격스럽지 않느냐?"

홍성기는 새삼 뿌듯함을 느끼며 주유청을 바라보았다.

하지만 주유청의 반응은 영 신통치 않았다.

"하지만 사부님, 저는 오로지 방초 낭자에게만… 저… 그러니까 그런 궁극적인 단계까지는 필요없고, 그저 배은망덕 이편을 이겨낼 비책 정도로도……."

"……."

홍성기는 망연자실했다.

아무리 보아도, 고쳐 다시 보아도 주유청은 색마의 재목이 아니다. 하지만 어쩔 수 없는 일이었다. 이미 제자로 받아들인 이상 자기 얼굴에 먹칠을 하게 할 수는 없는 노릇이다. 성심성의껏 가르침을 주는 수밖에.

황궁(皇宮)!

지상에서 가장 높은 곳. 만민이 우러러보고 하늘과도 통한다는 그곳. 하지만 오로지 황제 한 사람을 위해 존재하는 곳이기도 하다.

그런 만큼 그곳의 주인이 되기 위해 숱한 영웅들이 야망을 키워왔다.

대부분 허망하게 피 흘리며 형장의 이슬이 되어 사라졌지만, 어쩌다가는 뜻을 이루어 옥좌에 앉기도 했다. 그러나 그들 역시 끊임없이 계속되는 도전과 암살에 대한 두려움으로 인해 악몽에 시달려야 했다.

"결코 서두르셔서는 안 됩니다."

"하지만 백부가 살아 있는 한 나는 편안한 잠에 들 수 없소."

너른 방에는 기둥마다 황금빛 용이 양각되어 있었다. 침상 역시 황금색 일색이었으며 바닥에는 화려한 문양의 질감 좋은 비단이 깔렸다. 어느 모로 보나 귀인이 머무는 방임에 틀림없었다.

지금 그곳에는 심약해 보이는 소년과 산전수전 모두 겪은 듯한 초로의 사내가 마주하고 있다. 황태자 유와 그의 책사 방회였다.

요 며칠 황태자는 천무밀교의 토벌 문제를 논의하기 위해 사평왕과 자리를 같이했다.

결코 편한 자리가 아니었다. 황태자의 눈에 사평왕의 모습은 영락없는 저승사자였다. 심약한 성격 때문이기도 했지만, 사평왕의 눈에서 보여지는 섬뜩한 살기 때문이기도 했다.

사평왕과 마주하고 있으면 오금이 저려왔으며 헤어지고 나서도 밤잠을 설쳐야 했다. 결국 황태자 유는 책사 방회를 불러 백부인 사평왕을 암살할 것을 종용했다.

하지만 방회는 끝내 그런 황태자의 요구를 따르지 않았다.

당연한 일이다. 사평왕은 바보가 아니었다. 사평왕 자신의 무공도 무공이지만 그를 호위하는 무사들은 대륙 최고의 절정고수들이었다.

사평왕은 이미 오래전부터 강호고수들을 모아왔다. 그들에게 벼슬을 내리거나 재물과 땅을 하사하는 등 환심을 사 측근으로 머물게 했다.

또한 무과에서 장원을 차지한 젊은 인재들을 일찌감치 포섭해 자신의 충복으로 만들기도 했다. 그렇게 세월이 흘렀고 사평왕은 이제 황실의 병권을 장악했다. 게다가 그 세력을 측정할 수 없는 많은 사병들을 거느리고 있었다.

섣불리 그에게 칼을 들이댔다가는 모반의 빌미를 제공해 줄 뿐이다. 현재로서는 그와 맞설 세력을 양성하는 데 주력할 수밖에 없었다.

사실 선황의 모친, 즉 황태후가 죽은 이후 방회는 몇 차례에 걸쳐 사평왕을 제거하려 했다. 사평왕으로 인해 황실이 혼란에 휩싸일 것을 예견했기 때문이다. 하지만 모두 불발로 그치고 말았다.

물론 역모죄를 씌워 일찌감치 사평왕이라는 불안한 싹을 제거할 수도 있었다. 하지만 선황의 만류로 방회는 결국 그 뜻을 이루지 못했다.

그사이 사평왕은 묵묵히 자기 세력을 쌓아갔다. 그리고 이제는 감히 누구도 그를 함부로 할 수 없을 만큼 강성한 힘을 지니게 되었다.

결국 선황의 유약함이 외톨이가 된 황태자의 위기를 초래하고 만 것이다. 방회는 그것이 답답했으나 이미 엎질러진 물이다. 그저 기회를 엿보는 수밖에 없었다.

"어차피 닷새 후 사평왕은 천무밀교를 토벌하기 위해 출병하게 됩니다. 그렇게 되면 최소한 태자마마께서 보위에 오르실 동안은 아무런 변고 없이 대사를 준비할 수 있습니다."

방회는 씁쓸한 표정으로 말했다.

아무리 어리다지만 황태자 유는 너무나 생각이 짧고 그릇이 작았다. 결코 군왕의 재목이 아니었다.

"하지만… 나는 두렵소. 만약 백부가 당장이라도 칼을 돌려 쥔다면 대책이 없지 않소!"

"그럴 일은 없습니다. 사평왕은 나름대로 완벽한 모반을 꾀하려 할 것입니다. 명분을 중시하는 사람이기 때문이지요."

"그렇다면 어찌해야 한단 말이오?"

황태자 유는 답답하다는 듯 울먹이며 물었다.

"일단 사평왕과 천무밀교의 싸움을 지켜보아야겠지요. 그들의 싸움은 적어도 반년은 가야 승패의 윤곽이 드러날 것입니다. 태자마마께서는 그 사이 병권을 장악하셔야 합니다. 더불어 황실에 남아 있는 사평왕의 세력을 회유해야 합니다. 그런 연후에 결정적인 기회를 노려 사평왕의 뒤를 쳐야겠지요."

"외숙, 지금 황실엔 온통 사평왕의 수족들뿐이오. 그들이 두 눈을 시퍼렇게 뜨고 나를 감시하고 있는데 어찌 병권을 장악할 수 있단 말이오?"

"꼭 그렇지만은 않습니다. 변방의 장수들이 이미 황궁으로 복귀하지 않았습니까. 그들은 어디까지나 태자마마의 편입니다. 당분간은 그들을 그대로 황궁에 머물게 해야 합니다. 대신 사평왕의 휘하에 있는 장수들을 변방으로 보내 세력을 분산시킬 생각입니다. 그렇게 된다면 조금씩 사평왕의 세력을 회유할 수도 있습니다."

방회는 황태자 유를 안심시키기 위해 자신감있는 어조로 말했다.

하지만 태자는 여전히 떨고 있을 뿐이다. 그런 태자의 모습은 방회를 더욱 암담하게 만들었다.

"정말 그렇게 될까요? 외숙, 내가 믿을 수 있는 사람은 오로지 그대뿐이오. 끝까지 나를 지켜주신다 약조해 주시오."

"태자마마, 소신 이미 선황께 목숨을 바쳐 태자마마를 보필할 것을 맹세했사옵니다."

"고맙소, 외숙!"

황태자 유는 방회의 두 손을 꼭 움켜쥐었다.

하지만 그 손은 파르르 떨리고 있었다. 마치 둥지를 갓 벗어난 새끼 새처럼.

'아, 나는 지금 순리를 거스르고 있는 것인지도 모른다.'

방회의 입에서 깊은 한숨이 새어 나왔다.

자신의 주군은 너무나 나약했다. 그것은 나이와는 상관없이 한 인간이 가지는 자질의 문제였다. 방회의 한숨이 깊어질 수밖에 없는 것은 그 사실을 너무 잘 알고 있었기 때문이다.

3
아수라장

"휴— 어찌 이 먼 곳까지 걸음을 하셨는가?"
"그사이 많이 까칠해지셨구려, 형님."
당개수와 천우막은 두 손을 꼭 움켜쥔 채 상기된 표정을 지었다.
사실 당개수로서는 천우막의 방문이 뜻밖이었다.
한편으로는 개방 역시 사파 무리에게 무너지고 만 것이 아닌가 걱정하기도 했다. 하지만 그 반대였다.
천우막은 최근 개방 제자들을 설득해 정도무림의 수호를 외치며 각지에서 봉기케 했다. 다소 무모한 움직임이기는 했으나 지극히 천우막다운 결정이었다.
그가 굳이 용문마을을 찾은 것도 같은 이유에서였다. 일소천과 팽이 등 여러 고수들과 힘을 합해 사파에 대항하기 위해서였다.
그는 이미 대륙 각지의 협사들에게 제자들을 보내 다음달 보름, 소림사에 모여줄 것을 당부했다. 하지만 과연 몇 명이나 동참하게 될지는 미지수였다.

한 가지 주목할 점은 천우막이 무림맹주인 화산의 백의천을 외면한 채 스스로 정도무림을 규합하려 했다는 점이다.

평소 천우막의 성격이라면, 비록 맹주가 마음에 들지 않는다 해도 우선 맹주와 상의해서 결정했을 것이다. 그는 앞에 나서는 것을 그다지 좋아하지 않았고 강호의 배분을 중요시 여겼다.

결코 두각을 드러내기 위해 그런 행동을 한 것은 아니었다. 아니, 어쩔 수 없는 결정이었다.

지난번 무림맹 비무대회에서 천우막은 결국 화산 대표로 나온 취운의 정체를 알아챘다. 석금이도 마찬가지였다.

덕분에 그들은 화산파에서 모종의 음모가 진행되고 있음을 깨닫게 된 것이다.

"형님, 그동안 얼마나 마음 고생이 심하셨소."

천우막은 얼마간 초췌해진 당개수의 모습이 안쓰러운 듯 눈시울을 붉히며 물었다. 하지만 정작 그 물음에 답한 것은 일소천이었다.

"응, 그래. 내가 저 가엾은 것들을 거두어 먹이느라 마음 고생이 좀 심했지!"

"……."

일소천은 침상에 벌렁 드러누운 채 천우막이 들고 온 육포(肉脯)를 뜯어 먹으며 되는대로 지껄였다. 모처럼의 음식이 반가운 만큼 말도 많아진 것이다.

"하하. 그래, 못난 아우 때문에 소천이 형님이 고생 많았다네."

"그러고 보니 소천이 형님도 정말 고생하셨겠구려."

천우막은 마지못해 당개수의 말을 거들었다. 가뜩이나 속 좁은 일소천을 자극하지 않기 위해서였다.

마침 그때 문이 열리며 무산과 당수정이 모습을 드러냈다.

천우막은 그들을 향해 환하게 웃어 보였다. 당장에라도 달려가 안고 싶을 만큼 반가운 얼굴들이었기 때문이다.

하지만 무산의 반응은 전혀 엉뚱했다.

"야, 육포다!"

무산은 천우막을 본체만체 지나쳐 곧장 일소천에게 달려들었다.

"사부님, 여태까지 이거 숨겨놓고 혼자 몰래몰래 드셨죠? 이 제자는 사부님의 명예를 지키기 위해 목숨을 건 싸움을 하고 왔건만… 흐흐흑!"

일소천의 손에 들린 육포를 움켜쥔 채 무산은 오열하기 시작했다.

"이놈, 오해니라, 오해. 어쨌거나 이건 놓고 울어라. 나도 지금 막 입을 대려는 찰나였느니라. 나 세 입, 너 한 입씩 먹자꾸나."

"싫어요. 혈기왕성하고 식욕이 넘쳐 나는 제가 두 입, 입맛없는 사부님이 한 입씩 먹기로 해요. 그전엔 죽어도 못 놔요."

"어허, 무산아. 정녕 네 마누라 앞에서 내가 너를 족쳐야 하겠느냐? 우리 품위 좀 지키자꾸나. 그래, 나 한 입 반, 너 한 입씩 먹기로 하자. 되었느냐?"

무산과 일소천은 육포를 사이에 두고 왁자지껄하게 떠들어댔다.

그 소란으로 인해 모처럼 용문도장이 사람 사는 곳처럼 느껴지기는 했으나 천우막으로선 얼마간 당혹스런 일이었다. 아직 인사도 받지 못한 것이다.

"호호. 천 사숙님, 이해해 주세요. 지금 서방님이 말 못할 사정이 있어서 저렇게 수선을 피우는 거랍니다. 저렇게라도 안 하면 맞아 죽거든요."

어느새 천우막 곁으로 다가선 당수정이 귓속말로 나직하게 말했다.

당수정의 말은 사실이었다.

아수라장 215

무산과 당수정은 이재천을 처절하게 응징한 후 용문도장으로 잽싸게 도망쳐 온 것이다. 행여나 팽이에게 걸리는 날엔 일이 아주 소란스러워 질 것을 알고 있었기 때문이다.

하지만 용문도장이라고 해서 안전이 보장되는 것은 아니었다. 빈손으로 돌아온 것을 알면 아마도 일소천은 방방 날뛰며 설쳐 댈 것이다. 그래서 무산은 지금 무작정 일소천에게 떼를 쓰며 선수를 치고 있는 것이다.

하지만 그런 수선도 오래가지 않았다.

파, 파, 파, 팟!

콰콰쾅!

마치 거대한 폭풍이 휘몰아치듯 용문도장의 지붕이 삽시간에 휩쓸려 갔고 사방의 기둥이 우지끈 소리를 내며 기울기 시작했다.

변괴였다.

"아니, 대체 이게 무슨 일입니까?"

천우막은 갑작스런 폭사에 놀라 흔들리는 탁자를 다급하게 부여잡았다. 그리고 황망한 시선으로 주위를 바라보았다.

"소천 형님, 지진이라도 일어난 게 아닙니까?"

"어허, 변괴로다. 지난 40여 년 동안 용문마을에 이런 일이 벌어진 적이 없거늘……."

당개수와 일소천 역시 어리둥절한 표정으로 서로를 쳐다보았다.

당수정이라고 해서 다를 리 없었다.

"에구머니, 우리 아기가 놀랐겠네?"

당수정은 다급히 배를 감싸 안으며 고개를 돌려 무산의 표정을 살폈다.

그녀는 이제 한 아이의 어미이자 한 남자의 지어미가 된 것이다. 무슨 일이 벌어졌을 때는 가장 먼저 아이를 생각했고, 도움이 필요할 때는 제일 먼저 남편을 바라보았다.

하지만 당수정이 무산의 표정을 살핀 데는 다른 이유가 있었다. 그녀는 지금 무슨 일이 벌어지고 있는 것인지 대충 짐작하고 있었던 것이다.

'젠장, 빨리도 달려왔군!'

무산은 길게 한숨을 내쉬며 문가로 다가갔다.

쇄애액—

문을 열어젖히자 차가운 겨울바람과 함께 환한 햇살이 쏟아져 들어왔다. 그리고 친숙한 두 사람의 모습이 보여졌다.

"아니, 저놈은 팽이가 아니더냐?"

"그럼, 방금 전 그 변고가 팽 형님의 짓이었단 말인가?"

"어허, 이 천우막이 인사를 드리지 않고 와서 노한 것일까?"

일소천과 당개수, 천우막은 하나같이 멍한 시선으로 바깥의 풍경을 지켜보았다.

용문도장에서 대략 10여 장 떨어진 거리.

팽가객잔의 주인 열해도 팽이가 한 자루의 도를 든 채 용문가를 노려보고 서 있었다. 그 옆에선 이재천이 가엾은 강아지처럼 쭈그려 앉아 땅바닥에 시선을 두고 있는 중이다.

쇄애액—

폭사로 인해 피어올랐던 먼지가 바람에 날렸다.

"푸히히! 보았느냐, 두백아. 방금 전의 그 초식이 바로 파룡도법의 제4초 파룡일도(破龍一刀)였느니라."

팽이는 시무룩한 표정으로 앉아 있는 이재천의 어깨를 두드리며 말했다.

"사부, 진작 가르쳐 주지 그러셨어요. 저 두백이가 오늘, 흐흐흑… 대가리에 피도 안 마른 놈에게 개망신을 당했습니다. 흐흐흑!"

얼굴에 잔뜩 피멍이 든 이재천이 분루를 쏟아내며 팽이의 다리를 부여안고 울었다.

개밥 사건으로 일소천에게 얻어맞았을 때보다 더 처참하고 불쌍한 모습이었다.

팽이는 안쓰러운 눈빛으로 이재천을 바라보았다.

팽이 자신도 한때 일소천에게 패해 그런 분루를 삼킨 적이 있었다. 그런 만큼 누구보다 그 심정을 잘 이해했다.

'그래, 대를 이어 이런 치욕을 맛보게 할 순 없다!'

팽이는 빠드득, 이를 갈며 입을 열었다.

"두백아, 사부의 짧은 생각으로 인해 네가 씻지 못할 수치를 당했구나. 사실 현 강호에선 네가 익힌 파룡도법의 3식만으로도 그 상대를 찾기 힘들 것이다. 하지만 일소천, 저 치사한 영감이 나와의 약속을 깨고 무산이 놈에게 용등연검법의 전6식을 가르친 모양이구나. 하지만 아직 끝난 것이 아니다, 두백아. 오늘 나 팽이가 저 치사한 늙은이를 상대로 파룡도법의 전6식을 펼칠 것이니라. 더불어 40여 년 동안 쌓인 한을 내 손으로 직접 풀어버리리라. 똑똑히 지켜보도록 하거라!"

"……."

한편 용문도장 안에 있던 일소천은 내심 긴장할 수밖에 없었다. 도대체 영문을 알 수 없었으나 심상치 않은 기운을 감지한 것이다.

"도대체 저 인간들이 왜 저러느냐?"

일소천은 그 숨 막히는 긴장감 속에서도 육포를 질겅질겅 씹어 먹으며 말했다.

"사부! 사실… 사부의 명예를 지켜드리기 위해 제가 두백 아우에게 얼마간의 가르침을 주고 왔습니다. 그런데 저 치사한 녀석이 팽 영감에게 모두 꼬발랐나 봅니다."

무산은 일소천의 표정을 슬그머니 살피며 말했다.

결코 가벼운 일이 아니었다.

현재 용문도장은 철저하게 팽 영감에게 종속된 생활을 하고 있었다. 팽 영감이 식량 지원을 끊으면 용문가의 식솔은 그날로 당장 굶어 죽을 판이다.

일소천이 성질을 죽이며 살고 있는 이유도 그 때문이었다.

"음……."

무산으로부터 자초지종을 들은 일소천은 두 눈을 내리감은 채 길게 신음을 내뱉었다. 이 난관을 어떻게 풀어가야 할지 숙고하고 있었던 것이다.

'드디어 이런 날이 오고 말았구나……. 이럴 때일수록 당황하지 말고 신중하게 대처해 나가야 해. 팽이냐, 무산이냐. 어떤 놈이 내 인생에 더 큰 비중을 차지하는 것이지? 이런 상황에서라면 둘 중 한 놈은 처절하게 매질을 해야 하는데… 팽이를 족치자니 당장 먹고 살 일이 걱정이고, 무산이 놈을 족치자니 큰 자산 하나가 날아가는 셈이고……. 후— 이럴 때 대타라도 하나 나서주면 좋으련만…….'

하지만 아무리 둘러봐도 대신 맞아줄 인물은 없었다.

그런데 그때였다.

"할아버지, 도대체 무슨 일이에요? 지붕이 왜 날아간 거예요? 어, 팽 영감이네. 설마 저 치사한 늙은이가 돈 안 갚는다고 기와를 몽땅 걷어간 거예요?"

하루 온종일 자빠져 자던 방초가 손가락으로 눈곱을 떼며 다가왔.

순간 일소천의 인상이 얼마간 찌푸려졌다. 아무리 손녀라지만, 정말이지 대타로 쓰고 싶을 만큼 얄미운 문제아였다.

"팽가객잔에서 도전을 해왔느니라."

일소천은 귀찮다는 듯 심드렁하게 대답했다.
"어머, 쥐뿔도 없는 것들이 뭘 믿고 도전을 한대요?"
"그러게 말이다. 저… 방초야, 너 이 할아비가 누군가에게 쥐어터지는 모습을 본 적이 있더냐?"
일소천은 뭔가 중대한 결심을 한 사람처럼 단호한 표정으로 물었다.
"아니오! 태어나서 한 번도 못 봤어요."
"흑, 보고 싶지는 않느냐?"
"호호, 할아버지… 어, 할아버지 표정이 이상하네? 도대체 무슨 생각을 하고 있는 거야? 혹시… 노망이라도 났어요? 호호호호!"
"이놈, 이 할아비가 지금 용문가의 식솔들을 굶기지 않기 위해 살신성인의 정신을 선보이고자 하느니라. 앞으로 무슨 일이 벌어지더라도 놀라거나 울지 말거라."
"……."
일소천은 어리둥절해 있는 도장 내의 사람들을 한차례 둘러보았다. 그리고는 씹고 있던 육포를 한입에 다 쑤셔 넣은 후 문밖으로 총총히 걸어 나갔다.
그의 얼굴에는 이제껏 단 한 번도 드러난 적이 없던 비장감이 자리 잡고 있었다.

"이놈, 소천아! 네놈의 알량한 용등연검법을 깨뜨릴 파룡도법을 창안하고도 내 이제껏 참았다! 우리의 40년 우정을 지키기 위해서였다. 그런데 네놈이 치사한 방법으로 우리 두백이 눈에서 눈물이 나게 만들었겠다?"
긴말이 필요없었다. 지금 열해도 팽이의 눈에는 아무것도 보이지 않았다.

사실 일소천과 팽이는 한 가지 약속을 한 바 있었다. 자신들의 절기인 용등연검법과 파룡도법을 앞으로 10년간 봉인하자는 것이 그것이었다.

약속을 먼저 제안한 사람은 일소천이었다. 그는 자칫 제자들이 절학을 모두 이어받을 경우 사부를 버리고 달아날지 모른다는 불안감에 시달리고 있었다.

그렇게 되면 자연히 쓸쓸하고 배고픈 노년을 맞게 될 것이라고 생각한 것이다. 그래서 그들은 비무대회를 앞두고도 굳이 절학의 제3식까지만을 가르쳤다.

그런데 그만 일소천이 무산에게 용등연검법의 전6식을 모두 전수해 주고 말았다. 그리고 무산은 그것으로 팽이의 애제자 이재천을 응징한 것이다.

아니, 사실 일소천은 그 외에도 주유청과 이편에게 용등연검법의 초식을 제4식까지 가르쳐 준 바 있었다. 피치 못할 사정이 생길 경우 언제라도 이재천을 응징할 수 있게 하기 위해서였다. 물론 그 사실에 대해선 함구령을 내린 바 있지만.

"친구야, 네가 뭔가 오해를 하고 있구나. 내 얘기도 좀 들어보려무나. 네 말대로 나 소천이가 약속을 어기고 말았다. 하지만 나름의 고충이 있었느니라. 지금 강호가 하어수선하여 내가 어쩔 수 없이 밑천을 거덜내고 말았다. 정도무림을 지키기 위해 내 살을 파먹은 것이다. 대의를 위한 뼈아픈 결정이었음을 네놈은 왜 몰라주는 것이냐?"

"흥! 대의? 남의 귀한 제자 가슴에 대못을 박는 게 대의냐, 이놈아?"

팽이는 두 눈을 부릅뜬 채 노성을 터뜨렸다.

하지만 일소천은 난감한 표정만 지을 뿐 아무런 대꾸도 하지 못했다. 그저 끊임없이 가슴속에 참을 인(忍) 자를 새기고 있었던 것이다.

'어휴— 성질 같아서는 파룡도법인지 토룡도법인지를 박살 내고 싶지만, 굶주린 가족들을 위해 참아준다. 나 일소천, 적어도 팽이 네놈에게 제자에 대한 참사랑을 배웠기 때문이니라.'

일소천은 고개를 푹 숙인 채 빠드득 이를 갈다가, 언제 그랬냐는 듯 비굴한 웃음을 보이기 시작했다.

"푸헤헤! 팽이야, 그만 고정하고 어서 들어가자꾸나. 그러지 않아도 너를 부르러 가려던 참이었다. 마침 개방의 우막 아우가 와 있느니라. 강호의 법도를 세우기 위해 우리 두 늙은이의 힘이 필요하다는구나."

"음… 네놈의 초라한 상판대기를 보니 또 마음이 약해지긴 한다. 그러나 네놈이 약속을 어긴 이상 나 역시 우리 두백이에게 파룡도법의 전6식을 가르쳐야겠다. 나 팽이, 그 이후에 강호의 법도를 세우는 데 동참하마!"

"그놈 참… 정 그렇다면 어쩔 수 없구나. 덤비거라, 한번쯤은 네놈의 진전을 보고 싶기도 했느니라."

열해도 팽이는 도객(刀客)이었다. 이미 칼을 뽑은 이상 명분없이 그것을 다시 집어넣을 수는 없는 일이다. 일소천은 누구보다 그것을 잘 알고 있었다.

"푸히히! 그래, 네놈 덕분에 우리의 우정이 지켜지게 되었구나. 간다, 파룡도법 제5초 파룡쾌도(破龍快刀)!"

시간을 끌 이유가 없었다.

한때 하북팽가의 가주였던 팽이. 그는 나이 80에 이르러서야 비로소 가문의 절학을 뛰어넘는 최고의 도법을 창안하게 된 것이다.

물론 무공의 이름에서도 알 수 있듯 그것은 용등연검법의 파쇄법이기도 했다. 그도 그럴 것이 팽이는 일생에 있어 단 한 사람, 승신검 일소천에게만 패배를 맛보았기 때문이다. 그런 만큼 팽이에게 있어 용등연검법은 하나의 벽이었다.

하지만 간과할 수 없는 것은 용등연검법이야말로 파룡도법의 모태였다는 점이다. 파룡도법은 철저하게 용등연검법의 초식을 빌고 그 허점을 공략하는 형태로 만들어진 도법이었다. 물론 그것이 완벽하게 용등연검법을 파쇄할 수 있는가는 팽이 스스로도 장담할 수 없었다.

"용등연검법 제5초 오광비상(五光飛上)!"

일소천은 자신을 향해 밀려오는 뜨거운 화기에 내심 감탄하며 전력을 다해 오광비상의 초식을 펼쳤다.

콰쾅! 촤아악— 콰콰쾅!

벼락을 가르며 등천하는 용의 모습을 보았는가.

두 사람의 검과 도에서 뻗어 나간 강기의 부딪침이 그러했다. 천지개벽, 검은 구름에 휩싸이는 듯하던 하늘에서 갑자기 폭사가 일며 오색찬연한 빛줄기가 쏟아져 내렸다.

용문도장이 기우뚱할 만큼 강한 폭발이 대지를 갈랐다. 수천 가닥의 검망이 두 사람을 감싸다가 다시 사라졌고, 하늘은 아무 일도 없었다는 듯 우중충한 모습을 드러냈다.

"팽가, 이놈. 네놈이 결국 해냈구나."

"푸히히, 드디어 네놈이 펼치는 오광비상을 보게 되는구나. 역시 예상했던 대로다!"

일소천과 팽이는 서로 10여 장씩 튕겨 나가 힘겹게 숨을 가다듬고 있었다.

그들은 서로의 위력에 내심 감탄을 금치 못했다.

팽이의 경우는 특히 더 그랬다. 그는 이제까지 일소천을 상대하면서도 그의 오광비상을 제대로 맛본 적이 없었다. 늘 그 앞 단계에서 무릎을 꿇어야 했기 때문이다.

"자, 드디어 용등연검법의 진면목을 확인할 순간이 왔군. 소천아, 만약 너의 그 일초를 받아내지 못한다 해도 나 팽이는 행복에 겨운 눈물을 흘리게 될 것이니라."

"이놈, 팽가야! 나도 하나만 당부를 하자꾸나. 내가 이 싸움에서 이기든 지든 용문가에 대한 식량 지원만은 중단하지 말아다오. 푸헤헤, 나도 네놈처럼 제자 아낄 줄 아는 사부가 되는 것이 소원이거든."

"푸히히, 파하하하하! 소천이 이놈, 정말 오래 살고 볼 일이구나. 그래, 명예를 걸고 맹세하마. 나 열해도 팽이는 너의 진정한 벗이며 용문도장의 영원한 후원자이니라. 자, 간다. 파룡도법 제6초 파룡천(破龍天)!"

"푸헤헤! 고맙다, 팽가야. 용등연검법 제6초 삼고양박(三苦兩迫)!"

…….

…….

…….

7장
두 개의 무림맹

칼로 베되 칼이 없다.
무형의 칼날이다.
베되 몸이 아닌 마음을 벴다.
이로써 진정한 검(劍)을 보았다.

1
두 개의 무림맹

한 달 후, 소림사.

천왕전 앞에선 몇 명의 승려들이 마당에 쌓인 눈을 쓰는 데 여념이 없었다.

숭산 전체가 흰 눈에 덮여 있는 만큼 사람들의 왕래가 쉽지 않았다. 그럼에도 승려들은 마치 누군가 올 사람이 있기라도 한 듯 비질을 멈춘 채 간혹 산문 밖을 내다보곤 했다.

아니, 따지고 보면 승려들이 비질을 하는 풍경도 퍽 오랜만이다. 소림사는 얼마 전까지만 해도 전란에 휩싸여 있었기 때문이다.

한편 정문 앞에서도 두 명의 사내가 멀리 산문 밖에 눈길을 주고 있었다.

"두목, 여기 사자가 두 마리 있다, 그지?"

"그래. 마치 이 두목이랑 석금이를 상징하는 것 같구나."

"히히! 아니다, 두목. 여기 이놈은 암사고 저놈은 수사자다. 갈기를 보면 알지. 소림사 땡초들이 가르쳐 줬다."

한동안 산문 밖에 눈길을 주던 석금이가 정문 앞 좌우에 놓인 두 마리의 돌사자를 가리키며 말했다.

무산과 석금이 역시 비를 들고 있었다. 그들은 이미 눈을 말끔히 치워 놓았으나 사찰 안으로 들어갈 생각은 하지 않았다. 누군가를 기다리고 있는 눈치였다.

"응, 석금이가 점점 똑똑해지는구나."

"히히, 지도자 과정이라는 게 그렇다. 해박한 지식과 폭넓은 견문, 선견지명과 탁월한 지도력 따위를 필요로 한다. 그러다 보니 석금이 같은 무식쟁이도 별걸 다 알게 되더라. 히히, 그나저나 두목, 돌사자도 암수 한 쌍인데 석금이는 혼자다. 그래서 외롭다. 이건 두목한테만 하는 얘기지만, 석금이도 장가가고 싶다."

석금이는 암사자의 엉덩이를 쓰다듬으며 먼 산을 쳐다보았다.

그 모습을 바라보는 무산의 입에서 깊은 한숨이 새어 나왔다.

[잘 봤냐, 휘두백? 석금이는 너와는 취향이 달라. 쟤 봐라, 돌사자 엉덩이를 두드려도 꼭 암사자로 골라서 두드리잖아. 그만 포기해라.]

「흐흐흑, 모처럼 마음에 드는 남자를 만났는데…….」

[어휴, 불쌍한 놈. 너랑 비슷한 취향을 가진 남자가 몇이나 되겠냐. 하지만 넌 운이 좋은 편이다. 적어도 네 개성을 인정해 주는 주인님이 있지 않냐.]

「흐흐흑… 고마워요, 주인님.」

무산은 한동안 휘두백 때문에 골머리를 앓아야 했다. 휘두백이 밤낮으로 석금이를 소개시켜 달라고 졸랐기 때문이다.

하지만 요 며칠 석금이와 지내는 동안 휘두백은 마음을 정리해야 했다. 석금이는 결코 동성의 물귀신에게 호감을 가질 위인이 아님을 깨달게 된 것이다.

"두목, 무슨 생각 하고 있냐?"

휘두백의 진로에 관해 고심하고 있는 무산의 어깨를 흔들며 석금이가 물었다.

"응, 강호의 앞날과 대륙의 정치, 교육, 문화, 민생 현안에 대해서."

"히히, 두목은 역시 생각이 깊다. 석금이는 고작 개방의 앞날과 강호의 현안에 대해서만 생각하고 있는데."

"휴― 석금이 널 보면 개방의 미래가 밝다는 사실을 새삼 느낀다."

무산은 석금이의 얼굴을 빤히 들여다보며 말했다.

석금이는 어느새 개방을 대표하는 인물이 되어 있었다. 채 1년도 되지 않은 사이에 그는 개방에서 가장 뛰어난 후기지수로 인정받았고, 소림사를 탈환한 이후엔 영웅으로 거듭났다. 그가 과거에 어리버리한 산적이었다는 사실을 믿을 사람은 이제 아무도 없다.

'그래, 이게 다 내 덕분이지. 암―'

무산은 배시시 웃으며 산문 밖으로 다시 고개를 돌렸다.

하지만 이내 씁쓸한 표정과 함께 한숨을 내쉬었다.

천우막이 대륙 각지에 소집령을 내린 지 한 달이 되는 날이었다. 뜻을 같이하는 문파나 세가가 있다면 오늘 중으로 소림사에 모습을 드러낼 것이다.

그러나 큰 기대는 할 수 없었다. 이미 대부분의 정도무림은 구황문이나 천무밀교의 세력에 의해 변절하거나 멸문의 화를 당했기 때문이다.

사실 천우막은 소집 한도일을 오늘로 잡아놓았다. 즉, 형편이 되거나 뜻이 닿는 동지들이 있다면 이미 며칠 전부터 도착했어야 정상이다. 그런데 아직껏 아무도 모습을 드러내지 않았다. 절망적인 현실이었다.

현재 소림사에는 채 600여 명이 되지 않는 소림 제자들이 남아 있었다. 그나마도 석금이와 쌍마불이 백무단을 침으로써 목숨을 건진 인원이다.

천무밀교 백무단은 소림을 점거하는 과정에서 4할이 넘는 인원을 도륙할 수밖에 없었다.

그들이 원래 그렇게 잔혹한 것은 아니었다. 하지만 소림사의 제자들이 사찰을 지켜내기 위해 목숨을 걸고 항전했으므로, 그만큼 큰 인명 소실이 생겨날 수밖에 없었다.

백무단은 생존한 소림 승려들을 지하 감옥에 가둔 후 그들을 꾸준히 회유했는데, 그 와중에 개방과 쌍마불의 공격을 받고 허무하게 무너지고 말았다.

'결국 아무도 오지 않는 것인가?'

산문 밖에 시선을 두고 있던 무산의 얼굴에 실망의 표정이 여실히 드러났다. 시각은 이미 오시(午時)를 넘어섰지만 아직 아무도 모습을 드러내지 않았다. 그저 가끔씩 삭풍이 몰아치며 가지 위의 눈을 흩어놓을 뿐이다.

그런데 그때였다.

"어? 저기 사람들이 온다!"

돌사자 위에 올라서 있던 석금이가 큰 소리로 외쳤다.

무산은 급히 고개를 들어 다시 산문 밖을 내다보았다. 과연 그곳엔 수십 명의 사내들이 말을 달려오고 있었다.

'음… 아직 정도무림의 불씨가 완전히 꺼진 것은 아니구나!'

무산은 환한 웃음을 띠며 석금이와 함께 산문을 향해 걸음을 옮겼다.

히히히힝—

무산과 석금이 앞에 다다른 말이 긴 울음을 뿜아내며 걸음을 멈추었다.

"아니, 범현 거사님과 무당의 장 문주님 아니십니까? 당문의 무산이 인사 올립니다."

"히히, 석금이도 인사 올린다."

무산과 석금이는 정중하게 포권하며 일행을 맞았다.

"오, 그대는 비무대회에서 준우승을 한 개방 제자가 아닌가. 그러고 보니 옆에 있는 젊은이 역시 당문의 대표로 비무대회에 참가했었지?"

무당 장문인 장소천이 부드럽게 웃으며 그들의 인사를 받았다.

뜻밖의 일이었다. 말을 탄 일행은 무당파의 제자들과 범현 거사, 그리고 이미 멸문한 것으로 알려진 아미파의 제자 구소희였다.

무산은 그들에게도 필시 말 못할 사정이 있음을 눈치 챘으나 일단 안으로 안내했다.

"먼 길 오시느라 노고가 많으셨습니다. 어서 안으로 드시지요."

"내가 타 문파의 제자에 의해 소림사로 안내되리라곤 꿈에도 생각을 못했군. 하하하!"

범현 거사는 다소 씁쓸한 웃음을 남긴 채 무산의 뒤를 따랐다.

무당파의 등장에 이어, 그날 술시(戌時)까지 소림에 도착한 문파는 오륭문과 백천문이었다. 그 외 몇 명의 협객이 추가되긴 했으나 기대에 크게 못 미치는 규모였다.

하지만 낙담할 일만은 아니었다.

결코 최악의 상황은 아니었다. 소림사의 제자들이 6백여 명, 개방의 제자들이 2천여 명, 오륭문 3백여 명, 백천문 백여 명, 그 외 무당 제자와 여러 협객들의 가세로 이제 소림사에는 3천 명이 넘는 세력이 형성되고 있었다.

해시(亥時).

소림의 지객당에선 각 문파의 수뇌와 협객들로 이루어진 긴급 회의가 시작되었다.

참석한 인원의 면면을 살펴보면, 우선 소집령을 내린 개방의 천우막을 시작으로 소림의 범현 거사, 무당의 장소천, 용문파의 일소천, 팽두파의 팽이, 당문의 당개수, 오룡문의 천검 오관필, 백천문의 백검 백승목 등이 문파를 대표해 참석했다.

그 외 일도(一刀) 파릉천, 고검왕(孤劍王) 고세영, 갑수(甲手) 추록, 상아검(象牙劍) 최륵 등 지난번 비무대회 본선에 진출했던 인물들을 비롯한 10여 명의 협객들이 모여 있었다.

특이한 것은 쌍마불이 배은망덕 이편을 대동한 채 그 자리에 참석했다는 점이다. 쌍마불은 한 달 전 이편의 도움으로 목숨을 건진 후 그에게 특별한 애정을 보이고 있었다. 그런 만큼 어디를 가든 이편을 달고 다녔고, 이번 회의라고 해서 다를 바 없었다.

범현 거사는 첫눈에 쌍마불을 알아보았고 크게 당황했다.

항렬을 따지자면 쌍마불은 자신의 사숙조뻘이었으나, 분명 소림의 죄인 신분이었다. 그들이 어떻게 뇌옥을 벗어났든 다시 뇌옥 안에 집어넣어야 할 입장이었다.

하지만 쌍마불은 생각이 달랐다.

쌍마불이 한때 강호에서 숱한 살생을 일삼았음에도 소림에서는 그들을 파문하지 않았다. 원래 항렬이 높기도 했거니와 그들의 살겁이 심마로 인한 부득이한 것이었음을 잘 알고 있었기 때문이다.

그런 만큼 쌍마불은 여전히 소림의 식솔이었다. 더욱이 현존하는 소림 승려 가운데 항렬이 가장 높았다.

상식적으로 생각했을 때 항렬이 높은 사람이 아랫사람에게 벌을 받을 수는 없는 일이다.

따라서 쌍마불이 뇌옥을 벗어난 이상 그들을 다시 뇌옥에 집어넣을 수 있는 인물은 이제 아무도 남지 않았다. 물론 어떤 식으로든 그들이 문제를 일으킨다면 얘기는 달라질 것이다.

하지만 현재로선 그런 것들을 생각할 여유가 없었다. 풍전등화에 있는 무림맹의 안위를 논해야 할 자리에서 차마 소림의 사적인 일을 거론할 수 없었던 것이다.

게다가 쌍마불은 지금 소림에서 영웅 대접을 받고 있었다. 소림사의 탈환에 직접 나섰기 때문이다.

'일이 난감하게 되었군.'

범현은 고개를 숙인 채 눈앞에 있는 쌍마불의 처리 문제를 고민했다.

범현의 마음을 아는 것일까. 쌍마불은 지극히 얌전하게 앉아서 있는 듯 없는 듯 행동하고 있었다. 도저히 미친 노인들로는 볼 수 없을 만큼.

사실 지난 한 달간 소림을 재건하는 과정에서 쌍마불은 자신들의 입지를 크게 넓혔다.

역량있는 인물들이 모두 죽은 상태에서 남은 제자들을 지도할 수 있는 사람은 쌍마불밖에 없었기 때문이다.

물론 거기엔 미친 쌍마불이 애지중지하는 배은망덕 이편의 입김이 많이 작용했다. 그는 쌍마불의 일거수일투족을 감시하며 선배다운 면모를 보이도록 철저하게 관리했다. 덕분에 소림 제자들은 쌍마불이 미친 늙은이들이라는 사실을 전혀 눈치 채지 못했다.

결국 범현은 쌍마불을 외면한 채 천우막에게 인사를 건넸다.

"천 방주, 우선 감사의 말씀부터 드려야겠소이다. 천 방주 덕분에 우리 소림이 멸문의 위기에서 벗어날 수 있었소."

지극히 정중한 어조였으나, 그것은 얼마간 쌍마불을 견제하기 위한 인사였다.

즉, 소림의 탈환에 결정적으로 기여한 것이 개방임을 좌중에게 인지시키고자 한 것이다.

하지만 천우막이 범현의 속내를 눈치 챘을 리 없다. 그는 다급히 두 손을 내저으며 쌍마불과 이편에게 공로를 돌렸다.

"하하, 별말씀을… 비록 우리 개방이 소림을 돕기는 했으나 저기 계신 쌍마불 선배와 소대협이 소림을 재탈환한 것입니다."

"……."

범현 거사는 씁쓸한 표정을 지으며 쌍마불과 이편을 바라보았다. 어쩔 수 없는 일이었다. 범현은 곧 쌍마불에게 예를 올렸다.

"사숙조님들께 불초 제자 범현이 인사드립니다."

"음… 네놈이 소림 제자더냐? 그래, 네놈 사부가 누구더냐?"

천상마불은 대수롭지 않다는 듯 범현에게 되물었다.

그는 지상마불과 함께 지난 80년 동안 뇌옥에 갇혀 있었다. 그런 까닭에 그간의 사정에 대해 자세히 알 수 없었다. 다만 범현 거사에 대해서는 얼마간 이편에게 들어 알고 있었다. 그럼에도 그는 시치미를 뚝 뗀 채 딴전을 피우고 있었던 것이다.

"예, 당혜라는 법명을 썼습니다."

"당혜? 소림에 그런 놈이 있었더냐? 뭐, 별 볼일 없는 놈이었나 보구나, 통 기억이 나지 않는 것을 보니. 하긴 그러니 그 제자 놈이 저 혼자 살겠다고 절을 버리고 무당파 같은 잡파에 숨어든 것이었겠지."

"……."

천상마불의 말에 범현 거사의 표정이 굳어졌다.

당연한 일이다. 범현 거사가 누구인가? 강호의 살아 있는 전설로 추앙받으며 무림맹의 원로로 자리해 온 그였다. 지난 수십 년간 그는 어느 누구에게도 지금과 같은 멸시를 받아본 적이 없다. 만약 그런 자가 있었다면 당장 목이 달아났을 것이다.

하지만 지금은 사정이 달랐다. 인정하기는 싫지만 쌍마불은 자신의 사숙조다.

"제자야, 네놈은 법명이 무엇이더냐?"

지상마불이 뭔가를 떠올린 듯 괴이한 웃음을 지으며 배은망덕 이편에게 말문을 돌렸다.

"예? 예… 저 그것이 미처 법명을 받지 못했습니다. 갑작스레 소림에 변괴가 생기는 바람에……."

"이런, 이런, 이 미련한 녀석. 그것은 변괴 때문이 아니니라. 부처의 세상은 늘 범인이 짐작할 수 없는 인연의 사슬로 얽혀 있나니… 오늘 우리가 네놈에게 법명을 주마. 제 생각이 어떻습니까, 형님?"

지상마불이 살며시 미소를 내비치며 천상마불에게 물었다.

"크하하하! 좋은 생각이구나. 중이라면 역시 법명을 받아야지. 음, 이 자리에서 당장 하나 지어주지 뭐. 음, 무엇이 좋을까? 우선 항렬을 고려해야 하니… 그래, 혜(惠) 자 돌림을 넣고… 음, 그 품행이 맑디맑으니 맑은 청(淸) 자를 붙여주면 되겠구나. 이제부터 네 법명은 청혜(淸惠)이니라. 알겠느냐?"

"……."

천상마불의 말에 범현 거사의 쌍미가 바짝 치켜져 올라갔다.

범현 거사에게 있어 그 말은 청천벽력이었다. 솔직히 범현 거사는 소림에 이편 같은 제자가 있는지도 몰랐다. 그도 그럴 것이 무림맹 비무대회가 끝난 직후에 그는 소림을 떠났기 때문이다.

그런데 소림에 들어온 지 채 반년도 지나지 않은 새파란 녀석이 자신의 사부와 같은 항렬을 사용하게 된 것이다. 즉, 이편은 이제 자신의 사숙이 되는 셈이다.

"사숙조님들, 그것은 있을 수 없는 일입니다! 어찌 소림의 질서를 어지럽히는 결정을 그렇게 독단적으로 내리십니까. 더욱이 두 분은… 흡!"

범현의 말은 그렇게 멈추어졌다.

갑자기 가슴으로 묵직한 통증이 전해져 왔기 때문이다. 범현은 믿어지지 않는다는 표정으로 지상마불을 쳐다보았다.

방금 전 지상마불은 교묘히 손목을 비틀어 손가락을 튕겨낸 것이다. 미공십팔류. 달마지나 탄지신통과 함께 소림사의 절기로 손꼽히는 지공(指攻)이었다.

'맙소사! 쌍마불의 시대가 아직도 저물지 않았단 말인가?'

범현은 씁쓸한 표정을 머금은 채 입을 다무는 수밖에 없었다.

"자, 그만들 하시지요. 오늘 저희가 이 자리에 모인 것은 대의를 위해서입니다. 자파의 문제는 나중에 조용히 해결해도 될 듯합니다."

쌍마불과 범현 거사의 대치 상황을 지켜보던 천우막이 그들을 진정시켰다. 더 이상 시간을 끌 수 없었기 때문이다.

천우막은 잠시 주위를 둘러본 후 다시 말을 이었다.

"지금 강호의 사정이 아주 미묘하게 돌아가고 있습니다. 천무밀교의 토벌을 위해 사평왕이 황실의 병사를 이끌고 직접 강호에 나선 일에 대해선 이미 모든 분들이 알고 계시리라 믿습니다. 사실 강호의 일에 황실이 나서는 것은 바람직하다고 할 수 없습니다. 더욱이 그들의 움직임엔 뭔가 미심쩍은 부분이 있습니다. 어떤 이유에서인지 현재 관군은 천무밀교와의 전면전을 피한 채 미미하게 국지전만을 펼치고 있습니다. 결국 이제 남은 희망은 여기 모이신 무림동도들 뿐입니다."

천우막은 나지막한 음성으로 말한 후 좌중을 둘러보았다.

그런데 그때였다.

"말씀 도중에 정말 죄송합니다. 하지만 저 오류문의 오관필이 영 이해가 가지 않는 것이 있어 천 방주께 여쭈어보고자 합니다. 왜 방주께서는 무림맹의 맹주인 화산을 배제한 채 단독으로 소집령을 내셨는지요?"

"저 백천문의 백승목 역시 이해할 수 없는 일이 있습니다. 사실 얼마 전 화산파로부터 무림맹 소집에 관계된 초대장을 받았습니다. 천 방주께서 소집령을 낸 지 불과 보름 후의 일입니다. 더욱이 이곳으로 오는 길에 관군들의 제지를 받았습니다. 그들이 말하길, 관군과 무림맹이 동맹을 맺고 조만간 천무밀교를 토벌할 계획이라고 했습니다. 그러니 굳이 소림에 갈 것 없이 보름 후 화산파에서 개최되는 무림회의에 참석을 하라고 하더군요. 길을 돌아 이곳에 당도하긴 했으나 뭔가 이상하다는 느낌을 지울 수 없군요."

"음… 그랬구려. 말은 안 했으나 나 역시 관군을 만났소."

"나 역시 그렇소."

오관필과 백승목에 이어 일도(一刀) 파륭천, 고검왕(孤劍王) 고세영, 갑수(甲手) 추록, 상아검(象牙劍) 최륵 등 오늘 소림사에 당도한 협객들이 하나같이 입을 모았다.

…….

그들로 인해 실내는 잠시 무거운 정적에 휩싸이게 되었다. 뭔가 불길한 예감이 들었던 것이다.

'아, 도대체 화산파의 저의가 무엇인가?'

천우막은 비로소 오늘 소림사에 모인 인원이 기대 이하인 까닭을 짐작할 수 있었다.

아무리 사파의 세력이 중원을 점거하고 있다 해도 아직 정도무림의 역사가 끝난 것은 아니었다. 곳곳에서 그들에 저항하거나 은거한 채 때를 기다리는 문파와 협객들이 있을 것이다. 만약 그들이 천우막이 내린 소집령을 보았다면 반드시 동참했을 것이다.

하지만 천우막이 미처 생각지 못한 부분이 있었다. 바로 화산파다. 화산파 역시 모종의 계략을 진행 중인 것이다.

'허허, 이것 참… 지금과 같은 혼잡한 상황에서 그나마 얼마 남지 않은 정도무림이 이 분되고 있다니… 첩첩산중이로구나.'

천우막을 비롯한 여러 인물들이 한결같이 깊은 한숨을 내쉬었다.

두 개의 무림맹

 다음날 아침, 무산과 당수정은 은밀히 천우막의 부름을 받았다.
 막상 그들이 천우막의 방을 찾았을 때 그곳엔 이미 이재천과 방초, 석금이 등이 도착해 있었다. 그들 역시 영문도 모른 채 불려온 듯했다.
 '음, 버르장머리없는 두백이와 방초도 와 있었군.'
 무산은 그들을 향해 눈을 찡긋한 후 천우막에게 시선을 돌렸다.
 "무산 아우와 수정이도 거기 앉지."
 천우막은 무산 내외에게 자리를 권한 후 그들의 얼굴을 지그시 쳐다보았다. 그리고 잠시 후 무겁게 입을 열었다.
 "지금 강호의 사정이 어떠한지는 자네들도 이미 들어 잘 알고 있을 것이네. 어제 우리들은 수뇌회의에서 몇 가지를 논의한 바가 있지. 그중 가장 중요한 것은 화산파 및 관군과의 공조 여부야. 어제서야 안 일이지만, 현 무림맹주인 화산의 백의천이 무림맹 소집령을 내렸다는군."
 "……."

좌중은 천우막의 표정과 말투에서 내심 심상치 않은 분위기를 감지해 냈다.

"순리대로 하자면 이번 회합은 화산에서 이루어졌어야 하네. 하지만 뭔가 미심쩍은 부분이 있어서 내가 소집령을 내린 것이야. 오늘 자네들을 부른 까닭도 거기에 있네. 젊은 협객들 중 내가 믿을 수 있는 사람들은 여기 모인 다섯 사람이 전부일세."

천우막은 '믿을 수 있는'이라는 부분을 강조하며 살며시 입술을 물었다. 그리고 천천히 다섯 사람의 표정을 살폈다.

소림사에 온 이후 천우막은 평소와 다른 모습을 보이고 있었다.

그는 지나치게 신중했고 조금의 장난기도 내비치지 않았다. 원래 의협심이 강했던 만큼 현 강호의 사정에 대해 누구보다 고심하고 있었던 것이다.

잠시 후 천우막의 말은 다시 이어졌다.

"각설하고… 누군가가 화산에 다녀와야 할 것 같네. 지금과 같은 처지에 정도무림에 내분이 일어난다면 그것은 곧 자멸을 의미하네. 우리 정도무림은 어느 쪽으로든 힘을 합쳐야 하지. 화산이 되었든 개방이 되었든. 문제는 강호의 분위기가 상당히 괴이하다는 것일세. 황실의 사정과 복잡하게 얽혀 자칫 대륙 전체의 혼란으로까지 번질 수 있다는 얘기지. 내가 굳이 화산을 배제한 이유는 거기에 있네. 당장의 위기를 모면하기 위해 훗날 불어올 폭풍을 생각지 않을 수 없기 때문이지. 음… 참고로 말하자면 어제 이곳에 온 범현 거사와 무당의 장 문주는 황태자와의 연대를 주장하고 있다네. 반면 화산은 사평왕의 군대와 공조를 꾀할 모양이더군. 다들 천무밀교를 제압하기 위해선 황실과 연대해야 한다고 생각하고 있는 모양일세. 나로서도 고민이 아닐 수 없군. 황태자냐, 아니면 사평왕이냐. 물론 강호의 자존심을 지키며 외로운 투쟁을 벌이는 방법도 있네. 이제 내가 자네들에게 부탁할 일은 그 세 가지 중 하나를 선택하는 데 있어 반드시 필요한 것이지."

무산은 금세 천우막의 의중을 간파할 수 있었다.

누가 뭐래도 개방의 정보력은 강호제일이었다. 그 짧은 시간 내에 대륙 각지에 소집령을 내릴 수 있었던 것 역시 개방이었기에 가능했다. 미묘하게 돌아가는 강호의 사정을 발빠르게 간파해 낸 것 역시 같은 맥락으로 이해할 수 있다.

하지만 최근 대륙 각지의 개방 제자들이 소림에 모인 이후 천우막은 강호의 소식에 얼마간 둔감해질 수밖에 없었다. 정도무림의 세력이 워낙 보잘것없는 까닭에 그들 모두를 소림에 규합시킨 것인데, 그로 인해 거미줄처럼 짜여 있던 정보망이 끊어진 것이다.

사실 천우막은 화산이 움직이기 시작했다는 사실을 어제서야 알 수 있었다. 그나마도 타 문파에 의해 소식을 듣게 된 것이다.

화산의 움직임은 한편으론 반갑고 다른 한편으론 걱정되는 일이었다.

현 상황에서 정도무림이 하나로 합쳐진다면 최대한 빠른 시일 내에 거대한 세력을 형성할 수 있다. 하지만 화산과 사평왕이 모종의 음모를 꾸미고 있고, 그로 인해 무림맹이 희생된다면 무림정파는 재기 불능의 상태에 빠지고 말 것이다.

천우막이 화산과의 동맹을 경계하는 이유가 바로 그것이었다. 그런 만큼 그는 지금 화산에 전령을 보내 그들의 의중을 확인할 생각이었다. 그래서 자기 주변의 젊은이들 중 영리하고 믿을 만한 후학들을 뽑아 전령으로 삼고자 하는 것이다.

"천 방주님, 몇 명이나 보낼 생각입니까?"

무산은 천우막의 표정을 살피며 조심스레 물었다.

솔직히 초화공과 백의천의 음모, 그리고 현 강호의 형편에 대해 누구보다 정확히 아는 인물이 바로 무산 자신이었다. 그는 소뢰를 정보원으로 활용하고 있기 때문이다.

"글쎄… 두 사람 정도가 적당할 것 같군. 여기 모인 다섯 사람은 각 파의 후기지수네. 또한 내게는 가족이나 진배없지. 만약을 위해서라도 세 사람 정도는 이곳에 남아주었으면 하네."

천우막의 말에 좌중은 서로의 얼굴을 쳐다보았다.

화산으로 가는 길에는 얼마간의 위험이 도사리고 있을지도 모른다. 각지에 천무밀교의 세력이 깔려 있다. 게다가 몇십 년 만의 엄동설한이라 고생길이 아닐 수 없다. 각 파의 후기지수들은 그 점을 너무 잘 알고 있었다.

가뜩이나 게으르고 뺀질뺀질한 그들이 눈치만 살피는 것은 어쩌면 당연한 일이었다.

[부인, 아무래도 내가 다녀와야 할 것 같소.]

무산은 걱정스런 눈빛으로 자신을 바라보는 당수정에게 전음을 보냈다.

[무슨 말씀이세요, 서방님. 서방님이 나서는 거 좋아하는 성격인 건 잘 알지만, 이런 위험한 일에는 좀 빠지세요. 서방님은 더 큰일을 하실 분이에요.]

[후— 그건 그렇소.]

[호호, 뱃속의 아기를 생각하셔야지요. 절대 앞으로 나서지 마세요.]

당수정이 배시시 웃으며 볼록 튀어나온 배를 어루만졌다.

"자, 누가 나서주겠는가?"

잠시의 시간이 흐른 후 천우막이 좌중을 둘러보며 물었다.

"사부 영감, 석금이가 간다."

시종 천우막의 말에 귀 기울이던 석금이가 벌떡 일어서며 말했다.

하지만 석금이를 바라보는 천우막의 시선엔 얼마간 곤혹스러움이 담겨져 있었다.

자기 제자가 위험한 일을 자처했기 때문이 아니다. 다만 석금이는 지나치게 순박해 이번 일에는 그다지 적합하지 않음을 알고 있기 때문이다.

천우막은 대답을 회피한 채 남은 네 사람의 표정을 살폈다. 하지만 그들은 천우막의 시선을 피한 채 멀뚱히 천장만 바라보고 있었다.

"음… 그 외엔 아무도 없는가?"

…….

잠시 어색한 침묵이 흘렀다.

참 특이하게도 그 자리에 앉아 있는 네 명에게선 의협심이라곤 벼룩의 발톱만큼도 느껴지지 않았다.

'어쭈, 나야 가정을 지키기 위해 참는다. 방초 저 계집애야 원래 이런 일과는 어울리지 않는 계집애다. 하지만 저 싸가지없는 두백이 놈은 왜 딴전을 부리는 거지?'

무산의 눈길이 잠시 이재천의 뻔뻔스러운 얼굴에 가 닿았다.

[부인, 아무래도 내가 다녀와야 할 것 같소.]

무산은 다시 한 번 당수정을 설득해 보기로 했다.

물론 넘쳐 나는 의협심 때문은 아니었다. 다만 당문에서 내쫓긴 후 무산은 오로지 명예 회복만을 노리고 있었던 것이다.

[자꾸 왜 그러세요, 서방님.]

[다 우리 가족의 명예를 위해서라오.]

[…….]

당수정은 그제야 무산의 마음을 이해할 수 있을 것 같았다. 무산은 지금 자신과 당개수의 명예로운 당문 복귀를 위해 무리수를 두고 있는 것이다.

'그래, 남편의 일 가운데 밤일 다음으로 중요한 것은 가족의 명예를 지켜주는 일이야. 태어날 아기를 위해서라도 당당한 아버지의 모습을 보여줘야 해.'

무산은 흔들리는 마음을 모질게 부여잡았다.

"천 방주님, 제가 가겠습니다."

천우막은 마치 예상이라도 했다는 듯 가볍게 고개를 끄덕이며 무산을 바라보았다.

"역시 무산 아우군. 수정이가 임신 중이라 결정이 쉽지 않았을 텐데……."

"뭐, 별일이야 있겠습니까. 다만 석금이와 함께 갈 수는 없습니다. 현재 개방 제자 대부분이 소림사에 모여 있습니다. 석금이는 당연히 그들을 관리해야 하지요. 더욱이 이번 일로 화산파는 개방에 대해 얼마간 섭섭한 마음을 품고 있을 겁니다. 이 일에 개방 제자는 적합하지 않을 것 같군요."

"그래, 자네 말도 일리가 있군. 하지만……."

천우막은 무산의 말이 내심 고마우면서도 왠지 미안한 생각이 들었다. 그 무거운 짐을 무산 한 사람에게 떠맡기고 있다는 생각이 들었기 때문이다.

"하하, 걱정하지 마십시오. 석금이만은 못하지만 나름대로 영악한 두백 아우를 데리고 갈 생각입니다. 천 방주께선 그저 제 집사람이나 잘 돌봐주십시오."

"……."

무산의 말에 이제껏 천장만 쳐다보며 딴전을 피우던 이재천이 화들짝 놀랐다.

하지만 음흉한 미소를 짓고 있는 무산, 흡족한 웃음을 웃고 있는 천우막의 표정과 마주쳤을 때 그는 이미 빠져나갈 구멍이 없음을 깨달았다.

'저 웬수 같은 위인이 또 무슨 수작을 부리는 거야?'

'헤헤, 두백아. 이 사형이 물귀신에게 배운 것이 많느니라. 넌 제대로 걸린 거야.'

이재천과 무산의 눈에서 불꽃이 일기 시작했다.

그날 밤, 숭산에 함박눈이 내렸다.

우물물 얼어붙는 소리가 경내에 울렸고 밤새들조차 둥지 밖으로 나오려 하지 않았다. 어디선가 우지끈, 쌓인 눈의 무게를 못 이기고 나무 가지가 부러져 나갔다.

한겨울 사찰은 온전한 어둠에 싸인 채 그렇게 잠들어갔다.

하지만 무산과 당수정의 처소에선 밤늦게까지 황촛불이 타고 있었다.

"흐흐흑… 서방님, 저도 따라갈래요."

"허허, 부인. 화산까지는 결코 쉬운 거리가 아니오. 게다가 밖은 엄동이 아니오. 나 역시 마음이 아프다오. 저 황초가 떨구는 촛농을 보시구려. 지금 내 마음이 저렇게 처절하게 울고 있소."

"으, 으아아앙— 싫어요. 그래도 따라갈래요."

당수정은 막무가내로 무산의 가슴을 파고들며 떼를 썼다.

무산이 바늘이라면 자신은 실이어야 한다는 것이 당수정의 생각이었다. 아이가 생겨서일까. 강호를 떠들썩하게 하던 당찬 여협의 모습은 어디에도 남아 있지 않았다.

그렇다고 그 더러운 성질이 완전히 죽은 것은 아니었다.

"부인, 맹꽁이처럼 뽈록 튀어나온 배로 어딜 따라나서겠다고 그러시오. 자중하고 태교에 전념하시구려."

몇 시진째 계속 이어진 당수정의 앙탈에 지쳐 무산이 언성을 높였을 때 당수정은 비로소 옛모습을 되찾기 시작했다.

"맹꽁이? 흐흐흑… 비 맞은 꽃사슴을 어떻게 맹꽁이에 비유하실 수가 있지요? 꽃사슴이 맹꽁이면 모닥불님은 꼴뚜기예요."

"꼴뚜기? 어허, 내가 그렇게 태교에 전념하라 일렀건만… 하늘 같은 지아비에게 어찌 그런 망발을… 철딱서니없는 망아지를 거두어주었더니……."

"망아지? 거둬줘? 어떻게 그런 터무니없는 말을. 서방님! 째진 입이라고 그렇게 지껄이시면 꽃사슴이 슬프잖아요."

당수정은 표독스런 눈으로 무산을 노려보았다.

한동안 잠잠하던 여걸의 피가 들끓기 시작한 것이다. 잠들어 있던 오기가 날치처럼 파닥거렸고 독으로 단련된 손톱이 윤기를 되찾았다.

하지만 고리타분한 대륙의 풍습은 무산의 편에 있었다.

"째진 입? 수정, 자꾸 이러면 대륙의 법도에 따라 당신을 내치고, 말 잘 듣는 후처를 들이는 수가 있소이다!"

"후처? 으아아앙—"

가물거리며 타는 황초의 촛농은 결코 무산의 눈물이 아니었다.

누천년 대륙의 여인들이 여자라는 이유로 떨궈야 했던 눈물이었다. 또한 배신감에 치를 떠는 당수정의 눈물이기도 했다.

'나쁜 놈! 정말 그랬다간… 잘라 버릴 거야!'

당수정은 빠도독, 이를 갈며 맹세했다.

무산과 당수정의 이별 전야는 그렇게 살벌한 분위기 속에서 흘러갔다.

다음날 새벽, 은밀하게 소림사를 벗어나는 두 개의 인영이 있었다.

한 놈은 잘난 놈이었고 다른 한 놈은… 만만치 않게 잘난 놈이었다.

그랬다. 무산과 이재천. 적어도 그 둘은 뺀질뺀질한 외모에선 용호상박이었다.

"두백 아우, 자네는 울며불며 매달리는 마누라가 없어서 정말 좋겠군. 어젯밤에도 잠 잘 잤을 거야. 그렇지?"

"……."

산문을 벗어나며 무산이 은근한 어조로 말했다.

어젯밤 무슨 일이 있었는지는 알 수 없으나 얼마간의 뿌듯함이 배어 나오는 음성이었다.

하지만 이재천의 입장에서 보자면 무산은 영 가엾은 몰골이었다.

'이 인간, 밤새 시달린 모양이군. 두 눈에 핏발 선 것 좀 봐라. 그렇게 몸도 부실한 위인이 왜 장가를 가가지고…….'

이재천은 한심하다는 듯 고개를 설레설레 저었다.

따지고 보면 그 역시 색마의 후예였다. 배운망덕 이편이 공인한 실력으로, 한때 북경 여자 대부분이 이재천 때문에 몸살을 앓았다. 무산 같은 날초보와 비할 바가 아니다.

하지만 무산은 여전히 자아도취에 빠져 주접을 떨어댔다.

"하지만 자고로 사내는 장가를 가야 어른이 되는 것이야. 그것은 두백이 자네만 보아도 알 수 있지. 비록 자네가 나보다 나이는 많지만 아직 장가를 가지 못해 철이 없지 않은가. 강호의 정의나 대륙의 장래 등 거국적인 고민을 하지 못하는 이유도 거기에 있지."

"……."

이재천은 처음부터 무산이 마음에 들지 않았다.

더욱이 지난번에 두드려 맞은 후로는 그를 인간같이 여기지 않았다. 하지만 그런 불쾌한 감정을 겉으로 드러내지는 않았다. 힘을 키워 복수할 수 있을 때까지 참기로 한 것이다.

한 달 전, 용문도장 앞에서 벌어진 팽이와 일소천의 비무에서 팽이는 난생처음 일소천을 꺾었다. 그가 그토록 심혈을 기울였던 파룡도법 제6초 파룡천(破龍天)이 비로소 용등연검법을 깬 것이다.

물론 정당한 승부라고는 할 수 없었다.

일소천은 용등연검법 제6초 삼고양박(三苦兩迫)으로 팽이의 파룡천과 맞부딪쳐 갔으나, 마지막 순간 자신의 초식을 얼마간 회수했다.

만약 그 상황에서 자신이 다시 팽이를 꺾는다면 다시는 져줄 기회가 없을 것 같았기 때문이다.

어쨌거나 일소천을 꺾은 팽이는 기쁨에 겨운 나머지 그날 팽가객잔에서 잔치를 열었다. 40여 년 동안 쌓였던 해묵은 한을 말끔히 씻어내는 순간이었다.

반면 팽이가 승리에 도취됨으로써 이재천 구타 사건은 흐지부지 묻혀버리게 되었다. 이제 그것을 기억하는 사람은 오로지 이재천, 그 한 사람뿐이었다.

"이보게, 두백이. 무림인은 의(義)와 협(俠)을 위해 초개같이 목숨을 버릴 수 있어야 한다네. 내가 굳이 자네를 지목해 동행하고자 한 것은 그런 의협심을 심어주기 위해서지. 앞으로 자네는 이 사형을 통해 많은 것을 배우게 될걸세."

무산은 헤벌쭉 웃으며 계속 이재천의 염장을 질렀다.

그럼에도 이재천은 꾸준히 침묵을 유지했다. 마치 바위처럼, 산처럼 묵묵히.

물론 속에서는 열불이 났고 메추리 떼보다 소란스런 욕설들이 끊임없이 쏟아지고 있었다.

'이런 쓰벌… 제 눈에 안경이라고, 맹꽁이 같은 마누라가 자랑거리냐? 대가리에 피도 안 마른 것들이 발랑 까져 가지고… 꼴에 의협심? 초개같이 목숨을 버려? 그래, 조만간 의협남 이재천이 네놈을 초개처럼 짓밟아주마. 파룡도법 전6식이 완성되는 바로 그날 말이다. 낄낄낄!'

그러거나 말거나… 무산의 말은 계속 이어졌다.

"그래, 자네가 많이 얌전해졌군. 진작에 그랬으면 그렇게 복날 개처럼 쥐어터지지는 않았을 텐데. 앞으로도 자중하게, 두백이."

두 개의 무림맹

한편 화산파는 그 어느 때보다 분주했다.

백의천은 무림맹주라는 신분을 이용해 각 파의 고수들에게 소집령을 내렸다. 이후 강호의 영웅들이 속속 화산에 모였다.

비록 천무밀교를 피해 달아난 문파와 세가의 협객들이 대부분이었으나 대륙 각지에서 모인만큼 결코 무시할 수 없는 세력이었다.

정파에 소속된 무림인들은 처음엔 개방이 내린 소집령을 보고 소림사로 향했다. 하지만 대부분의 무림인들이 결국 발길을 돌려 이곳에 이르게 되었다. 길목마다 진을 치고 있던 사평왕의 군사들이 그들을 화산으로 안내한 것이다.

어찌 보면 그것이 순리였는지도 모른다, 무림맹의 맹주는 분명 화산의 백의천이었으므로.

지난 비무대회 이후 화산의 위명은 강호에 널리 퍼졌다.

상대적으로 소림의 범현 거사와 아미파의 적선 사미, 무당파 장소천의 시대는 저물게 되었다.

더욱이 소림과 아미는 천무밀교에 의해 처참하게 짓밟히기까지 했다. 강호인들은 천무밀교의 잔혹함에 분개하기보다는 소림과 아미의 무능함을 탓했다.

무림인들이 화산파에 모인 또 하나의 이유가 거기에 있었다. 그들은 새로운 지도자를 원하고 있는 것이다.

개방의 천우막이 소림에서 협객들의 단합을 주장할 때 백의천은 화산에 집결한 무림인들에게 관군과 공조하고자 하는 뜻을 밝혔다.

만약 10년 전에 그런 얘기를 꺼냈다면 아마도 백의천과 화산파는 사이비로 낙인 찍혔을 것이다. 하지만 지금은 사정이 달랐다. 정파무림인들은 어떤 식으로든 꺾여진 자존심을 회복해야 했기 때문이다.

화산도장의 매화당(梅花堂).

뜻밖의 손님들이 그곳에 있었다.

"음, 그러고 보니 언뜻 기억이 나는군. 자네는 열해도 팽 대협의 제자였지, 아마."

백의천은 부드러운 표정으로 이재천을 바라보았다.

그로서는 기대하지 않은 일이었다.

개방이 소림을 재탈환한 후 정파의 세력을 모으고 있다는 소식을 들었을 때는 사실 불쾌한 마음이 앞섰다. 무림맹주를 무시한 채 사사로이 소집령을 내린 것은 어디까지나 월권이었기 때문이다.

하지만 백의천은 아무 말도 할 수 없었다.

소림과 아미를 위시해 여러 정파의 세력이 천무밀교에 잠식당하는 것을 보면서도 자신은 손끝 하나 까딱하지 않고 있었기 때문이다.

그는 천우막의 소집에 분노하는 대신 초화공과 상의해 정파무림의 소집 시기를 앞당겼다. 주도권을 빼앗긴다면 모든 일이 수포로 돌아갈 것이므로.

그렇게 해서 현재까지 3만여 명의 세력을 화산에 집결시켰다.

비록 소집령을 내는 시기는 늦었지만, 관군의 협조 덕분에 맹주로서의 위신을 지키게 된 셈이다.

그런데 비로소 천우막이 사람을 보내왔다.

물론 젖비린내 나는 후학들에 불과했지만, 그것만으로도 만족스러웠다. 소림의 사정이 좋지 않음을 간파할 수 있었기 때문이다.

"맹주께서 저같이 하찮은 후학을 기억해 주시다니, 감사할 따름입니다."

이재천은 공손하게 예를 갖추어 대답했다.

"허허, 그게 무슨 소린가. 준결승에서 어이없게 패하기는 했으나, 내 자네를 유심히 살펴보았네. 과연 열해도 선배의 후학답더군. 그나저나, 같이 온 젊은이는 누구인가?"

백의천은 이재천에게 다감한 미소를 건네며 물었다.

"예, 혼자 오기 뭣해서 아우를 데리고 왔습니다. 이 아이는 당문 제자로 이름은 무산이라 합니다."

이재천은 무산의 눈치를 살피지도 않은 채 곧장 대답했다.

나이로 보나 강호에서의 인지도로 보나 백의천을 상대하는 데 적합한 인물은 이재천이었다. 적어도 그는 열해도 팽이의 수제자였으며 무림맹 비무대회에서도 4강에 올랐다.

'뭐야, 이거… 아무리 그래도 그렇지 천하의 무산이 이렇게 초라해져도 되는 거야?'

무산은 속이 부글부글 끓어올랐지만 일단 참는 수밖에 없었다.

어쩔 수 없는 일이었다. 이재천은 뼈대있는 가문의 자식이다. 그 자신은 개망나니였지만 아버지는 대학사 출신으로, 당대 최고의 유학자였다. 자식의 후광이 되어줄 만큼 너른 인지도를 가지고 있었던 것이다.

"……."

잠시 차를 마시는 동안 백의천은 이재천에게 몇 가지 사적인 질문들을 했다. 출신 배경을 시작으로 열해도와 인연을 맺게 된 사연까지.

그사이 백의천은 이재천에게 얼마간의 호감을 가지게 되었다. 이재천의 부친에 대한 명성을 귀따갑게 들어왔기 때문이다.

"하하, 이거 정말 뜻밖이군. 오늘 내가 대륙 최고의 유학자 이당 선생의 자제를 만나게 되다니 말이야. 음… 그건 그렇고, 옆에 계신 후배님은 출신이 어찌 되시는가?"

백의천은 사람 좋은 웃음과 함께 무산에게 시선을 돌렸다.

하지만 그 질문에 답한 것은 이재천이었다.

"하하. 출신은요, 무슨……. 천애고아인 것을 당문의 당개수 어른이 거두어주셨지요. 그분이 참 훌륭한 분입니다. 백정의 씬지 오랑캐의 씬지 알 수도 없는 이 녀석을 사위로 삼으셨으니 말입니다. 하하하!"

"……."

이재천은 아주 지능적으로 무산에게 보복을 가하고 있었던 것이다.

'뭐? 백정의 씬지 오랑캐의 씬지 알 수도 없는 녀석? 빠드득! 남들은 다 포기했다지만 나만은 네놈을 결코 포기하지 않으마. 매로 확실하게 다스려 인간으로 만들어놓겠단 말이지. 아주 짧은 시일 안에. 빠드득!'

무산은 적잖이 기분이 상했지만 그저 찻잔을 어루만지며 분을 다스릴 수밖에 없었다. 대의를 위해.

"그래, 이제 천 방주가 자네들을 내게 보낸 이유에 대해 듣고 싶군."

어느 정도 시간이 지난 후 백의천이 담담하게 물었다.

손님에 대한 예의는 갖출 만큼 갖추었으니 이제 공적인 대화를 나눌

차례였다.

"예, 천 방주께선 무림정파의 단합을 원하고 계십니다."

잠시 멈칫거리던 이재천이 조심스럽게 말했다.

"그래? 일단 목적은 같군."

백의천은 처음으로 불쾌한 기색을 드러내며 비아냥거리듯 말했다.

무림맹주인 자신을 무시한 채 함부로 소집령을 낸 것에 대한 불만을 내비친 것이다. 그는 길게 한숨을 내쉰 후 다시 입을 열었다.

"한 가지 묻겠네. 현 무림맹의 맹주가 누구인가?"

"물론……"

"한 가지 더 묻지. 도대체 소림사에 모인 정파무림인의 수가 몇 명이나 되는가?"

백의천은 이제까지와는 달리 냉랭하고 저돌적인 자세로 대화에 임했다. 온화하던 미소는 이미 사라져 있었다.

"약 3천 명입니다."

"그렇군. 우리 화산에 모인 정파의 세력은 3만이네. 하지만 천무밀교나 구황문에 대항하기에는 턱없이 부족한 규모지. 그래서 우리는 관군과 동맹을 맺을 생각이네. 자, 마지막으로 묻겠네. 소림사의 협객들은 어찌하겠는가? 독자적으로 소집령을 낸 것처럼 이번에도 독자적인 싸움을 고집하겠는가?"

"……"

이재천의 입이 무겁게 닫혔다.

백의천의 말이 간략하면서도 핵심을 관통하는 것인 반면, 자신들에겐 아무런 명분도, 대안도 없었기 때문이다.

그런데 그때 무산이 비로소 입을 열었다.

"말씀 도중 죄송합니다만… 이번에 개방이 맹주의 허락도 없이 소집령을 내린 데는 피치 못할 사정이 있었습니다."

무산의 말에 한순간 백의천의 표정이 굳어졌다.

"그래? 무슨 사정인지 얘기해 줄 수 있겠는가?"

"예, 사실 천 방주께선 천무밀교만큼이나 사평왕이 이끄는 관병을 경계하고 계십니다. 그들이 역심을 품고 있다는 정보가 입수되었기 때문이지요."

"그래? 그럴 수도 있겠군. 하지만 그것이 화산과 무슨 관계가 있지? 나는 무림맹주일세. 천 방주가 나를 무시했다면 나 역시 그를 무시할 수밖에 없군. 사실 지금 소림사에 머물고 있는 범현 거사나 무당파의 장소천, 그리고 얼마 전에 죽은 아미파의 적선 사미는 나와 사이가 좋지 않지. 나로선 개방의 천 방주가 그들의 사주를 받은 것이 아닌가 오해할 수밖에 없군."

"그럴 리가 있겠습니까."

"아닐세. 자네들은 아직 젊어서 깊숙한 사정까지는 알 수 없을 게야. 솔직히 나로선 천 방주가 자네들처럼 어린 후학을 보낸 것이 불쾌하네. 자네들에겐 이 일에 대한 결정권이 없지 않은가. 그런데 어떻게 주요 사안을 논의할 수 있겠는가. 솔직히 말하지. 나 역시 정파의 단합을 원하고 있네. 하지만 천 방주 등의 의도를 도통 이해할 수 없어. 무림맹주를 무시한 채 소수의 무리를 형성한 것도 그렇고, 밑도 끝도 없이 자네들을 보낸 것도 그렇다네. 도대체 천 방주는 자네들을 내게 보내 어떤 정보를 얻고자 하는 것인가. 나와 사평왕과의 관계? 사평왕이 역심을 품고 있는지의 여부? 천 방주야말로 황실의 개를 자처하고자 하는 것인가? 내 생각에 현재 무림정파의 단합을 해치고 있는 것은 소림에 모인 괴팍한 노인들일세. 음, 확실하게 내 뜻을 밝히지. 정녕 강호를 지키고자 한다면 화산으로 모이라 하게. 천 방주에게든 범현에게든 그렇게 전해주면 될 것이야."

"……."

무산과 이재천으로선 아무런 항변도 할 수 없었다.

단지 방식이 다를 뿐이다. 다소 권위적이고 자기 위주이기는 했으나 백의천 역시 나름의 방식으로 정파무림을 수호하고자 하는 것이다.

소림과 화산, 과연 누구의 판단이 옳은지는 아무도 알 수 없다. 하지만 한 가지 분명한 것은 이로써 정파무림이 두 무리로 분열되리라는 점이었다.

백의천은 굳이 소림사에 모인 소수의 세력을 필요로 하지 않았으며, 소림사에 모인 협객들 역시 사평왕의 역모에 가담하려 하지 않을 것이기 때문이다.

"아, 한 가지 충고를 잊고 있었군."

백의천이 지그시 눈을 감으며 입을 열었다.

"천무밀교는 조만간 황궁을 향해 북상할 걸세. 하지만 소림사를 치는 것도 잊지 않을 것이야. 무림정파를 한꺼번에 청소할 좋은 기회니까. 만약 화산에 합류할 생각이 없다면 나름대로 대책을 마련하는 것이 좋을 게야!"

"……."

"……."

무산과 이재천은 아무 말도 하지 못한 채 서로를 바라보았다.

솔직히 방금 전 백의천이 한 말은 그들이 염려하고 있는 부분이기도 했다.

'후— 혹시 우리 팽두파가 줄 잘못 선 거 아냐?'

'젠장, 천 방주를 따라가는 게 아니었어.'

무산과 이재천은 길게 한숨을 내쉬며 서로의 얼굴을 외면했다.

8장
영웅 천하

그곳은 폐허…
재가 쌓이고 무너진 불상과
피지 않은 꽃과
막 내리기 시작한 어둠이 있다.

1
영웅 천하

"휴우— 정말 환장하겠군!"

이편은 얼굴에 묻은 땀을 소매로 닦아내며 길게 한숨을 내쉬었다.

오늘도 변함없이 악몽에 시달렸다. 방초 때문이다. 그녀가 다시 소림사에 나타난 이후 이편의 짧은 평화는 곰 발바닥에 찍힌 살얼음처럼 산산이 깨져 버렸다.

'음… 아무래도 굿을 하든지 해야지, 도저히 못 참겠다. 아니지, 그래도 불제자이자 소림의 기둥인 내가 굿을 할 수야 없는 일이지.'

이편은 무릎 사이에 머리를 끼워 넣고 힘껏 조였다.

그것도 모자라 머리카락을 쥐어뜯기 시작했다. 볼 살을 잘근잘근 씹었다. 욕정을 다스리자면 어쩔 수 없는 일이었다.

'휴— 그래도 한결 낫군!'

머리카락이 무더기로 빠지고 입 안으로는 피가 고였다. 고통으로 인해 온몸에 소름이 돋았다. 그럼에도 이편은 얼마간 안정을 되찾을 수 있었다.

'어라? 송곳만은 못하지만 이런 방법도 위로가 좀 되네?'

이편은 고개를 치켜들며 배시시 웃음을 내비쳤다.

그 순간 입 안에 고여 있던 피가 주르륵, 입가로 새어 나와 턱을 적셨다.

'휴— 정말 못할 짓이군. 주유청 그 몹쓸 위인, 송곳을 빌려갔으면 돌려줘야 할 거 아냐! 정말 인생에 보탬이 안 되는 곰탱이군. 그래, 어린 계집애 하나 휘어잡지 못해서 불가 제자에게 이런 고통을 안겨주나? 너 이놈, 천당 가긴 다 글렀는 줄 알아라.'

새벽이 오려면 아직 멀었으나 어차피 잠은 달아난 지 오래다.

이편은 자세를 고쳐 잡아 가부좌를 틀었다. 그리고 조용히 염불을 외기 시작했다. 심마를 다스리기 위해서였다.

"나무아미타아하— 부울 관세으음보오살······."

낭랑한 염불 소리는 방 안을 맴돌다가 이편 자신의 귓전으로 되돌아오고 있었다. 요동 치던 색욕이 조금씩 잦아들었다.

하지만 그것도 잠시였다.

"나무아미타아하— 부우울 관세으음보오살··· 아얏!"

낭랑하게 뻗어가던 이편의 염불은 갑자기 비명으로 변하고 말았다. 무엇인가 묵직한 통증이 뒤통수로 전해졌기 때문이다.

"이런 염병할 놈, 네놈이 지금 이 노인네들 일찍 죽으라고 염불하는 것이 분명하렷다!"

"물어보나마나다, 지상아. 불문곡직하고 두들기자꾸나."

지상마불과 천상마불이었다.

이편은 밤마다 처소로 찾아드는 방초를 감당할 수 없어 며칠 전 이들 쌍마불의 방으로 잠자리를 옮겼다. 다행히 방초의 저돌적인 입방(入房)

을 막을 순 있었으나 지금과 같은 봉변을 당하기 일쑤였다.

"어이쿠, 아야야— 그만 좀 하세요, 사부님들. 중놈이 염불 외는 게 무슨 죄라고 이러세요! 이러다 하나밖에 없는 제자 죽습니다!"

이편은 뒤통수를 감싼 채 바닥을 나뒹굴며 소리를 내질렀다.

"이놈아, 잠자리까지 내줬으면 됐지, 이 늙은이들이 불면증 걸린 제자놈 염불까지 들어줘야 한단 말이더냐?"

지상마불이 들고 있던 목침을 아무렇게나 내던지며 씩씩거렸다.

"아니다, 지상아. 생각해 보니 저 녀석이 요즘 통 힘이 없는 것 같더구나. 제자에게 고민이 있으면 들어주는 것도 사부의 도리. 곡소리 나게 두들기더라도 한번 들어나 보고 두들기자꾸나. 우리도 이제 삶의 방식을 바꿔봐야지."

"음… 일리가 있습니다, 형님. 이참에 우리 좌우명을 불문곡직에서 일문곡직(一問曲直)으로 바꾸기로 하지요."

얼마간 잠이 깬 천상마불과 지상마불이 고개를 주억거리며 말을 주고받았다.

매번 느끼는 바지만 그들의 대화는 한마디 한마디가 폭력을 전제로 한 것들이었다. 제자 주눅들이기에 딱 알맞은 이야기들이었다.

하지만 그나마도 얼마간 발전한 형태였다.

최근 쌍마불은 심마에서 벗어나기 위해 발버둥 치는 중이었다. 수십 년간 뇌옥에 갇혀 지내며 나름대로 깨달음을 얻은 데다 이편의 선도가 있었기에 가능한 일이었다.

"그래, 망덕아. 네놈은 이 야심한 시각에 왜 홀로 깨어 염불을 외었던고?"

천상마불이 살며시 웃음을 머금으며 물었다.

나름대로 인자한 표정을 지으려 노력하는 모습이 역력했다. 그럼에도 수행이 덜된 탓에 아직은 사특함만이 물씬 풍겨 나올 뿐이다.

물론 천상마불 자신은 눈이 없어 잘 알지 못하겠지만.

"예, 사부. 사실은… 대자대비하시고 신통자재하신 불보살님을 기리며 지난날의 악업을 참회하고 청정무구한 부처님의 세계에 머물고자 하는 마음에서였지요. 더불어 갈 곳을 몰라 헤매는 영혼들을 밝은 길로 인도하고 모든 중생이 정법의 나라, 부처님의 나라에 들 수 있도록……."

퍽! 퍼퍼퍽!

"끄아아—"

"이런 씹어 먹어도 시원찮을 놈! 기회를 주었건만, 네놈이 감히 이 사부들을 속이려 드느냐! 어떤 미친 중놈이 야밤에 자다 일어나 그런 바람직한 일로 부처를 깨우겠느냐. 그런 중놈은 더 이상 중놈이 아니니라. 생불(生佛)이니라!"

이편의 주접을 듣고 있던 천상마불이 노호성을 터뜨렸다.

'어휴— 영감이 기력이 넘쳐 나는군. 마음만 먹으면 지금이라도 장가 들어서 후사를 이을 수 있겠다.'

이편은 뒤통수를 감싼 채 방바닥을 나뒹굴었다.

그런데 곰곰이 생각해 보니 천상마불의 말에도 일리가 있었다. 이왕 이렇게 된 것, 이편은 솔직하게 털어놓기로 했다.

"흐흐흑… 사부님들, 왜 이렇게 제자의 고초를 몰라주십니까. 제가 오죽하면 이 밤중에 일어나서 염불이나 외고 있겠어요."

"어절씨구리, 그래, 재미있겠구나. 어서 한번 읊어보거라."

지상마불이 이편 앞으로 다가가 앉으며 헤벌쭉 웃었다.

"제가 어쩌다가 배은망덕이라는 외호를 가지게 되었는지는 이미 말씀드린 바 있지요? 왜 용문가에서 나와 소림사의 땡중이, 아니, 스님이 되었는지도 말씀드렸구요. 흐흐흑, 그런데 이 제자가 말씀드렸던 그 방초라는 아이가 소림사에 왔지 않습니까요. 사실 제가 잠자리를 이곳으로 옮긴 것도 다… 흐흐흑!"

이편은 바닥을 치며 흐느끼기 시작했다.

"방초? 음, 그 여자 홍성기라는 계집애 말이더냐? 그래, 그랬구나."

"형님, 그럼 망덕이 이놈이 지금 색정(色情)에 시달리고 있는 겝니까? 후우— 이런 싸가지없는 놈. 이 늙은 사부들을 봉양하기 위해 잠자리를 옮겼다더니 새빨간 거짓말이었구나."

쌍마불은 길게 한숨을 내쉰 후 눈알이 없는 휑한 눈을 서로에게 향했다.

하지만 그것도 잠시 쌍마불의 입가에 가벼운 미소가 스쳐 갔다.

"푸하우— 그래도 우리가 제법 잘난 놈을 제자로 거둔 것 같구려, 형님."

"하긴 너나 나나 젊은 시절 비슷한 고민을 하지 않았더냐. 너무 잘나서. 하하하! 역시 제비의 자식은 제비일 수밖에 없는 것인가?"

"……."

갑작스런 쌍마불의 반응에 이편은 절로 한숨이 나왔다. 자신으로선 결코 쌍마불처럼 가볍게 웃어넘길 수 없는 중요한 사안이었기 때문이다.

"사부님들, 정말 웃을 일이 아닙니다. 흐흐흑! 사실 방초 고 계집애는……."

이편은 울먹이며 그간의 고통을 토로하기 시작했다.

방초의 됨됨이와 그녀가 알게 해준 밤의 공포.

이편의 이야기는 거기에서 그치지 않았다. 아니, 그칠 수 없는 것이었다.

한 여성의 예측 불가능한 변태 행각, 속세와 불가의 벽을 깨뜨리는 실험 정신, 결코 통제되지 않는 저돌성.

이편의 이야기는 단지 방초의 독특하며 기이한 심리와 행동에 한정되지 않았다. 그를 곤혹스럽게 했던 다양한 소품도 들어줄 만한 것들이었다.

야광주가 박힌 속옷, 망사 속옷, 매듭 하나만 풀면 고스란히 벗겨지는 치마, 채찍과 밧줄, 말총으로 만들어진 간질이개, 미혼산, 각종 정력 강화제… 그 외 다양하고 독특한 소품들이 계속해서 나열되었다.

하지만 더 오래 들을 필요도 없었다. 이편의 입을 통해 묘사되는 방초는 그야말로 전 우주를 평정할 만한 색녀였다.

…….

얼마의 시간이 흘렀을까. 긴 한숨과 함께 이편의 이야기가 끝났다.

말을 마친 이편은 쌍마불의 얼굴을 지그시 쳐다보았다. 자신의 불쌍한 처지에 그들이 함께 가슴 아파해 주리라는 믿음으로.

그러나 정작 쌍마불은 침을 꼴딱꼴딱 삼키며 사특한 미소를 짓고 있을 뿐이다. 이편의 감칠맛 나는 이야기에 깊게 빠져들었던 것이다.

"그래서, 그래서?"

"더 없냐, 더 없어?"

"……."

아무 말도 할 수 없었다.

이편은 그저 쌍마불의 주접에 잠시 자살 충동을 느꼈을 뿐이다.

'내가 미친놈이지. 위로받을 인간들이 없어서 이런 미친 영감탱이들한테 위로받으려고 했냐. 망덕아, 망덕아, 팔자 지랄은 죽어서야 끝이 나나보다.'

그의 입에선 다시 한 번 길게 한숨이 새어 나왔다.

그런데 그때였다. 천상마불이 웃음을 뚝 그쳤다. 그리고는 쯧쯧, 혀를 차며 진지한 음성으로 이편을 불렀다.

"이놈, 망덕아. 너도 불가에 몸을 담아 알겠으나 모든 것이 인연이니라. 지금 벌어지는 모든 일들은 이미 예정되어 있던 것들이지. 네가 전생을 아느냐?"

"예?"

이편은 황당하다는 듯 천상마불을 쳐다보았다.

"하하, 망덕이 네놈이 모르고 있었구나. 우리 천상이 형님은 숙명통(宿命通)을 가지고 계시느니라. 지난 80년간 뇌옥에 갇혀 지내는 동안 많은 공부를 하셨지. 그러다 보니 자연히 신이한 능력들이 쌓이게 되었단 말이다."

"정말입니까?"

"허허, 그놈 참 의심도 많다. 지상이 말대로 내가 공부 좀 했느니라. 우리 쌍마불이 누구냐. 과거 이미 마륵의 시대를 예언했던 현자들 아니더냐. 하지만 지상이 말처럼 지난 80년간 내가 꾸준히 공부만을 한 것은 아니니라."

이편의 반응에 용기를 얻은 듯 천상마불이 목소리를 깔기 시작했다.

"뇌옥에 갇혔던 처음 50년 동안은 소림사를 원망하며 뇌옥을 깨부술 무공 연마에 미쳐 날뛰었지. 아마 두 눈과 팔만 멀쩡했어도 강호는 마륵 이전에 우리 손에 박살이 났을 것이다. 하지만 어느 날 문득 이런 생각이 들더구나. 이 모든 것이 부처님이 준비하신 일이고 언젠가는 순리대로 풀리리라고 말이다. 그때부터 나의 공부가 시작되었지."

천상마불은 희미한 미소를 머금은 채 가볍게 고개를 저었다.

과거를 회상하고 있는 것이 분명했다. 아무리 혹독했던 기억도 시간이 지나면 결국 하나의 추억으로 자리 잡게 마련이다.

"네놈이 염불삼매(念佛三昧)를 아느냐? 네놈처럼 어느 날 갑자기 자다 일어나 잠시 부처의 이름을 왼다 하여 고통이 사라지는 것이 아니다. 염불은 곧 간절한 염원이니라. 30여 년 전, 나 천상마불은 뇌옥의 한구석에 자리를 틀어잡은 후 나무아미타불(南無阿彌陀佛)을 외기 시작했다. 그러고 보니 앞으로 한 달 후면 만일염불(萬日念佛)이 이루어지게 되는구나. 그때는 진정 중생의 극락왕생에 이바지하게 되겠지. 이것이 회향(回向:미타의 공덕을 돌려 중생을 극락왕생케 함)이 아니고 무엇이겠느냐."

"아, 형님. 그런 잡설은 집어치시고 이놈 전생이나 봐주십시오. 전생을 알아야 해법을 찾을 거 아닙니까."

지상마불이 천상마불의 말을 자르며 끼어들었다.

"맞아요, 사부님. 이 중요한 시점에 웬 염불타령입니까? 전생이나 봐주세요. 도대체 저랑 방초 고 계집애랑 무슨 살이 낀 건지……."

"……."

지상마불과 이편의 반응에 천상마불은 은근히 불쾌한 표정을 드러냈다.

자신의 인생 역정이 고스란히 담긴 설법이 싼값에 취급되고 있다는 생각에서였다. 하지만 일단은 참는 수밖에 없었다.

"후— 그래, 내가 나쁜 놈이었어."

미명이 자리 잡기 시작한 후원을 거닐며 배은망덕 이편은 길게 한숨을 내쉬었다. 방금 전 천상마불이 들려준 자신의 전생 이야기가 너무 충격적이었기 때문이다.

천상마불이 숙명통을 이용해 본 이편의 전생은 그야말로 파란만장했다.

때는 까마득한 상고적!

이편은 천제(天帝)의 열아홉째 아들이었다. 하지만 방탕하고 게으른 생활에 젖어 있다는 이유로 지상으로 쫓겨나게 되었다.

그래도 신분이 신분이다 보니 처음에는 대륙 서쪽의 작은 나라 왕자로 태어나게 되었다.

왕자의 이름은 황달(黃狙). 이편, 아니, 황달이 방초를 처음 만난 것은 나이 서른이 되던 해로, 왕위를 이어받은 직후였다.

당시 방초는 초희(草姬)라는 이름을 가진 젊은 유부녀였다.

비록 미천한 마부의 아내였지만 달맞이꽃처럼 청순하고 아름다운 여인이었다.

어느 날 황달은 말을 보러 마구간에 갔다가 초희를 만나게 되었다. 그리고 첫눈에 반해 버렸다.

사실 황달은 대부분의 여자에게 첫눈에 반하는 성격이었다. 제 버릇 개 못 준다고, 하늘나라에서 놀던 근성이 여전했던 것이다.

황달과 초희, 아니, 이편과 방초의 복잡다단한 인연은 그날부터 시작되었다.

황달은 자신의 신분을 이용해 마구간에서 곧장 초희를 덮치려 했다. 그러나 쉽지 않았다. 초희는 유부녀, 그것도 열녀에 가까운 여인이었다.

그녀는 가정을 지키기 위해 발버둥 쳤고, 끝내 정조를 지켜냈다.

하지만 색마의 피가 들끓는 황달이 그녀를 포기했을 리 없다. 황달은 날마다 마구간을 찾아가 초희를 협박했고 두 사람의 실랑이는 계속되었다.

결국 초희는 황달에게 한 가지 제안을 했다. 자신의 남편이 죽은 후엔 한 번쯤 그의 청에 대해 생각해 보겠노라고.

그런데 결국 그 말이 두 사람의 악연을 만들어내고 말았다.

한동안 초희의 남편이 죽기만을 기다리던 황달은 곧 방법을 바꾸었다. 마부에게 사약을 내리기로 한 것이다.

왕의 권력은 세상의 불가능한 많은 것들을 가능하게 만드는 편리함이 있다. 마부에게 내려진 죄명은 존마모독(尊馬冒瀆). 쉽게 말해 왕의 말 알기를 개같이 알았다는 의미다.

하지만 그것은 마부는 물론 다른 누구도 쉽게 납득할 수 없는 죄목이었다. 하늘의 입장에서 보자면 더 더욱 납득할 수 없는 일이었다.

결국 보다보다 못한 천제가 벼락을 때렸고, 이편은 그렇게 황달의 시대를 마감한다.

아니, 꼭 그렇다고는 할 수 없다. 귀신이 된 황달은 마부가 죽은 다음 초희를 찾아가 약속을 지키라고 졸랐던 것이다.

하지만 끝내 뜻을 이루지는 못했다. 너무 놀란 초희가 까무러쳐 죽어 버렸으므로.

이후 두 사람은 수백 번에 걸쳐 비슷한 윤회를 거듭했고, 그사이 초희, 즉 방초는 지금처럼 발랑 까진 계집애가 되었다.

"정말 내가 나쁜 놈이었어. 그래, 내가 괜히 천상유수의 마부가 되었던 게 아니야. 다 전생의 업보였어."

배은망덕 이편은 아프게 가슴을 파고드는 죄책감 때문에 몸서리를 쳐야 했다.

어느새 새벽달이 희미하게 퇴색하며 사라져 가고 있었다.

2
영웅 천하

　섬서성과 사천성의 경계에 자리 잡은 마을, 계하(鷄河).
　남서쪽으로 흐르는 강물이 노을에 물들 때면 마치 천상의 풍경처럼 아름다워지는 마을. 그 마을 동북쪽엔 널따란 초원이 펼쳐져 있어 수많은 짐승들이 방목된 채 길러진다.
　하지만 지금 그곳엔 수천 개의 군막이 서 있을 뿐이다.
　군막은 벌써 한 달째 그곳에 자리 잡고 있지만, 단 한 번의 전쟁도 없었다. 그저 초원 한편에서 군사들의 훈련이 시간에 맞추어 진행되었고 식사 시간에 맞추어 왁자지껄하게 웃고 떠드는 소리만이 새어 나올 뿐이다.
　언뜻 전쟁에 나선 군대라기보다는 휴식을 목적으로 주둔해 있는 군대처럼 보였다.
　하지만 그들이 출병한 까닭을 알고 있는 이들이라면 그 군막의 분위기에 어리둥절한 표정을 지을 수밖에 없다. 팽팽한 긴장감 대신 얼마간의 따분함만이 자리하고 있었으므로.

섬서성과 사천성의 경계, 그곳은 곧 구황문과 천무밀교의 세력이 대치해 있는 곳이기도 했다. 언뜻 위험에 노출된 곳처럼 보이기도 하지만 좀 더 깊이 생각한다면 그곳처럼 안전한 지역도 없었다.

천무밀교와 구황문의 세력 싸움은 일단 진정 국면에 들어 있는 상태였다. 대륙을 양분한 채 첨예하고 대립해 있는 시기에 관군이 출병했기 때문이다.

두 개의 세력이 마주한 상황에선 치열한 전면전으로 승부를 낼 수 있다. 하지만 다수의 세력이라면 사정은 다르다. 자칫 두 세력이 전면전을 치를 경우 나머지 세력이 어부지리를 얻게 되기 때문이다.

따라서 현재 구황문과 천무밀교는 휴전에 접어든 채 누군가가 움직여 주기만을 기다리고 있는 형편이었다. 적어도 외적으로는 그렇게 보여졌다.

한편 사평왕의 군대와 천무밀교 사이에선 얼마간의 국지전이 계속되고 있었다. 어쨌거나 사평왕의 군대는 천무밀교 토벌을 명받고 출병했다. 그런 만큼 최소한의 실력 행사는 해야 했던 것이다.

하지만 그 양상이 아주 모호했다.

사평왕은 애초에 군사 10만과 함께 북경을 출발했다. 그리고 각 성에 1만 안팎의 군사를 배치하기로 되어 있었다. 천무밀교의 세력은 이미 대륙 각지에 산재해 있었으므로 곳곳에서 전투를 벌여야 하기 때문이다.

그런데 사평왕은 만약의 사태에 대비해 북경 인근을 사수한다는 명분을 내세워 산서성과 하북성에 각각 3만여 명의 군사를 주둔시켰다. 결국 사평왕 자신은 4만의 군사만을 이끌고 이곳까지 내려온 것이다.

하지만 사평왕은 더 이상 전진하지 않은 채 이곳 계하에서 한 달째 주둔하고 있다.

천무밀교의 본전은 사천성 동부와 호북성 경계에 있는 무산(巫山). 사실 더 이상 그들을 자극한다면 전면전을 피할 수 없다.

해시(亥時).

여기저기 화톳불이 밝혀진 군영의 한가운데에 자리한 군막.

"대륙 각지에서 올라오는 소식을 종합할 때 천무밀교는 이 달 안쪽으로 거사할 듯합니다."

비쩍 마른 얼굴에 기이할 만큼 하얀 피부를 가진 장년인이 입을 열었다.

그는 군영 내의 군사들과는 달리 흰 도포 차림에 문사건을 쓰고 있었는데, 자신의 포석이 흡족한 것인지 바둑판에 검은 돌 하나를 얹으며 가벼운 웃음을 내비쳤다.

"음… 실은 그들의 태도가 지나치게 미온적인 듯해 얼마간 걱정을 하고 있었네. 자, 그렇다면 우리가 주둔지를 옮길 차례인가?"

맞은편의 사내가 흰 돌을 어루만지며 바둑판을 응시한 채 낮게 말했다.

바둑판 옆에는 사내가 벗어놓은 듯한 갑옷이 차곡차곡 개켜져 있었다. 언뜻 보기에도 그 주인이 상당한 지위에 있음을 알게 하는 화려한 갑옷이었다.

군막 안의 두 사내, 군사(軍師) 백모랍과 사평왕이었다. 그들은 근 한 달째 바둑판을 사이에 둔 채 무료해 보이는 나날을 보냈다.

하지만 정작 바둑판 위에서는 대륙의 판도가 복잡하게 펼쳐지고 있었다. 즉, 그 두 사람은 작전 회의에 골몰하는 중이었다.

정세의 흐름과 변화에 따라 바둑돌을 올리고, 예상되는 행보를 그려내며 고쳐 두고, 또 고쳐 두기를 얼마나 반복했던가. 이제 바둑판 위의 돌들은 얼마간 뚜렷한 형태를 드러내고 있었다.

"그렇습니다, 폐하. 저들이 곧장 북경으로 진군할 수 있도록 우리는 일단 사천성 안으로 들어가야 합니다. 그곳은 구황문의 세력인만큼 천무밀교는 우리를 무시한 채 황궁으로 진입하려 하겠지요."

"구황문이라… 우리가 그들을 믿어도 되겠는가?"

"물론입니다. 구황문은 이미 초화공과 밀약을 맺은 바 있습니다. 어차피 그들이 노리는 것은 황위가 아닙니다. 단지 강호의 패권을 거머쥐는 것이지요. 그들의 문주 추역강은 타고난 무림인이라 들었습니다. 황위보다는 강호 패자의 자리를 탐내는 인물이지요."

백모랍은 두 눈을 지그시 감은 채 대답했다.

군사 백모랍. 그는 채 마흔이 되지 않은 인물로 원래는 하급 문관 출신이다.

하지만 낭중지추(囊中之錐)라 했던가. 병법과 기문 등에 워낙 탁월한 능력을 가지고 있다 보니 초화공의 눈에 들었다.

따지고 보면 초화공 역시 학문에 조예가 깊은 선비 출신이다.

문무를 겸한 인물인지라 문인과 무인 모두에게 존경받는 인물이었다. 비록 사평왕의 후광을 입었다고는 하지만, 일개 내시가 지금과 같은 반열에 오를 수 있었던 것은 그런 뛰어난 능력이 밑바탕되었기 때문이다.

다행히 백모랍은 초화공에게 호감을 가졌고, 결국 사평왕의 가신이 되었다.

"하하, 그나저나 자네의 바둑 실력이 나날이 늘어가는 듯하군."

"과찬이십니다. 어차피 이 땅은 모두 폐하의 것이 아닙니까."

"풋하하하하!"

사평왕은 호쾌하게 웃으며 백모랍을 바라보았다.

초화공과 백모랍, 그 두 명의 인재를 거느리고 있는 한 대륙의 주인이 될 날도 멀지 않았다는 생각이 들었다.

그런데 그때였다.

"정체를 드러내거라!"

군막 밖에서 날카로운 목소리가 들려왔다.

사평왕과 백모랍은 웃음을 거둔 채 얼굴을 마주 보았다. 누군가가 방금 전 자신들의 말을 엿들었다면 낭패가 아닐 수 없다.

"자네는 그냥 이곳에 있게."

사평왕은 즉시 검을 집어 든 채 군막 밖으로 뛰쳐나갔다.

"휴, 오라버니. 그러게 이런 수법은 이미 한물갔다니까요."

"주, 주인님아. 어, 어서 도망가라. 저자는 내, 내가 맡는다."

군막 밖에서는 두 개의 나무 밑동이 뒤뚱뒤뚱 움직이며 말을 주고받고 있었다.

얼마 전까지만 해도 보이지 않던 것들이다.

한편 그 맞은편에는 취운이 검을 쥔 채 그것들을 노려보고 있었다.

"취운, 무슨 일이냐?"

대략의 사정을 눈치 챌 수 있었으나 사평왕은 위엄있는 모습으로 점잖게 물었다.

"자객인 듯합니다."

취운은 아주 짧게 대답한 후 움직이고 있는 두 개의 나무 밑동을 향해 다가갔다.

"젠장, 귀신같은 놈이로군. 도대체 우리 정체를 어떻게 안 거야?"

"주, 주인님아. 우린 자객 아, 아니다. 처, 첩자다."

두 개의 나무 밑동은 어수선한 대화를 주고받다가 허공을 향해 휙 날아올랐다.

취앙―

사평왕은 다급히 허공으로 시선을 주며 검을 뽑았다.

하지만 그 순간 강렬한 살기가 접근해 오는 것을 느낄 수 있었다.
'속았다!'
챙—
사평왕은 자신의 심장을 노리며 다가오는 검을 가까스로 쳐낸 후 기이한 표정을 지었다.

그의 눈앞에는 괴상하게 생긴 꼽추난쟁이가 성성이처럼 긴 팔을 늘어뜨리고 있었던 것이다.

꼽추난쟁이의 양손에 들린 단검은 화톳불의 불빛을 받아 서늘하게 빛났다. 그리고 맞은편에서 비교적 짧은 기형도를 든 채 취운과 대치하고 있는 것은 놀랍게도 꼬마 계집애였다.

농귀와 엽수, 바로 그들이었다.

얼마 전 사평왕의 군대를 수상히 여긴 무량귀불은 이곳에 농귀와 엽수를 보냈다.

그들은 정보를 수집하는 것이 주 임무였으나, 지금은 위급한 상황인만큼 암살까지도 각오해야 할 처지였다.

비록 난쟁이에 불과했지만, 농귀와 엽수는 천무밀교가 자랑하는 구세불검의 단원들이다. 얼마든지 이 위기 상황을 극복할 실력이 되었다.

하지만 정작 그들의 생김새를 본 사평왕은 헛웃음을 참을 수 없었다.

"이런… 이건 난쟁이 아닌가! 하하, 그래서 저 작은 나무 밑동 속에 숨을 수 있었던 게로군. 하지만 넌 오늘 상대를 잘못 만났느니라."

말을 마친 사평왕의 신형이 희미해지는가 싶더니 금세 눈앞에서 사라졌다.

엽수는 당혹스러운 표정을 지으며 재빨리 주위를 살폈다. 그러나 사평왕의 모습은 어디에서도 보이지 않았다.

"난쟁아, 너무 작아서 하늘 높은 줄 몰랐더냐?"

사평왕의 목소리가 머리 위에서 들려왔다.

깜짝 놀란 엽수는 본능적으로 바닥을 굴렀다.

휘익—

"끄아악—"

예리한 파공성에 이어 엽수의 입에서 끔찍한 비명성이 새어 나왔다.

허공에서 내리꽂히는 사평왕의 검을 재빨리 피하기는 했으나 오른 손목이 잘려져 나간 것이다. 엽수의 긴 팔은 싸움에 임할 때 비교적 유리하게 작용했다. 하지만 이번만큼은 약점으로 노출되고 만 것이다.

엽수의 손목에서 핏줄기가 뿜어져 나왔다. 그리고 멀지 않은 바닥에선 여전히 단검을 움켜쥔 그의 손목이 잘려진 채 뒹굴고 있었다.

"자객이다!"

군영 여기저기서 군사들의 목소리가 들리기 시작한 것도 그때였다.

사평왕은 백모랍과의 밀담을 위해 믿을 만한 호위무사 4명만을 군막 밖에 배치했다. 그 외 사방 50여 장 근처에는 누구도 접근하지 못하게 했다. 그런데 그 4명의 호위무사는 이미 농귀와 엽수에게 당한 것인지 흔적도 보이지 않았다.

다만 갑작스런 소란에 놀란 경계병들이 뒤늦게 모여들고 있었을 뿐이다.

"오라버니!"

상황이 최악으로 치닫자 농귀는 안타까운 목소리로 엽수를 불렀다. 눈가에는 어느새 눈물이 어리고 있었다.

"칼을 내려놓거라."

농귀와 대치하고 있던 취운이 씁쓸한 음성으로 말했다.

아무리 적군이라지만 그가 어린 계집아이의 모습을 한 이상 얼마간 불쌍하게 느껴졌던 것이다.

농귀와 엽수의 침입을 제일 먼저 알아낸 것은 취운이었다. 그는 군영을 돌아보던 중 사평왕의 군막에 세워져 있던 무사들이 보이지 않는 것을 이상히 여겼다.

다급히 군막으로 다가왔을 때는 알 수 없는 살기가 느껴졌고, 곧바로 두 개의 나무 밑동이 예사 것이 아님을 눈치 채게 되었다.

"흥! 우리를 우습게 보고 있군?"

농귀는 취운을 노려보며 차갑게 말했다.

하지만 그녀 자신, 취운이 만만치 않은 상대임을 은연중 느끼고 있었다. 그런 까닭에 쉽사리 공격을 하지 못했다.

"주, 주인님아. 어, 어서 도, 도망가라!"

한쪽 손목이 잘려져 나간 엽수가 처절하게 울부짖었다.

그는 사평왕과의 일전을 통해 그가 고수라는 점을 확인했다. 방금 전 사평왕이 펼쳤던 신법은 무형환위(無形換位)로, 상당한 고수만이 펼칠 수 있는 신법이었다.

특히 그것은 일반 신법과는 달리 철저하게 내공을 바탕으로 한다. 즉, 무공의 수위 역시 함부로 짐작할 수 없을 만큼 고강하다는 의미다. 뜻밖이긴 했으나 엽수로서는 도저히 감당할 수 없는 상대였다.

"오라버니, 무슨 말씀이세요. 함께 죽어요!"

농귀는 취운을 등진 채 곧장 엽수 앞으로 날아들며 외쳤다.

"아, 안 된다. 이, 임무를 와, 완수해야지. 어서 도, 도망가—"

"호호. 이미 늦었어요, 오라버니."

농귀의 입에서 어린아이답지 않은 웃음이 새어 나왔다.

농귀와 엽수는 이미 수백 명의 군사들에 의해 포위되어 있었다.

"음… 그래, 네 말이 맞다. 도망가기엔 너무 늦었어. 그런데… 혹 너희는 농귀와 엽수가 아니더냐?"

사평왕은 검을 늘어뜨린 채 흥미롭다는 표정으로 물었다.
"훙! 영광이군, 우리 남매의 이름을 알고 있다니."
농귀가 싸늘한 음성으로 대답했다.
"역시 그랬군. 그래, 나와 백모람의 이야기를 어디까지 들었더냐?"
"모두 다! 호호, 사실 우리는 며칠 전부터 이곳에 들어와 있었어. 언 땅을 파헤치고 그곳에 은닉해 있었지. 당신 졸개들은 다 바보야. 전혀 눈치를 못 채더군."
사평왕의 양미가 꿈틀거렸다.
그 말이 사실이라면 농귀와 엽수는 자신들의 계략을 모두 알고 있는 셈이다. 문제는 그것이 어떤 방식으로든 이미 천무밀교에 전해졌을 수도 있다는 점이었다.
언 땅을 판 채 며칠을 버틸 만큼 영악하다면 쥐나 전서구, 혹은 또 다른 첩자를 통해 이미 상부에 보고했을 가능성이 있다. 물론 아닐 수도 있다. 하지만 그럴 수도 있다. 아닐 것이다… 아니, 그럴 수도 있다.
사평왕은 잠시 고민할 수밖에 없었다.
"취운을 남기고 모두 돌아가도록 해라!"
그는 부하들에게 짧게 명령을 내렸다. 그리고 부하들이 모두 물러난 후 다시 농귀와 엽수를 빤히 쳐다보았다.
"파하하! 농귀와 엽수의 명성이 헛된 것은 아니었군. 그런데 오늘은 왜 걸린 거지? 무엇 때문에 위험을 무릅쓰고 군막 근처로 다가온 것이지?"
"호호! 이유는 간단해. 당신을 우습게 봤기 때문이지."
농귀는 당돌하게 대답한 후 입가에 묘한 미소를 머금었다.
"한 가지만 더 묻지. 물론 거짓말을 해도 돼. 혹시 너희는 지난 며칠 동안 들은 정보를 천무밀교에 보고했는가?"

"호호호호."

…….

사평왕의 질문에 농귀는 갑자기 뜻 모를 웃음을 웃기 시작했다.

웃음이 멎은 후에도 농귀는 아무 말 없이 사평왕을 바라볼 뿐이었다.

"폐하, 저들을 놓아주시지요."

사평왕의 뒤편에서 낮은 음성이 들려왔다.

백모랍이었다. 그는 군막 안에서 밖의 사정에 귀 기울이고 있다가 일이 미묘하게 돌아가자 모습을 드러낸 것이다.

"저들을 놓아주라?"

"예, 폐하. 천무밀교에서 첩자를 보냈다면, 이미 우리를 의심하고 있다는 얘기가 됩니다. 그렇다면 차라리 우리의 뜻을 밝힌 후 저들의 선택을 기다릴 필요가 있습니다. 천무밀교는 어차피 대륙의 패권을 두고 황실과 전쟁을 벌이려는 자들입니다. 적어도 황태자를 제거할 때까지는 오월동주할 수 있겠지요. 차라리 그렇게 하는 것이 저들의 의심을 없애고 행보를 빨리 할 수 있도록 돕는 길입니다."

"천무밀교가 우리를 두려워하지 않을 것이란 얘긴가?"

"우리의 의도를 안다면 철저히 무시한 채 황궁을 향해 갈 것입니다."

"……."

사평왕은 무표정한 얼굴로 백모랍을 바라보았다.

하지만 그것도 잠시, 그는 아주 통쾌하게 웃으며 말했다.

"풋하하하하! 백모랍, 자네가 천무밀교를 그렇게 높이 평가하고 있단 말이지? 그래, 그럴 수도 있겠군."

"어차피 우리도, 천무밀교도 솔직해질 필요가 있습니다."

"좋다! 무량귀불 정도라면 인정해 줄 만하지."

흔쾌하게 말한 사평왕은 다시 농귀와 엽수에게 눈길을 돌렸다.

"농귀와 엽수, 너희는 돌아가도 좋다. 무량귀불에게는 언제 술이나 한 잔 함께하자고 전하거라. 이왕이면 황궁에서 하는 것이 좋겠지. 파하하 하—"

사평왕의 웃음에선 진정한 장부의 호방함이 느껴졌다. 정녕 대륙의 패권을 놓고 다툴 만한 재목이다 싶을 만큼.

그해 겨울이 끝나갈 무렵, 대륙의 주인이 바뀌었다.

황제의 귀신이 완전히 이승을 떠난 후에야 아들 유가 새롭게 황제가 된 것이다. 하지만 그는 불행한 황제다. 도처에 적이 도사리고 있었다.

행여 내일 떠오르는 태양을 보지 못하는 것이 아닌가 하는 걱정으로 잠을 이루지 못했다. 언제 역모가 일어날지, 혹 갑자기 날아든 화살이 심장을 꿰뚫는 것은 아닌지 걱정해야 했다.

식사 한 끼를 위해선 적어도 여섯 명의 내관이 달라붙어 음식에 독이 있는지의 여부를 확인해야 했다.

아니, 황제는 그들 내관들조차도 믿지 못했다. 누구에게 매수당했는지 알 수 없는 일이므로.

비단 사평왕 때문만은 아니었다.

황제의 장례를 명분으로 불러들인 변방의 장수들이 은연중 역심을 품기 시작한 것이다. 막상 손자뻘 되는 어린 황태자를 보는 순간부터 그들의 마음은 흔들리기 시작했다. 대륙은 나이 13세의 유약한 소년이 지키기에는 너무나 넓은 땅이었다.

뿐인가! 대륙 각지에 흩어져 있던 천무밀교의 신자들이 호북성에 집결해 북상하기 시작했다. 그 규모는 가히 상상을 초월하는 숫자였다. 애초 20만이던 그들의 세력은 하남성에 닿을 즈음엔 40만이 되었다. 얼마나 더 늘지 알 수 없는 일이다.

물론 관군이 그들을 저지하기는 했으나 중과부적이었다. 천무밀교에는 숱한 고수들과 잘 훈련된 병사들이 있었다. 그에 비해 관군은 오합지졸이었다.

천무밀교와의 전쟁은 그렇게 초반부터 짙게 패색을 드리우고 있었다.

한편 난을 평정하기 위해 출정한 사평왕의 군대는 아무런 전적도 올리지 못했다. 1개월 전, 끝없는 패전 끝에 사천성으로 진을 옮기겠다는 보고가 올라왔다. 그리고 이제껏 감감 무소식이다.

황제는 나날이 불안에 떨 수밖에 없었다.

그토록 두려워하던 사평왕이었다. 하지만 지금 같은 상황에선 차라리 그가 옆에서 힘이 되어주었으면 하는 바람이 생길 정도였다.

방회 역시 마찬가지였다.

그는 더 이상 황제의 안위를 걱정할 처지가 아니었다. 황제에 앞서 자신의 목숨이 경각에 달렸음을 깨닫게 되었다. 살길을 찾기 위해 고심했으나 그저 한숨만 나올 뿐이었다. 자신의 능력으로는 이 난관을 극복할 수 없을 듯했다.

책사 방회의 계략은 그렇게, 초반부터 빗나가고 있었다.

3

영웅 천하

숭산의 봄은 아름답다.

태실산(太室山)과 소실산(少室山)의 72개 봉우리 끝에는 여전히 잔설이 남아 있다. 하지만 산의 중턱에는 이미 울긋불긋 피기 시작한 꽃들이 일찍 잠 깬 벌과 나비를 부르고 있다.

북위의 숭악사탑과 관성대, 중악묘 등 대륙의 역대 문화가 잠들어 있는 곳.

하지만 소림사는 여전히 깨어 있다.

소림사에 모인 정파의 무림인들은 또 하나의 위대한 역사가 소림사에서 시작되리라 믿고 있었다. 마치 활짝 필 봄을 기다리는 꽃의 봉오리처럼.

하지만 그날 아침 소림사를 덮친 것은 푸근한 봄바람이 아니었다.

장엄한 일출이 소림사를 비추기 시작하던 묘시(卯時).

둥! 둥! 둥!

숭산의 아침을 깨우는 북소리가 소림사의 풍경 소리를 삼켜 버렸다.
"허어— 드디어 올 것이 왔구려."
범현 거사가 가볍게 탄식했다.
소림사의 정문 앞에는 각 문파의 고수들이 모여 있었다. 그리고 그들로부터 100여 장 떨어진 거리에는 1만여 명의 천무밀교 군사들이 도열한 채 출군 명령을 기다렸다.
"이해할 수 없는 일이오. 어젯밤 기습을 가했다면 저들은 우리에게 큰 타격을 입힐 수 있었을 텐데……."
오류문의 천검 오관필은 팔짱을 낀 채 천천히 고개를 저었다.
오관필은 장수 출신이므로 명분보다는 실리를 따지는 사람이다. 더욱이 사파에 대한 얼마간의 편견이 있어 지금의 상황을 의외라고 생각하는 듯했다.
"우리는 겨우 3천입니다. 설핏 보기에도 저들은 1만이 넘는 군사고, 그 뒤에 또 얼마나 많은 군사가 대기하고 있는지 알 수 없습니다. 저들이 조급해할 이유는 없지요."
옆에 있던 백검 백승목이 근심 어린 표정으로 말했다.
"파하하! 하지만 뭐 싸움을 쪽수로만 합니까. 무림정파의 고수들이 모두 여기에 모여 있습니다. 해볼 만하지요."
천우막은 짐짓 걱정할 것 없다는 투로 말했다.
하지만 그는 오관필이나 백승목에 비해 오히려 어두운 안색이었다. 천무밀교가 몇 달 전 손쉽게 소림사를 점거했다는 점을 되새길 때 결코 만만치 않은 상대임을 알 수 있었기 때문이다.
"푸헤헤, 우막아. 나랑 팽이는 들어가서 쉬고 있으랴?"
"푸히히. 그래, 우막이 정도라면 쟤들을 정리하는 데 채 한 식경도 안 걸릴 것이다. 푸히히히! 소천아, 우리가 아우 하나는 잘 두었구나."

일소천과 팽이였다.

그들은 정문 앞에 세워진 두 개의 돌사자 등허리에 올라탄 채 농지거리를 주고받았다. 평생 두려움이라는 것을 모르고 살아온 그들이었다. 그런 만큼 새삼 천무밀교의 군사들을 보고 떨 순 없었다.

하지만 쉽지 않은 싸움임에는 틀림없다.

"어라, 저기 누가 오는군."

시종 어두운 표정을 짓고 있던 당개수가 입을 열었다.

과연 천무밀교의 군대에서 한 명의 노인이 걸어오고 있었다. 그는 검은 무복을 입고 있었으나 아무런 무기도 들고 있지 않았다.

소림사에 모인 고수들은 긴장된 표정으로 노인을 쳐다보았다.

노인은 눈이 부실 만큼 하얀 백발을 허리까지 늘이고 있었다. 그 때문에 정파인들은 그가 상당히 나이가 든 전대 고수가 아닐까 생각하기도 했다.

하지만 거리가 좁혀질수록 생각보다는 그리 늙지 않은 인물임을 알 수 있었다.

"어… 어… 어……!"

이제껏 무료한 표정으로 노인을 지켜보던 일소천의 입에서 신음이 새어 나왔다. 좀체 볼 수 없는 모습이었다.

"소천아, 이놈아. 그러게 천천히 먹으라고 이르지 않았느냐. 남들 안 먹는 아침 제 혼자 챙겨 먹는다고 설칠 때부터 알아 봤느니라. 푸히히, 등 좀 두드려 주랴?"

옆에 있던 팽이가 한심스럽다는 듯 일소천을 바라보며 말했다.

일소천이 결코 밥에 체하지 않을 인간이라는 사실을 팽이는 잘 알고 있었다. 하지만 체하지 않고서야 천하의 일소천이 지금과 같이 숨을 헐떡일 이유가 없었다.

"나… 낭만파……!"

일소천의 입이 벌어지며 나온 말이었다.

낭만파 계휼! 승신검 일소천에게 패랑검이란 외호를 안겨준 인물. 일소천을 꺾은 단 한 명의 사내. 40여 년이 흘렀으나 결코 잊을 수 없는 얼굴. 지금 소림사를 향해 걸어오고 있는 인물은 분명 낭만파 계휼이었다.

"승신검, 그동안 무고하셨소?"

정파무림인들에게서 5장가량 떨어진 거리에 걸음을 멈춘 낭만파 계휼이 곧장 일소천에게 시선을 주며 물었다.

그는 이미 일소천이 이곳에 머물고 있다는 사실을 알고 온 듯했다.

"낭만파 계휼… 그대 역시 무고하셨소?"

어느 사이 마음을 가라앉힌 일소천이 담담한 어조로 화답했다.

평소의 일소천과는 전혀 다른 모습이었다. 그에겐 조금의 장난기도, 여유도 남아 있지 않았다. 그저 솜털 하나까지도 바짝 일으켜 세울 만큼의 긴장감에 휩싸여 있을 뿐이다.

하지만 잠시 후 두 사람의 얼굴에 환한 미소가 번졌다. 누가 먼저랄 것도 없었다.

그 모습을 지켜보고 있던 천우막이 일소천에게 다가와 은근히 물었다.

"형님, 아는 분입니까?"

"알다마다! 내가 알고 있는 최고의 검객이지."

…….

일소천의 말로 인해 정문 근처에 모여든 정파인들은 크게 술렁이기 시작했다.

그럴 수밖에 없었다. 자웅을 겨룬 것은 아니지만 현재 소림사에 있는 무림인들 중 초절정고수로는 일소천과 열해도 팽이, 쌍마불과 범현 거사 정도가 꼽히고 있었다. 그런데 그런 그가 천무밀교의 고수를 그 정도로 치켜 올렸으니 앞일이 그저 암담하게 느껴질 뿐이었다.

"낭만파, 그대가 천무밀교의 사람이오?"

일소천이 고개를 갸우뚱하며 물었다.

"하하, 그렇소. 하지만 이제는 보리검이란 법명을 쓰고 있지요."

"혹시 내가 이곳에 있다는 사실을 알고 온 것이오?"

"물론! 40여 년 전 그대와 헤어질 때 난 그것이 우리 인연의 마지막이라고 생각하지 않았소. 언젠가 다시 만나게 되리라 믿었지요. 얼마 전 우연히 그대의 소식을 듣게 되었고, 수소문 끝에 이곳에 머물고 있다는 것을 알게 되었습니다."

보리검은 여전히 가벼운 미소를 머금은 채 정중하게 말했다.

그 모습을 바라보고 있던 일소천은 가볍게 한숨을 내쉬었다. 그 역시 죽기 전 단 한 번이라도 낭만파 계휼을 만나게 되리라 믿고 있었다. 운이 좋다면 다시 한 번 비무를 겨루게 될지도 모른다는 생각이었다.

물론 비무의 결과는 도저히 예측할 수 없지만, 이기든 지든 여한이 없을 듯했다.

진정한 맞수와의 싸움, 사내들에게 있어 그것은 가장 짜릿한 순간이 될 것이므로. 하지만 지금과 같은 상황은 결코 바람직하지 않았다.

"보리검이라… 어쨌든 그대가 저 무리의 대장이오?"

"저들은 절정고수 5백명을 포함한 천무밀교의 고수들입니다. 오늘부로 소림사를 접수하라는 명령을 받고 출군했지요. 하지만 나와는 무관합니다. 나는 그저 승신검 당신을 만나기 위해 합류했을 뿐입니다."

낭만파 계휼, 아니, 보리검이 얼마간 안타까운 표정을 지으며 대답했다.

보리검의 말은 모두 사실이었다. 얼마 전 소림에서 천무밀교 백무단이 전멸한 데 대해 무량귀불을 비롯한 천록원의 수뇌들은 분개하고 있었다.

사실 백무단 서열 12위인 마영록과 적무단 고수 다섯 명의 죽음은 천무밀교에 있어 대단한 충격이었다. 더불어 씻을 수 없는 치욕이기도 했다. 따라서 그들은 곧장 복수를 다짐하고 군사를 보낸 것이다.

확실한 본보기를 삼기 위한 싸움이었다. 그 싸움에 참가하는 무리의 위력은 당연히 하늘도 깨뜨릴 만큼 강맹했다.

적무단의 고수 50여 명과 백무단의 고수 450명, 그 외 새로이 소림사에 지부를 만들고 정착할 만여 명의 중하급 고수들이 지금 소림사 앞에 도열해 있는 것이다.

"혹시 나와 겨루고 싶어서 온 것이오?"

일소천이 웃음을 거둔 채 진지하게 물었다.

그는 방금 전까지만 해도 1만에 가까운 천무밀교의 군사를 두려워하지 않았다. 자신과 팽이가 전면에 나서서 상대 고수들을 일시에 제압한다면 충분히 승산이 생기기 때문이다.

하지만 지금은 달랐다. 눈앞에 있는 한 사람, 보리검을 막을 수 있는지조차 확신할 수 없었다.

"물론! 하지만 지금은 아니오. 우선 소림사를 벗어나도록 하시오. 우리는 여기 있는 정파인들에게 한 시진의 시간을 줄 것이오. 만약 그 안에 소림사를 떠난다면 목숨을 건질 수 있소. 우리가 원하는 것은 상징적인 승리요. 소림사에 무혈 입성할 수 있다면 더 이상 바랄 것이 없겠지요. 소림사에는 후문이 있는 것으로 알고 있소. 내 생각엔 그 문이 오늘 아주 유용하게 쓰일 것 같구려. 그리고… 승신검, 당신이 떠나준다면 정확히 두 시진 후 내가 당신을 찾아 나서겠소."

…….

보리검의 말을 끝으로 잠시 정적이 찾아왔다.

보리검의 음성은 소림사에 머문 각 파의 대표들이 모두 들을 수 있을 정도의 크기였다. 하지만 그 말을 받아들이는 태도는 저마다 달랐다.
 당장이라도 달려들 것처럼 험악하게 인상을 쓰는 사람이 있는가 하면 은밀하게 안도의 한숨을 내쉬는 사람들도 있었다.
 "이것 역시 보리검 당신의 배려요?"
 "글쎄요, 그저 나로선 최선을 다했다고밖에……."
 "여기 있는 동도들과 잠시 상의 좀 하겠소."
 "뜻대로 하십시오. 어차피 앞으로의 한 시진은 승신검 그대를 비롯한 여러분에게 주어진 시간이니까."
 말을 마친 보리검은 조용히 돌아서서 천무밀교의 진영으로 돌아갔다.
 잠시 후 정파의 무림인들은 봇물 터지듯 참았던 말을 터뜨리기 시작했다.
 "소천아, 저놈이 네가 말하던 낭만파 계휼이라는 작자였냐? 이건 아주 개망신이구나. 어떻게 저런 비리비리해 보이는 놈한테 깨질 수가 있는 것이냐? 내가 파룡도법으로 원수를 갚아주랴?"
 "형님, 형님도 목소리 까니까 제법 중후해 보입니다. 그나저나, 어떻게 해야 할까요? 후일을 기약하는 것이……."
 "승신검 선배, 그렇게 하시지요. 소림사는 나 범현 한 사람이면 충분할 듯하오."
 팽이와 천우막에 이어 범현 거사가 침통한 어조로 말했다.
 하지만 정작 일소천은 그들의 말을 듣는 것인지 마는 것인지 멍하니 하늘을 바라보며 한숨을 내쉴 뿐이었다.
 얼마의 시간이 지났을까. 갑론을박(甲論乙駁)의 소란을 잠재우는 한마디가 일소천의 입에서 터져 나왔다.
 "갈 사람은 가고 남을 사람은 남는다!"
 …….

그 한마디로 인해 한동안의 소란이 잦아들었다.

더 이상의 말이 필요없었던 것이다. 일소천의 말대로 떠나고 싶은 자는 떠나고 남고자 하는 자는 남으면 된다. 어느 쪽을 선택하든 후회가 있을 것이다, 대부분의 선택이 그러하듯.

"이놈, 소천아. 너는 어찌할 것이냐?"

"안 가르쳐 주겠느니라."

"에이, 끝까지 치사한 놈. 좋다. 어쨌거나 나는 네놈과 함께하겠다. 음… 물론 함께 도망갔으면 하는 바람이 있지만서도."

…….

"이런 젠장할. 저건 또 뭐야?"

"거 정말 품위없네. 어떻게 주둥이만 열었다 하면… 이런 씨벌, 저거 뭐야?"

무산과 이재천은 걸음을 뚝 멈춘 후 소림사의 산문을 올려다보았다.

정말이지 기함할 일이었다.

무장을 한 무사 만여 명이 소림사 앞에 도열해 있었던 것이다. 어느 모로 보나 정파와는 거리가 먼 무리였다.

"두백이, 여기 소림사 맞아? 혹시 우리가 길을 잘못 든 게 아닐까?"

"산이, 여기 소림사 맞다네. 그러니 환장할 노릇이지."

무산과 이재천은 서로의 얼굴을 빤히 쳐다보며 난감해했다.

화산에서 숭산까지 먼 길을 동행하는 동안 무산과 이재천 사이엔 얼마간의 변화가 있었다. 대륙의 교육과 문화와 정치 개혁을 위해 소모적인 신경전 대신 건전한 교우 관계를 가지기로 한 것이다.

어차피 사부 일소천과 팽이 역시 20살가량의 나이 차를 극복한 채 친구가 되었으니, 무산과 이재천이라고 해서 그러지 말라는 법은 없었다.

물론 그렇게 되기까지 그들은 많은 시련과 고통을 맛보았다. 그리고 용등연검법과 파룡도법의 진수를 확인할 수 있었다.

쉽게 말하자면… 피 터지게 싸운 것이다. 이재천이 파룡도법 제6초 파룡천(破龍天)을 완벽하게 소화한 날부터 꾸준히.

"아무래도 천무밀교 같군. 오늘이 정파무림의 제삿날이 되겠어. 산이, 대륙의 교육과 문화와 정치 개혁을 위해 달아나는 게 좋지 않을까?"

"두백이, 자네는 언제 봐도 싸가지가 없군. 하지만 나랑 마음이 잘 맞는 것 같아. 눈에 띄기 전에 튀어야겠지?"

"웅, 그래. 정말 자네랑 친구 먹기로 한 게 현명한 판단이었다는 생각이 들어. 꾸준히!"

"헤헤, 나랑 친구 먹은 애들이 대부분 그런 소릴 하더군."

뺀질뺀질하기로 따지면 자웅을 가리기 힘든 두 친구. 그들은 결국 대륙의 교육과 문화와 정치 개혁을 위해 발길을 돌렸다.

하지만 채 몇 걸음도 떼기 전에 발길이 멎었다.

'열해도 사부는? 그래도 우리 영감이 나를 끔찍이도 생각해 주었는데…….'

'음, 마누라! 그래, 헤어지는 날 하늘 같은 서방님한테 박박 대들긴 했지만, 어려움을 함께한 조강지천데… 또, 뱃속의 아기는?'

무산과 이재천은 다시 얼굴을 빤히 쳐다보았다.

"산이, 아무래도 우린 마음이 너무 여린 것 같지?"

"그렇구나, 동무야. 대륙의 교육과 문화와 정치 개혁을 생각하기엔 우리 그릇이 너무 작아. 원래 사내가 큰 뜻을 펼치기 위해선 철면피가 되어야 하는데."

"그나저나 어찌 된 상황인지나 알아야 할 텐데?"

"저 친구들한테 가서 물어볼까?"

"……."
그 순간이었다.
둥둥둥, 둥둥둥, 둥둥둥!
갑작스러운 북소리와 함께 천무밀교의 무사들이 일제히 소림사를 향해 진격하기 시작했다.
"젠장, 마누라 감동시키려면 시간 맞춰 도착해야 하는데……."
"그것 보게. 대가리에 피도 안 마른 것이 대책없이 장가부터 가니까 그 고생이지. 나는 좌측으로 돌아갈 테니까 자넨 우측으로 가게. 먼저 가네, 산이."
"알았네, 서두르게. 그래야 자네 영감 유언이라도 들을 수 있지."
"이런… 우리 영감을 물로 보고 있군. 어쨌거나 다시 만나세."
"물론이지."
무산과 이재천은 서로 다른 방향으로 빠르게 달려가기 시작했다.
그사이 천무밀교의 무사들은 소림사의 정문을 뚫고 사찰 안으로 밀물처럼 휩쓸려 들어가고 있었다.

"수정아, 지금이라도 늦지 않았다. 어서 후문으로 달아나거라."
소림사 본전 뒤편 깊숙한 곳에 자리한 탑림. 당개수와 천우막 등 몇 명의 고수들이 천무밀교의 무사들을 기다리고 있었다.
이미 경내 곳곳에서 무기가 부딪치고 절규하는 소리가 들려오는 것으로 보아 이곳 역시 머지않아 싸움터로 변할 듯했다.
"어떻게 아버지를 두고 저 혼자 갈 수 있겠어요. 같이 싸워요."
"무모하다. 뱃속의 아기를 생각해야지. 산달이 두 달밖에 안 남았지 않느냐. 나에겐 우막 아우가 있다. 죽음을 함께하기엔 더없이 좋은 벗이니라. 하지만 너에겐 무산이 있질 않느냐. 이 아비의 삶과 네 삶은 이제 서로 길이 다르니라."

"아버지……!"

당수정은 애처로운 눈으로 당개수의 얼굴을 바라보았다. 만약 지금 돌아선다면 다시는 볼 수 없을지 모르기 때문이다.

생각 같아선 이곳에서 함께 싸우고 싶었으나 남편의 얼굴도 보지 못한 채 죽을 수는 없었다. 더욱이 뱃속에 있는 아기를 살려야 했다.

"얘, 그만 질질 짜고 빨리 도망가라. 너 같은 하수는 여기 있어봐야 별로 보탬이 안 돼. 배까지 뽈록 튀어나온 계집애가 웬 주접이니?"

멀지 않은 곳에서 당개수 부녀를 바라보던 방초가 내지른 말이었다.

평소 같았으면 얼굴이라도 할퀴어주었겠지만 지금은 그럴 처지가 아니었다. 나름대로 자신을 생각해서 한 말임을 잘 알고 있었기 때문이다.

"푸헤헤, 수정아. 네 아비 말을 듣거라. 만약에 너까지 잘못되는 날엔 무산이 그 성질 더러운 놈이 아마 내 제사도 안 챙겨줄 것이니라. 너라도 살아남아야 나 일소천이 후사를 걱정하지 않고 싸움에 임할 것 아니냐."

"그래, 수정아. 혹시 재천이 놈을 만나게 되거든 이 팽이의 제사도 잊지 말고 챙기라고 전해주려무나. 사부가 곧 부모 아니더냐. 푸히히!"

"형님들, 그럼 나 천우막이의 제사는 누가 챙기우? 우리 석금이는 나와 함께 싸울 텐데. 파하하, 수정아. 만약 오늘 일이 틀어지게 된다면 나와 석금이 제사는 네 녀석과 무산 아우가 챙겨주어야 하느니라."

적을 코앞에 두고도 의형제를 맺은 네 명의 고수들은 여유로운 표정이었다.

그럴 수밖에 없었다. 그들은 명예를 아는 사람들이었고, 강호인의 죽음이 어떠해야 한다는 것도 잘 알고 있었다. 새삼 두려울 것이 없었던 것이다.

"푸헤헤. 그나저나 방초야, 네 녀석도 수정이와 함께 가는 것이 좋지 않겠느냐?"

일소천은 못내 마음에 걸린다는 듯 방초를 바라보았으나 그에게 돌아온 것은 매몰찬 대답뿐이었다.

"흥! 할아버지, 내가 이편 오라버니를 어떻게 만났는데 또 떼어놓으려고 그래요? 할아버지는 내가 정말 주유청 같은 곰탱이와 어울리길 바래요?"

방초는 배은망덕 이편의 품에 찰싹 안긴 채 눈꼬리를 치켜 올리고 있었다.

그러고 보면 소림사로 온 이후 가장 행복해한 사람은 방초였다. 그녀는 마치 견우를 만난 직녀처럼 생기가 돌았다.

하지만 이편은 정반대였다. 그렇지 않아도 쌍마불 때문에 골치를 썩이던 그는 혹 위에 붙은 혹 방초 때문에 아예 얼굴이 누렇게 떠버렸다.

"낭자… 누차 말하지만, 여기는 성스런 사찰이오. 게다가 나는 속세를 등진 중이올시다. 이미 청혜라는 법명까지 얻었으니 그대와의 인연은 다한 셈이오."

이편은 긴 한숨을 내쉬며 힘없이 말했다.

그저 전생의 인연이 원망스러울 뿐이었다. 이제 이편이 방초에게서 벗어날 수 있는 길은 단 하나. 해탈을 통해 질기디질긴 인연의 고리를 끊는 것이다.

하지만 그게 쉬울 리 없었다.

"호호, 이편 오라버니. 이제 불가도 개혁을 해야지요. 조만간 오라버니가 소림사 방장이 되실 거잖아요. 그럼 계율을 바꾸는 거예요. 중도 장가갈 수 있도록요. 뭐, 통째로 바꾸기가 뭐하면 그냥 방장만 장가갈 수 있도록 바꾸는 방법도 있잖아요. 호호호!"

"그게 무슨 말이오. 방장이라니요. 어찌 나처럼 하찮은 위인이……."

"어머, 그게 무슨 말씀이세요. 물론 주유청 그 곰탱이라면 말도 안 되는 소리지만 오라버니는 괜찮아요. 이씨잖아요. 곰탱이는 주씨니까 방장이 되면 주 방장, 호호, 우스워라. 하지만 오라버니는 이씨니까 이 방장. 전혀 안 이상하잖아요?"

"……."

똥 씹은 표정을 짓고 있는 이편과는 달리 주위는 잠시 웃음바다가 되었다.

챙, 채채챙!

"으아악—"

"죽어라!"

그사이 천무밀교의 무사들이 본전을 돌아 탑림을 향해 들이닥치기 시작했다.

그들을 저지하려는 정파무림인들의 노력은 허무한 비명과 함께 무너지고 있었다. 더 이상의 보루는 없다. 드디어 결전의 순간이 온 것이다.

"시간이 없다, 수정아. 너는 네 남편과 함께 훗날을 도모하거라. 정파무림의 혼은 이대로 꺼지지 않을 것이다."

당개수는 다급하게 당수정의 등을 떠밀며 말했다.

"아버지!"

당수정은 촉촉이 젖어든 음성으로 당개수를 불렀다. 그리고는 이내 결심을 한 듯 빠르게 후문을 향해 달렸다.

'아버지의 뜻은 이루어질 거예요. 저 수정이가 반드시… 그렇게 만들겠어요. 흐흐흑!'

당수정은 눈물이 고인 눈을 부릅뜬 채 후문을 향해 빠르게 내달렸다.

잠시 후 당수정이 사라지는 모습을 지켜보고 있던 문제의 고수들은 괴이한 웃음과 함께 설쳐 대기 시작했다.

"자, 우리 개방이 먼저 나서마."

"사부 영감, 영감은 그냥 뒤에서 쉬고 있어라. 역발산기개세 석금이 혼자서도 충분하다."

"허허, 그놈들 참… 나 열해도의 파룡도법이 있거늘 네놈들이 왜 나서 겠다는 것이냐?"

"다들 지켜만 보시구려. 나 당개수가 이제껏 단 한 번도 펼쳐 보지 않은 만천화우(滿天花雨)를 선보이리다."

…….

…….

…….

"이놈, 소천아. 네 차례다. 너는 왜 아무 말도 안 하고 있는 것이냐?"

은근히 일소천의 대답을 기다리고 있던 팽이가 고개를 갸우뚱하며 물었다.

평소 성격대로라면 제일 먼저 설쳤을 위인이 바로 일소천이었기 때문이다.

"푸헤헤! 팽가야, 이제 패랑검이라는 수치스런 외호는 이곳 소림사에 묻힐 것이다. 나는 승신검이라는 외호를 되찾으러 가야 하느니라. 그러니 이곳은 네놈들이 맡아먹고 있거라."

일소천은 묘한 웃음을 머금은 채 후문을 향해 몸을 돌렸다.

낭만파, 아니, 보리검과의 승부. 그것은 자그마치 40여 년 동안 간직해 온 소망이었다. 그 일전을 위해 나름대로 노력도 해왔다. 용등연검법의 제6초식 삼고양박(三苦兩迫)은 바로 이 순간을 위해 만들어졌던 것이다.

그래서였을까? 마지막이 될지도 모르는 일전을 위해 걷고 있는 일소천의 뒷모습은 가벼워 보였다. 그리고 그 모습을 바라보는 열해도 팽이의 눈엔 얼마간의 질투가 어려 있었다.
'음… 저 영감탱이가 혹시 혼자 달아나려는 건 아닐까?'

〈제7권 끝〉

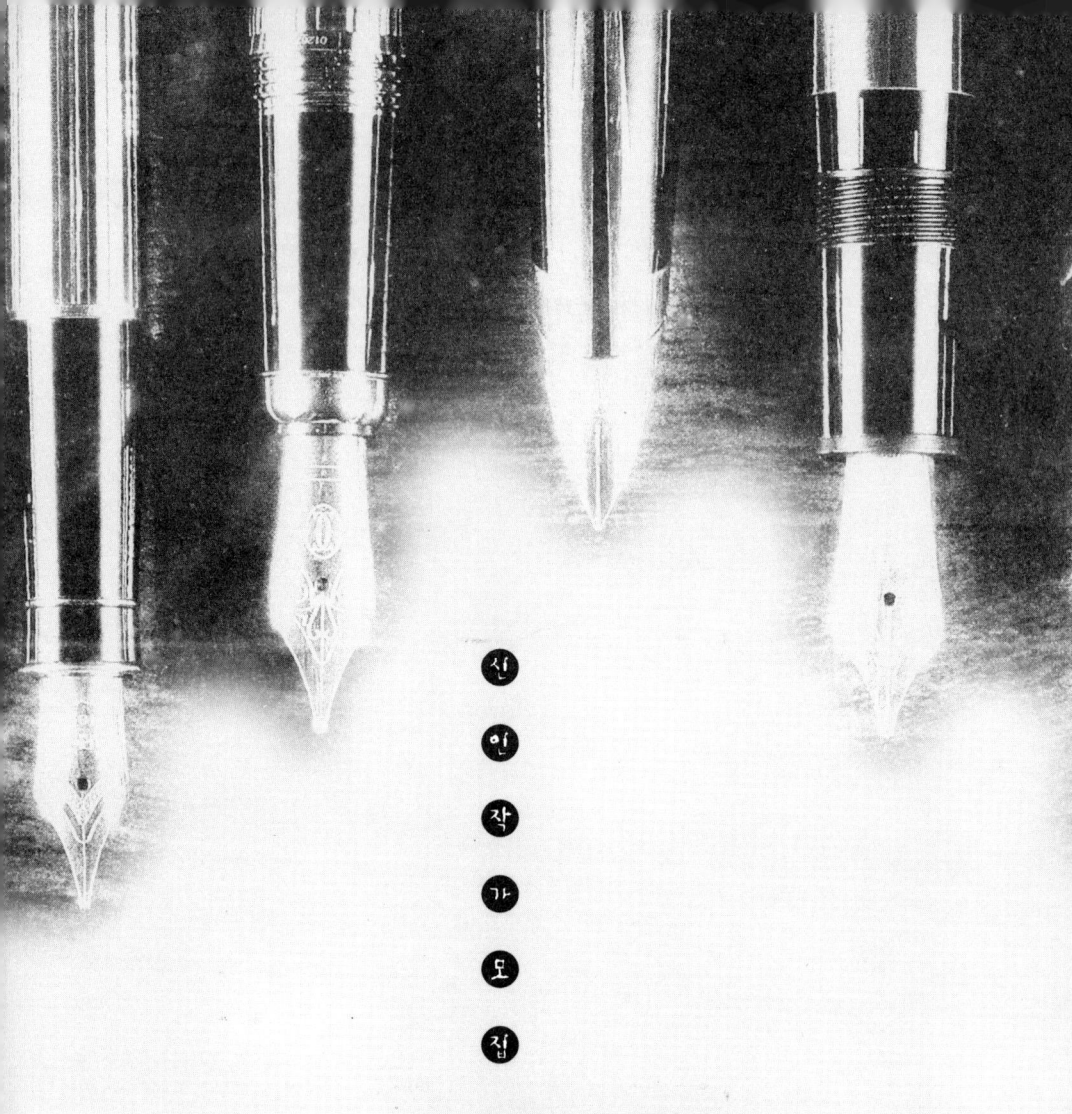